Textos en prensa y revistas
1950-1984

El escándalo del siglo

加西亚·马尔克斯 著

陶玉平 译

回到种子里去

南海出版公司

新经典文化股份有限公司

www.readinglife.com

出 品

回到种子里去

目录

总统的理发师

几天前，在一家政府报纸的版面上，刊登出了共和国总统马里亚诺·奥斯皮纳·佩雷斯[①]阁下的照片，拍摄于波哥大与麦德林两城市间直拨电话的揭幕仪式。这位政府领导人神情严肃，忧心忡忡，从照片上看他身边环绕着十到十五部电话机，这可能就是总统神情专注的原因吧。我以为，作为官员，要想给人们留下一个忙忙碌碌、日理万机的印象，再也没有比放上一大群电话机（在此，我恳请各位对这一超现实地装腔作势的比喻报以热烈的掌声）做装饰更好的办法了，正如这张总统的照片。在这些电话的使用人看来，仿佛每一部电话机都连接着另一部，关联着许多国家大事，而总统先生则

[①] 马里亚诺·奥斯皮纳·佩雷斯（Mariano Ospina Pérez，1891—1976），哥伦比亚政治家，曾于1946年至1950年任哥伦比亚总统。——编者注（若无特殊说明，本书脚注均为编者注）

一天十二个小时坐在他遥远的第一行政办公室里通过长途电话解决这些问题。不过，忙归忙，从我手头现有的照片来看，奥斯皮纳先生依然衣冠楚楚，满头银发也都梳理得一丝不乱，刮过的下巴柔软平滑，仿佛证实了总统先生会频频光顾他的优秀私人理发师。其实，当我看到这张全美洲脸颊刮得最干净的总统的最新照片时，心里产生了一个疑问：总统府的理发师究竟是谁呢？

奥斯皮纳先生为人谨慎，处事圆滑，小心翼翼，而且仿佛对自己身边的人也都知之甚深。他手下的部长们也都是些完全取得了他的信任的人，断难想象他们会做出背叛总统友谊的事情，无论是口头上还是在心底。总统府的厨师，如果真的有这么一位厨师的话，也一定是一位思想理念坚定、做起饭来一丝不苟的雇员，他做出的饭菜片刻之后就会被作为高质量的营养品端上共和国头号肠胃的餐桌——其状态良好与消化顺畅当然不容置疑。此外，正因为种种不怀好意的反动势力还会偷偷渗透进总统府的厨房，总统的餐桌旁也说不定会侍候着一位诚实可靠的试餐员。试想，如果部长、厨师甚至电梯员都是如此，理发师又会是怎么样呢？他可是唯一拥有充分的民主自由，能用刮胡子的锋利刀片在总统下巴上蹭来蹭去的人，他手中掌握的可是致命的投票权。还有，每天早晨，奥斯皮纳先生会把头一天晚上的种种烦恼向谁倾诉，又会把自己夜里做的噩梦原原本本地告诉谁呢？这位影响力非同小可的先生会是哪一位呢？最后，就像所有称职的理发师都会成为一个不错的参谋一样，这个参谋究竟会是谁呢？

在很多情况下，一个共和国的命运更多地会取决于一位理发师，而不是那些达官贵人，正如在大多数情况下——诗人都是这么说的——许多天才的命运都取决于产科医生。奥斯皮纳先生深知这一点，正因为如此，在出门参加波哥大和麦德林之间的直拨电话开通仪式之前，总统会合上双眼，伸直双腿，去享受一番冰冷的、略带嘲讽意味的刀片在自己颈动脉旁边刮来刮去的感觉，同时头脑里挨个儿过着当天他要去解决的一大堆麻烦事。也有这种可能：总统已经事先跟理发师通过气，说这天上午他要去参加一场电话开通仪式，这件事可关系到政府的脸面。"我该给麦德林那边的谁打电话呢？"他问这句话的时候一定感觉得到那锋利的边缘正沿着自己的喉咙而上。而理发师，作为一个行为谨慎、家里还有孩子要养活、闲暇无事的时候会出去逛逛的人，应该做的当然是保持谨慎而又意味深长的沉默。因为实际上——理发师一定是这样想的——倘若自己不是一名理发师，而是总统的话，就会去参加电话开通仪式，就会摘下话筒，而且一定要面带忧国忧民的神情，用一副干练称职的官员的口气说："接线员，请给我接通社会舆论的电话。"

一九五〇年三月十六日

《先驱报》，巴兰基亚

为选题而选题

总有人会把缺乏题材作为新闻报道的题材。在我们这个世界里，题材的来源时常是荒唐的，发生的事情也丝毫不能引起人们的兴致。对于那些枯坐终日没话找话的人来说，随便翻翻当天的报纸就足够了，这样，问题就会变得和一开始完全相反，在一大堆的题材中，简直不知道该选定哪个才好。我们随便找一张报纸头版当作例子吧。"两个小男孩玩飞碟游戏时被烧伤。"请您点上一根香烟。请您认真浏览，仔细看看那台安德伍德打字机键盘产生的乱作一团的字母，再随便挑一个最喜欢的字母开始阅读。请您想一想——在读完这条消息以后——那飞碟会声名狼藉到何等地步。请您回想围绕这几只飞碟已经有过多少报道，从它们第一次出现——那还是在阿肯色的一处郊区——到现在，已经两年时间了，如今它们成了孩子们操作简便却又暗藏危险的玩具。现在请考虑一下这些可怜飞碟的境遇，就像对鬼魂一样，人类对它们缺乏敬意，丝毫也没有去考虑它们在星际飞行中的崇高地位。请您再点上一支烟，最后再想想，因其过快的速度，这其实是一个没法使用的题材。

再来读一条国际报道吧。"今年巴西没有剩余的咖啡。"让我们扪心自问："有谁会对这样的消息感兴趣呢？"再往下看。"海上殖民者不只是一个简单的法律问题。""令人大吃一惊的卡拉雷。"请看看那些编者按吧。在每一个形容词里您都能看到一个毫不留情的审查者的身影。事实上，每一件事都有其不容否认的意义，却不像是能成为合适的题材。怎么办？最合乎逻辑的做法是：去看看那些滑稽连环画吧。潘乔出不了家门。巴尔巴斯大叔参加手枪决斗。克拉克·肯特同超人的身份斗争，而超人也正有此意。人猿泰山变成了经营骷髅的商人。阿维瓦托旧习不改偷了一串鱼。潘妮去上了哲学课。太可怕了！现在该怎么办呢？要不再去看看社会版面吧。生活如此昂贵，天气热得出奇，竟然还有人结婚。佛朗哥将军的女儿结婚了，这位先生不折不扣地成了独裁者的"天下第一婿"。每死一个人就有七个人诞生。再点一根香烟吧。您想想，报纸快看完了，还没有决定写什么题目。想想您的老婆吧，想想孩子们正饥肠辘辘地等着您，而且还要一直这么等下去，您却连写什么题目合适都没想好。太可怕了！我们这时会变得多愁善感。不！还有电影广告没看呢。唉！可我们昨天刚刚写过电影的事。管他呢，先写出来再说，哪怕事后洪水滔天①！

---

① 来自法语习语"Après moi, le déluge"，直译为"我死之后，哪管洪水滔天"，指对之后发生什么毫不关心。

再点燃一根香烟吧，于是您发现——真可怕——烟盒里只剩下最后一支了。火柴也只剩最后一根！天黑了下来，钟表一个劲地转啊转，跳着时间之舞（卡利班语①）。现在该怎么办呢？像资质平平的拳击手那样把毛巾扔出去认输吗？在各行各业里，新闻业是最像拳击的了，它的好处是胜利的一方永远是机器，缺点是不允许扔毛巾认输。再也没有长颈鹿了。②这不好吗，多少人会为这样的想法鼓掌欢呼呀。然而，有一回我们曾经听到过这样一句话，话有点儿俗，被用滥了："只要头开得好，不在早晚。"这告诉我们，万事开头难。香烟没有了，火柴也没有了，让我们去找一个题目吧。让我们用这样一句话开头："总有人会把缺乏题材作为新闻报道的题材。"题材的来源真是荒唐……见鬼，这不是很容易嘛！我说的对不对？

一九五〇年四月十一日

《先驱报》，巴兰基亚

---

① 《时间之舞》是哥伦比亚作家卡利班的作品。
② "长颈鹿"（La Jirafa）是加西亚·马尔克斯 1950—1952 年间以笔名"塞普蒂默斯"为《先驱报》撰写的专栏的名字。

一个说得过去的错误

这一天是星期二，卡利城。对那位先生来说，这是个风雨交加的混沌周末，时间已经没了意义——三天消失得无影无踪，直到星期一午夜时分，他还在不停地举杯灌酒，喝得醉醺醺的。星期二上午他睁开眼睛的时候，他的房间里到处都写着两个字：头疼，这先生以为他只是一夜狂欢，因此醒来的时候应该是星期天的上午。他什么都不记得了。可他心中却在隐隐地懊恼，觉得自己犯下了什么致命的过错，只是无法确定到底是犯了七宗大罪中的哪一条。他只是在心中懊恼，只是懊恼，说不上什么原因，这懊恼无缘无故，自生自灭，不受控制，与外界毫无干系。

这位先生唯一能断定的是自己这会儿身在卡利。至少——他肯定这样想过——只要他窗外这座大楼还是阿尔费雷斯皇家酒店，而又没有人能用数学方法向他证明这座大楼是在星期六夜间被人搬了个家，他就能断定自己是在卡利城。等他把眼睛完全睁开，房间里的头疼二字居然在他床边坐了下来。有人在叫他的名字，他连头都没回一下。他想，一定是隔壁房间里有人在叫谁的名字，跟他毫不相干。他记得自己星期六下午是在小湖的左岸，而这个不平静的早晨，他却到了小湖的另外一边。仅此而已。他想问问自己到底是谁。一直到终于想起了自己的名字，他才意识到隔壁房间里叫的人正是自己。可他这会儿正忙着懊恼，实在不想去理会这个没什么要紧的呼唤。

突然，一个小小的亮晶晶的东西从窗户钻进来，摔到了地上，就在离他的床不远的地方。这位先生一定以为是风把树叶吹了进来，仍然双目直视着天花板。他头疼欲裂，那天花板好像在动来动去，飘飘忽忽的，裹在一层迷雾中。然而就在他床边的地板上，有什么东西在扑腾，就像是有人在跺脚一样。这位先生抬起身，隔着枕头看过去，这才看清在他的房间中央有条小小的鱼。他自嘲地一笑，不再去看，而是把脸转过去朝着墙。"开什么玩笑呢！"这位先生想，"我房间里有条鱼，而且是在三楼，大海又离卡利那么远。"他忍不住又嘲弄地笑了笑。

可突然间他从床上一跃而起。"一条鱼，"他高声叫道，"一条鱼，我房间里有一条鱼。"他气喘吁吁，气急败坏地窜到了房间的一个角落。心中又涌起了一阵懊恼。以前他听见别人说起什么打伞的蝎子、粉红色的大象，总是一笑置之。可现在，一点儿疑问都没有了，就在他的房间里，有一条鱼在挣扎着蹦蹦跳跳，还浑身闪着银光！

先生闭上双眼,咬紧牙关,估计了一下距离。紧接着是一阵眩晕,是大街上无底的深渊。他从窗户跳了出去。

第二天,这位先生再睁开眼睛时,他已经在医院的一间病房里了。他一切都记得清清楚楚,只是现在感觉好多了。就连被绷带包得严严实实的脑袋也不疼了。他手边有一张当天的报纸。他想做点儿什么,便漫不经心地拿起它读了起来:

"卡利。四月十八日消息。今天上午,一个不知姓名的人从他位于本城一座楼房三楼的住所跳了下来。初步判断他这一举动是因为酗酒造成的神经兴奋。伤者现在医院,伤情不算严重。"

先生知道这里说的正是自己,但他此刻觉得心里异常宁静,异常平和,一点儿也不为头一天夜里的噩梦担心了。他翻过一页,继续看他这个城市的消息。那里又有一条新闻。先生又一次感到头痛欲裂,他看到了这样一条报道:

"卡利。四月十八日消息。这一天考卡山谷首府的居民们大大地受了一番惊吓,他们看见,就在城里的市中心大街上,有好几百条银色的鱼,两英寸大小,铺得一地都是。"

一九五〇年四月二十日

《先驱报》,巴兰基亚

孤独之心的杀手

当雷蒙德·费尔南德斯和玛尔塔·贝克几年前在纽约相识的时候，一种令人瞩目的恋爱关系诞生了，最合适它的场所是那些二流的小旅店，在长长的热吻和拔枪相向的噩梦之间；玛尔塔和雷蒙德——放到堂阿图罗·苏亚雷斯的下一部小说中再合适不过的两个名字——在疑心重重的警察找上门来考验他们之间的情感时，他们大概正进入一种纯粹的精神境界，证实了两人之间有着共同的爱好和相同的本领。生活对他们不够意思。生活仿佛是拴在他们住的楼房走廊里的那条狗，带着凶恶，带着饥饿，向他们龇出白森森的獠牙，到了夜晚又冲着他们狂吠不止，不让他们安安静静地入睡，而且一副随时要挣脱铁链的样子。这就是玛尔塔和雷蒙德的日常生活，两个有情人在恋爱阶段也许没有像罗曼蒂克小说里的主人公那样一片一片地剥下雏菊的花瓣，而是朝着房子里的墙壁一边打光枪里的子弹，一边嘴里念叨着那个经典的叠句："他（她）爱我，不爱我……"

后来，等他们搬到拴狗的那栋房子里居住的时候，他们找到了一种办法，也就是给那个小可爱倒上点儿助消化的燃料，这家伙要不是得到这点儿意外的吃食，给心灵浇上点儿热乎乎的汤，早就冻得冰冰凉了。雷蒙德和玛尔塔还发现了一个名叫珍妮特·弗雷的寡妇的脆弱一面，她参加了一个格调忧郁的俱乐部，那俱乐部有个诗意盎然的名字，叫孤独之心。弗雷太太仿佛有着玛尔塔和雷蒙德所缺乏的对付狗的一切办法，正像他们两一次次在床上欢度的良宵正是弗雷太太所缺乏的一样。

雷蒙德去同寡妇聊了聊，建议做个交换，于是事情变得严重起来。她出钱，而雷蒙德从他那早已因为没有肉汤可喝而逐渐冷硬的无数心中情丝里抽出至少一条奉上。计划不错——至少在雷蒙德看来是如此——于是便一点点地开始执行，一切明里暗里的细节都运转得很正常，直到有一天有什么地方出了差错，打乱了他们的如意算盘，雷蒙德和玛尔塔自己都不知道是怎么回事，便连同他们决斗似的爱情、他们的狗和剩下的一切被投进了监狱。

这一段情感史本可以到此结束了，可玛尔塔太投入了，受到孤独之心的传染，她开始勾搭辛辛监狱的看守。费尔南德斯的辩护律师威廉·里彻最终让联邦法官西尔维斯特·瑞安签发了一张人身保护令，称玛尔塔对她的看守突发的情感使得男犯受到超出判决范围的"精神折磨"，因此将他转到纽约服刑。

然而这一次的转监——据海底电报说——并没能减轻雷蒙德的痛苦。有人看见他在牢房里走过来走过去，自言自语，在折磨的苦痛中回忆起在那个二等小旅店度过的每一个夜晚，就算是有狗，就算是有老鼠在他们做爱的床下抢夺报纸，那些个夜晚此刻在他看来都销魂无比。"孤独之心的杀手"，现在大家都这样称呼他，他身在纽约的监狱之中，却成了这家俱乐部的成员，还提出了请求，希望对自己的痛苦实行有效的治疗。等到监狱里的官员们把电椅这个有效的工具准备完毕，这种高压电疗法一定会把今天牢骚满腹的雷蒙德变成一个情绪高涨的全新的雷蒙德。

一九五〇年九月二十七日

《先驱报》，巴兰基亚

死神是个很不守时的妇人

读着一条来自肯塔基州米德尔斯堡的消息时，我记起了一则美丽的寓言，说的是一个奴隶在市场上碰见死神对他做了个鬼脸，他感到这是"一种威胁的信号"，于是逃到了萨马拉。几个小时以后，这奴隶的主人，似乎是死神的一个朋友，碰见了她，便问她："今天早上你碰见我家奴隶的时候，为什么对他做了一个威胁的鬼脸？"死神答道："我做的不是威胁的鬼脸，而是感到有点儿吃惊。我很奇怪，他本来下午和我在萨马拉有个约会的，怎么在这儿碰见他了。"

这则寓言，从某种意义上来说，是两天前发生在肯塔基州米德尔斯堡那个事件的另一个极端，它说的也是有个人和死神有个约会，出于某种到现在还没法搞清的原因，这一回不是人，而是死神没有去赴约。因为詹姆斯·朗沃思，一个六十九岁的山里人，这天起得比以往都早，洗了个澡，又像要出门旅行一样准备整齐。然后他在

13

床上躺了下来，闭上双眼把自己知道的祷告词齐齐念了一遍，这时在他家窗外，起码有两百多人挤成一团，等候着那条肉眼凡胎看不见的船到来，好把他带到那个一去不复返的地方。

说起来这等候三年前就已经开始了，一天早晨，这位山里人吃着早饭的时候突然讲起了他做的梦，说死神就附体在他们中间某一个人的身上，还答应一九五二年六月二十八日八点二十分会来找他。这消息先是传遍了整个镇子，接着就是全县，最后终于传遍了整个肯塔基州。本来人迟早难免一死，可詹姆斯·朗沃思要死这件事从这天起就变得与众不同起来，因为他是一个被定了死期的人，这样一来他倒似乎可以为所欲为，就算是每餐吞下升汞这类东西也无所谓，死神是说话算话的，既然已经如此郑重地给出了精确的最后期限，她是不会反悔的。从那天起，詹姆斯·朗沃思，别的事且不去理论，在大街小巷、在米德尔斯堡乃至在全肯塔基州都成了名人，大家都直接把他叫作"要死的人"。

就这样，两天前，醒来的时候全县的人都记起了这一天是六月二十八日，两个钟头以后，死神就会来赴与詹姆斯·朗沃思的约会。这本来应该是个办丧事的早晨，却成了某种意义上的节日，好奇的人们都推迟了干活的时间，大老远地跑来看一个人会怎么死去。其实，要说大家真的以为詹姆斯·朗沃思会死得和别人有什么两样，也是无稽之谈。可不管怎么说，通过这一次的死亡，我们大家都想弄清楚自开天辟地以来一直深感兴趣的事情，那就是：死神到底讲不讲信用。去的人里面男女老少都有，詹姆斯·朗沃思躺在床上向他们一一作别，就像是立在那艘看不见的载具的脚踏板上，它三年前就准许他获悉，在它无尽的漫漫旅途中数百万次的停泊里，有他的这一站。

突然，人们的心都提到了嗓子眼，观众们看到已经是八点二十分整了，死神却还没有降临。挤在窗外的两百多颗脑袋好像都受到了一记重击，有一种满怀期望却受到欺骗的感觉。可是，那一分钟过去了，下一分钟过去了，什么也没发生。詹姆斯·朗沃思不知所措地从床上坐起身来，说了句："要是我这会儿死不了的话，那就太令人失望了。"也可能这时，那起了个大早、大老远赶来、在炎炎夏日里气喘吁吁的两百多人，正聚在广场中央呼唤着死神。不是为了让死神把自己拖走，而是为了将她私刑处死。

一九五二年七月一日
《先驱报》，巴兰基亚

拉谢尔佩镇的奇异偶像崇拜

对小耶稣的荒唐崇拜。

偶像工会。圣板和圣肾。

"帕恰·佩雷斯"。

偶像崇拜在拉谢尔佩镇享有至高无上的威望，这事由来已久，最早是一个妇人以为她在一块松木板上发现了超自然的力量。那女人正搬着一箱肥皂，突然，箱子的一块板脱落下来，无论如何也没法再安回去：哪怕是在木头最软的地方，钉子钉上去都会打弯。最后，那妇人仔仔细细地观察了那根木条，在它粗糙不平的纹理中，用她的话说，发现了圣母像。完全不需要什么比喻解释或废话，片刻之后，祝圣仪式就得以完成，它直接被封了圣："圣板"，一根创造奇迹的松木条，在冬天来临、收成遭到威胁的时候被带着四处巡游，以祈求上帝的恩泽。

这一发现引发了不少夸张的圣化荒唐事：人们对着牛蹄牛角顶礼膜拜，希望借此来驱走自家牲口的瘟疫；据说有专用葫芦能使行路人免受野兽袭击；几块小金属片或是什么家什就能给姑娘们招来如意郎君。各种花样里面，还有一个叫作"圣肾"的，将其封圣的是一个屠夫，深信自己在一只牛腰子上发现了和头戴荆冠的耶稣脸庞一模一样的东西，谁要是内脏发炎了，就会来乞求它的庇护。

小耶稣

在拉谢尔佩镇附近的小村庄里，每逢过年过节不可或缺的一大要素是安放在广场一角的一个小祭坛。村子里的男男女女都会聚到这里，行些布施，乞求神迹。它其实是一座用棕榈树的叶子搭起的神龛，正中间有一个用鲜艳的彩纸包着的小盒子，盒子上安放着本地区人气最旺的偶像：一个用木头雕成的小黑人，高两英寸左右，固定在一个金环上。它有个非常简单通俗的名字：小耶稣。拉谢尔佩的居民们碰到急事时经常向它求助，并许下重愿，每一次发生奇迹就在它的脚下供奉上一件金器以示纪念。就这样，小耶稣的圣龛里今天已经积攒了一小堆金器，价值不菲：一位盲人在恢复视力后奉上了一双用黄金打造的眼睛；一个瘫痪的人又能走路之后献上了金质的腿；纯金老虎是摆脱了野兽危险的旅人放在那里的；还有不计其数大小不一形状各异的黄金小孩，因为这个金环上的小黑人像是拉谢尔佩产妇们祈愿的首选。

小耶稣是个古老的圣物，起源不明。它代代相传，在许多年时间里一直是它先后不同的拥有者赖以生存的手段。小耶稣遵从着供求规律。作为一件物品，人人都对它垂涎三尺，只要通过光明正大的交易，根据买家出资合适与否，它也可以被据为私有。传统的做法是，你一旦成为小耶稣的所有人，也就同时成了那些布施钱财和还愿金器的拥有者，不过那些为了使它的家业更为丰盛而献上的牛羊不在此列。小耶稣的最后一次易手是在三年前，买家是个极有商业眼光的牧场主，他决定改弦更张，卖掉了自己的牛和土地，带着他那个创造奇迹的繁荣商店，在各个小村庄里、在一个又一个节日聚会之间转来转去。

小耶稣深夜被盗

八年前，小耶稣被人偷走了。这是它第一次、肯定也会是最后一次失窃，因为所有居住在拉瓜利帕沼泽那边的人都知道这事是谁干的，而且也对他深感同情。事情发生在一九四六年一月二十日这一天，在拉文图拉村，人们正在欢庆圣命名日之夜。凌晨时分，人们的热情正开始减退，一个失控的骑手闯进了村子里的小广场，打翻了乐队的台子，盆盆罐罐稀里哗啦，赌钱的轮盘碎了一地，跳舞的人也都东倒西歪。这骚动持续了有一分钟，可过去之后，小耶稣就从圣龛里消失了。人们在洒落一地的物件和打翻在地的食物里找了半天，一切都是徒劳。圣龛也拆开看了，每一块破布片也都被抖过了，拉文图拉村目瞪口呆的村民也都被仔仔细细地搜了个遍，还是没有踪影。小耶稣不见了，这不光引起了人们普遍的不安，还表示偶像对圣命名日这一天的贡品很不满意。

三天后，来了一个骑马的人，两只手肿得不成样子，他穿过拉文图拉村唯一的那条长长的街道，在警察局门前下了马，把一个固定在金环上的小人交到了警察手中。他已经没有气力再翻身上马，也没有勇气去面对涌到门口的愤怒人群。他唯一需要的、也大声请求了大家的，就是找一个金匠过来，赶紧用黄金打造一双小手。

丢失的圣像

以前小耶稣也丢过一回，有一年时间不见踪影。为了找到它，整个地区的居民忙活了整整三百六十五个日夜。那一回它丢失的情景和这一回拉文图拉村圣命名日之夜的非常相似。当地一个平日里专爱惹是生非的家伙，说不出来是为了什么原因，不合时宜地把偶像偷走，扔在了隔壁的一块菜地里。这一回，虔诚的人们没有慌乱，没有犹豫，立即开始一厘米一厘米地清理那块菜地。十二个小时过去了，菜地里连一棵草也看不见了，可小耶稣还是无影无踪。于是人们又开始翻地。翻了一个星期又一个星期，还是徒劳无功。末了，在找了十五天之后，有人开始说，参加这件事情可以等同于忏悔赎罪，谁要是找到小耶稣，就可以抵赎罪符用。从那时起，这块菜地就变成了一处朝圣之地，后来更是变成了一个大众市场。它的四周纷纷盖起了小客栈，拉谢尔佩镇最边远地方的男女老少都接连不断地赶来，耙地的耙地，挖土的挖土，一次次翻起已经被翻过无数遍的土地，为的就是要找到小耶稣。有第一手的消息说，消失了的小耶稣除了不再现身以外，仍然还在创造奇迹。这一年对拉谢尔佩镇来说糟糕透顶。庄稼的收成下降了不少，谷物的质量也不行了，地区的收入根本无法满足人们的需求，更不待说在这一年里，需求远远超过了往年。

小耶稣成倍增加

小耶稣失踪的这一年，真可以编出一本内容丰富、精彩纷呈的故事集来。在拉谢尔佩镇某个人家里出现过一个假冒的小耶稣，是一个挺讨人喜欢的安蒂奥基亚人雕出来的，他想用这种办法挑战公众的愤怒底线，差点儿为自己的冒险吃了大亏。这件事引发了一连串的造假事件，以及一场大规模的小耶稣造假运动，它们从各处冒出来，搅乱了大家的心绪，最后甚至发展到有人提出疑问，说在那一大堆假冒的偶像里，真的会不会也混在其中。一开始，拥有者识别偶像真假唯一可依靠的标准就是拉谢尔佩镇居民们的直觉。人们会打量一番小人像，然后简单说上一句："这个不是的。"拥有者就会说不是，因为只要它的信徒们都说是假的，那就算是真的也没有什么用处。可有一回，围绕偶像的真假发起了一场争论。丢失了八个月之后，小耶稣的威望开始受到质疑。它的信徒们对它的信仰开始动摇，一大堆难辨真假的偶像被付之一炬，因为有人说真的小耶稣是不怕火烧的。

偶像工会

不计其数的假冒小耶稣的问题解决了，狂热分子们又想出了新的花样来确认偶像的隐身之处。"圣板""圣肾"，外加一屋子的牛角牛蹄、拴牛的铁环，还有各种厨房用具，丰富了拉谢尔佩镇神迹清单的物件现在都被轮番拿到菜园子里，象征着工会的紧密团结，支持令人精疲力竭的寻找小耶稣事业。可这些也都没什么用处。

在丢失的那一夜过去整整一年之后，一位在追寻小耶稣踪迹方面堪称专家的人得到神的启示，他说，小耶稣所要的无非是一场盛大的斗牛节日狂欢。

本地区的牧场主们又是出钱又是出牛，还给工人们放了五天的带薪假。在拉谢尔佩镇人们的记忆中，要论人数之多、活动安排之紧凑、场面之热闹，从前的节庆没有能超过这一次的，然而五天时间过去了，小耶稣还是没有露面。最后一夜也过去了，第二天早晨，工人们已经回去该干什么干什么，本地区的那些狂热分子则编出新的花样和各种荒唐的悔罪手段，一个妇女在离菜园子六里路的地方找见了那个小黑人，就扔在大路中央。离那里最近的一户人家在院子里点起一堆火，小人像被扔进火堆里。火灭了以后，偶像还在那里，完全是真的小耶稣无疑。

小耶稣的私家庄园

从此小耶稣就有了自己的私家财产。菜园子的主人把产权转让给了小耶稣，条件是这块地的产权只能属于偶像本身，而不能属于偶像的拥有者。从那时起，小耶稣就从信徒那里收到许多牲畜和水草肥美的土地。偶像的拥有者当然就成了这些财产的管理人。但从目前的情况来看，还说不出这庄园在操作上有什么不规范的地方。就这样，小耶稣的名下有一处菜园子、两座房子，还有一处照料得很不错的牧场，放牧着奶牛、肉牛、马和骡子，身上都烙有专门的烙印。这和圣贝尼托村基督像的情况有点儿相似，几年前那里曾经速审过一个偷窃牲畜的案子，因为有一些别人家的牛身上被烙上了它的烙印。

拉谢尔佩镇的一次守灵

每当谁家死了人，拉谢尔佩镇的家庭主妇们便会出门买东西。在这样一个地区，守灵是商业和社交活动的中心，人们平日里没有机会相聚相会穷开心，只有等待偶尔有个认识的人死了的时机。所以，守灵就成了一种五光十色、热闹非凡的集市，在那里最不重要、最可有可无、最无所谓的就是那具遗体。

每当拉谢尔佩镇上死了个人，就会有两个人出去转一圈，出行的方向相反：一个人到拉瓜利帕去买棺材，另一个人到沼泽深处去把消息传给大家。准备工作一般都是从打扫家里的院落开始，要把这天晚上和接下来的八个晚上一切妨碍人们自由活动的东西全都收起来。尸体被安放在最偏僻的一个角落，也就是最不碍事的地方，就停在地下，直挺挺地躺在两块木板上。人们下午就开始陆陆续续地过来了。他们直接走到院子里，靠着篱笆墙摆出瓶瓶罐罐，支起小铺，无非都是卖些油炸馃子呀，廉价的洗涤液呀，油呀，再就是火柴什么的。到天黑的时候，院子就成了一个公共集市，中间有一个大盆，里面装满了本地蒸馏的烈酒，酒面上漂浮着许多小小的加拉巴木果，其实都是用青南瓜做的。这最后一样，再加上死了人这个借口，这家人的贡献就算是齐活了。

爱情学校

在院子的一边，一群姑娘挤在最大的一张桌子旁边包卷烟。也不是所有的姑娘都在那里——只有急于找个丈夫把自己嫁出去的那些。那些暂且情愿参加风险小一点儿的活计的姑娘们可以在守灵期间做自己想做的事情。其实，一般情况下，那些还不想嫁人的姑娘是不会到这样的集市上来的。

急着娶老婆的男人们也有自己的去处，他们都待在磨咖啡的机子跟前。拉谢尔佩镇的女人有一个非常平常却很有象征意义的偏好：对能飞快磨出大量咖啡的男人毫无抵抗力。参加这种能把人累得半死的竞赛的男人们排着队走到咖啡台前，他们的任务是双料的，在努力把咖啡豆磨碎的同时，也想把包卷烟的姑娘们的心磨得粉碎。炒好的咖啡由姑娘们包成一大包一大包的，专门有一位既公正无私又很有眼色的裁判把咖啡磨上的容器装得满满的。比起那些眼疾手快大献殷勤的男子，更精明的还要数咖啡的主人，他们等这个机会已经等了好多天了，就等着有个死人，加上一个生性乐观的人帮他们解开生意上的死结。

剩下的男人们会各自扎堆聊聊生意，争论一番，完善并达成某笔交易，不时往装酒的大盆那里跑上一趟，庆祝达成的协议，或者至少使争论变得心平气和一点儿。那些闲来无事，既不想买什么又没什么可卖的人，也有自己的去处。他们几个一组围坐在灯下，玩玩多米诺，或是用西班牙扑克玩玩"猜九"游戏。

帕恰·佩雷斯

哭丧——这项活动在大西洋沿岸地区又派生出许多有趣而又荒唐的细小区别——在拉谢尔佩镇土生土长的居民心目中，是一种职业，它不应当由死者的家人从事，而是要交给一个女人，一位无论从素质上还是从经验上都堪称专业的哭丧妇。相比那边兴高采烈的磨咖啡比赛，从事这一行当女人之间的相互敌视有着更鲜明惊人的特色，也会带来更糟糕的后果。

要论起拉谢尔佩镇哭丧妇中的天才，那还得数哭丧妇帕恰·佩雷斯，她是个瘦瘦的霸道女人，有人说她在活到一百八十五岁的时候被魔鬼变成了一条蛇。就像那位侯爵夫人①一样，帕恰·佩雷斯也成了传奇人物。没有任何人能拥有她那样的嗓音，跑遍拉谢尔佩镇附近的沼泽地也找不到任何一个拥有她那种撒旦般的梦幻本领的女人，能把死者的一生浓缩在一声号叫之中。帕恰·佩雷斯从不参

---

① 加西亚·马尔克斯于 1954 年 3 月发表题为《拉谢尔佩的侯爵夫人》的文章，提到了当地盛行的"侯爵夫人"传说，是一个与魔鬼签过契约、通晓咒语的白皮肤金发西班牙女人形象。

与竞争。直到现在的哭丧妇们谈起她来，总还会这样说她，其实也是在为自己辩白："帕恰·佩雷斯是和魔鬼签过契约的。"

哭丧妇们的表演秀

哭丧妇们不是来哭死人的，而是来向来宾当中的显贵人物致敬的。当人们发现某个因为富甲一方而被当成有特殊贡献的重要人物将要登场，便会有人通知值班的哭丧妇。接下来的情节就非常有戏剧性了：生意经暂停，姑娘们也不包卷烟了，她们的追求者们也不磨咖啡了，玩"猜九"的男人们还有照应炉子和小铺的女人们全都静了下来，脸都朝着院子中央，在那里，哭丧妇双臂高举，脸戏剧性地抽搐着准备放声大哭。随着一声长长的呼啸，刚刚到来的人听到了整个故事——听到了死者的走运时光，也听到了他的倒霉岁月，听到了他的优点，也听到了他的缺点，还有他的快乐他的痛苦；而故事的主人公此时正仰面朝天躺在一个角落里渐渐腐烂，身边不是猪就是鸡，身下垫着两块木板。

下午欢乐美好的集市时光到了凌晨时分便开始向悲剧转化。酒盆一次又一次被加满，里面的劣质酒一次又一次被喝干。聊天也好，玩牌也好，恋爱也好，都好像打上了结，难以进行下去。还都是些解不开的死结，本会把这群如痴如醉的人之间的关系磨得粉碎，除非在这个当口人们又想起那扫兴功力一流的重要死者。天亮前，总算有人提醒一句，说人家家里还躺着个死人呢。人们仿佛是头一次听到这样的消息，因为这时一切活动才都停了下来，喝得醉醺醺的男人们和累得筋疲力尽的女人们赶开了猪，吆走了鸡，把两块木板连同上面的死人一起拖到房子中间，好让潘菲洛来念祈祷经。

潘菲洛是个身材魁梧的男人，长得像一棵树一样结实，只是有点儿女里女气的，应该有五十来岁了。在三十年的时间里他一次不落地参加了拉谢尔佩镇所有的守灵活动，负责为所有死者念祈祷经。相比此地其他念经人，潘菲洛的长处是他念的经文和祷告词都是自己独创的，而且把天主教的文本和拉谢尔佩镇的迷信融合得天衣无缝。潘菲洛给自己的全套祈祷词起了个名字，叫"对万能的主的祷告"。没人知道潘菲洛住在哪里。他一般就住在最后一个死者的家里，直到得到消息说又有人死了。他站立在死者前面，右手高举，计算着已经念了多少经段。念经者与人群还有进行对话交流的瞬间，每次潘菲洛念出一个多半是他自己瞎编出来的圣徒的名字，人群便发出和声："把他从这里带走吧。""对万能的主的祷告"进行到最后，念经的人向天上望去，说道："守护天使啊，请你把他从这里带走吧。"同时竖起一根食指，指向房顶。

潘菲洛五十岁上下年纪，身体壮实得像棵吉贝树，不过——就像过去发生过的侯爵夫人还有帕恰·佩雷斯的事情一样——他已经被传说埋到脖子了。

一九五四年三月二十八日

《观察者报》，周日刊，波哥大

有人从雨中来

从前，当她坐下来聆听雨声的时候，曾有过同样的惊悸。她总能听见铁栅栏嘎吱嘎吱响，听见铺着砖的小路上有脚步声，听见门槛外靴子在地面上踢踢踏踏的声音。很多个夜晚，她总盼望着那人会来敲响她的门。可到了后来，当她学会了辨识雨中各色各样的声音后，她想，那个想象中的访客永远也不会迈过门槛，于是便习惯了不再等待。这是她在五年前那个狂风暴雨的九月夜晚做出的最终决定，从那时起，她开始思索自己的人生，并对自己说："照这样下去，我最后会变老的。"从那时起，雨声便有了变化。有些时候，铺着砖的小路上的脚步声不见了，代替它们的唯有雨声。

尽管她已决定不再等候，但事实上有几次栅栏又发出了嘎吱声，门槛外那人的靴子又踢踢踏踏作响，和从前一样。可这时雨声已经给了她新的启示。她又一次听见了诺埃尔的声音，十五岁的他正给他的鹦鹉宣讲教义；又听见老式留声机放着古老而忧伤的歌曲，在她们家最后一个男人死去之后，那留声机被卖给了小杂货铺。她早已学会了在雨声中找回家里过去消失了的声音，那些最纯净、最亲切的声音。所以，就在这个风雨交加的夜晚，那个好几次推开铁栅栏的男人竟走上了铺着砖的小路，在门口咳嗽了一声，敲了两下门，真算得上一件意外的新鲜事。

一种无法遏制的渴望使她脸色发灰，她轻轻地做了个手势，把目光投向另一个女人待着的地方，说道："他来了。"

另一个女人坐在桌旁，两条胳膊肘支在没有磨光的粗橡木桌面上。听到敲门声，她朝油灯看过去，仿佛被一股刺人心扉的渴望震动了。

"这个钟点了，会是谁呢？"那女人问道。

而她这时又恢复了平静，十分有把握，就像是在说一句多年来一直在酝酿的话。

"这无所谓。不管是谁，他这会儿一定冻僵了。"

在她的目光寸步不离的关注下，另一个女人站起身来。她看着她拿起油灯，看着她消失在走廊里。从昏暗的客厅里，在黑暗中听上去更响的雨声中，她感觉到那女人的脚步声在门厅散乱的旧砖地上一脚轻一脚重地渐行渐远。接着她听见油灯碰在了墙上，再来就是门闩在生了锈的铁环里抽动的声音。

一时间，她耳朵里听见的只有遥远的过去的声音。她听见很久以前诺埃尔坐在木桶上兴致勃勃地给他那只鹦鹉宣讲上帝的旨意。

她听见院子里车轮的嘎吱声，劳雷尔爸爸正打开大门，好让那辆两头牛拉的车进来。她听见赫诺维瓦总是把家里吵翻了天，因为"这个倒霉的厕所每次都被占着"。然后，听见的又是劳雷尔爸爸的声音，他满嘴当兵时的粗话，用猎枪轰着燕子，那杆枪是他在最后那场内战中用过的，他一个人用它打败了整整一个师的政府军。她甚至还想，这次的事也就到敲了敲门为止了而已，就像从前只是到靴子在门槛上发出踢踏为止一样；她还想，另一个女人打开了门，看见的也不过是雨中一盆一盆的花，还有那凄凄凉凉、空无一人的街道。

然而，紧接着她就清清楚楚地听见黑暗中传来说话的声音。她又听见了那熟悉的脚步声，看见了门厅的墙上拉得长长的人影。此刻她明白了，那个一次次推开铁栅栏门的男人，在多年的试探之后，在一个个犹豫和悔恨的夜晚之后，终于决定走进来。

另一个女人拿着灯走了回来，后面紧跟着刚进来的那个男人。她把灯放在桌上，那男人——就在灯光的光影里——饱受风暴摧残的脸冲着墙，他脱去了雨衣。这时，她第一次看见了他。一开始，她定定地看着他。然后她从头到脚，把他身体的每个部分都细细打量了一番，目光坚毅，专注而认真，仿佛不是在打量一个男人，而是在端详一只鸟。最后，她把目光收回到油灯那里，开始思索起来："不管怎么说，就是他。虽说在我以前的想象中他要稍微高一些。"

另一个女人把一把椅子拖到桌子旁边。男人坐了下来，跷起一条腿，解开了靴子上的鞋带。另一个女人在他身边坐下，有一搭没一搭地和他说着话，说的什么她在摇椅这边一点儿也听不清楚。可从他们不说话时的表情上，她感觉到自己正从遗弃中被救赎，并且注意到，布满尘土、缺乏生气的空气中又有了从前的气息，仿佛又回到了那个男人们带着一身汗臭味走进卧室的年代。而那时，乌尔苏拉，那个慌慌张张的壮实女孩，每天下午四点零五分都会跑到窗口目送火车离去。她看着他的动作，心里很庆幸这个陌生人这样做了；庆幸他明白了，在一次艰难的、需要时时修正的行程之后，自己终于找到了这座迷失在暴风雨中的房子。

男人开始解衬衣的扣子。他已经脱去了靴子，正把身子俯在桌面上，就着灯火的热度烘干自己。这时，另一个女人站起身来，走到橱柜前，回到桌旁的时候，她手里拿着一瓶喝了一半的酒和一只酒杯。男人一把抓住瓶颈，用牙齿咬开软木塞，给自己倒了半杯绿绿稠稠的烈酒，紧接着，带着饥渴与兴奋，一口气把它喝了个精光。她坐在摇椅里，看着他，想起了那个晚上，当栅栏第一次发出响声——那是多久以前的事了！——她想着，家里除了这瓶薄荷酒再也没有什么东西可以拿出来招待客人了。她也曾对女伴说过："得把那瓶酒放在橱柜里，说不定什么时候就有人要喝。"女伴问她："谁？""随便谁。"她答道，"下雨天，万一有人来，有准备总是好一点儿。"从那时起好多年过去了。现在，那个预想中的男人就在那里，往杯子里又倒了些酒。

但这次男人没有喝成酒。就在他准备喝的时候，他的目光越过油灯，往暗处扫视了一番，于是她头一次感到了他目光的湿热。她明白了，直到此刻之前，男人还没有觉察到这间屋子里还有另一个女人存在；于是她摇起了摇椅。

有那么一会儿，男人带着一种冒冒失失的关注仔细地打量着她，这种冒失也许还有些故意的成分。一开始她有点儿不知所措，可紧接着她就察觉到，这目光她也似曾相识，虽说这审视的目光紧盯着她不放，有些肆无忌惮的味道，但是目光里饱含着诺埃尔那种略带调皮的善良，还有一丝他那只鹦鹉慢吞吞的、老实巴交的笨拙。因此她开始边摇摇椅边想："即便他并不是那个总来推开铁栅栏的男人，但不管怎么着吧，就算是他了。"那个男人注视着她，她边摇晃边想："要是劳雷尔爸爸在的话，会邀请他到园子里去打兔子的。"

将近半夜时分，暴雨越下越大。另一个女人把椅子拖到摇椅跟前，两个女人就这样静悄悄地，一动不动，看着男人就着灯火把自己烘干。临近的一棵巴旦杏树上，一根伸出的树枝好几次敲打上了没关紧的窗户；一阵狂风袭来，客厅里的空气变得潮湿。她感觉脸庞被割得生疼，但还是一动没动，直到看见男人把最后一滴薄荷酒倒进了杯子里。在她看来，这场面有点儿象征意义。她想起了劳雷尔爸爸，想起他一个人掩蔽在畜栏里作战，用一杆打燕子的霰弹枪把政府军一一打倒。她又想起了奥雷里亚诺·布恩迪亚上校写给爸爸的那封信，还有他授予爸爸的上尉军衔，劳雷尔爸爸拒绝了，他说："告诉奥雷里亚诺，我这么做不是为了什么战争，只是不想让这些野蛮人把我的兔子吃掉。"在这番回忆里，她就像是把她在这所房子里仅剩的过去也一滴不剩地倒得干干净净。

"橱柜里还有什么吗？"她阴郁地问了一句。

另一个女人也用同一种语气、同一种声调，想着那个男人不会听见，说：

"什么也没有了。你记得吧，星期一我们就把最后一小把菜豆吃光了。"

说完，她们担心对话被那男人听到，都重新向桌子那边看过去，但她们看到的只是一团漆黑，桌子和男人都不见了。可她们知道，男人就在那里，看不见，但就在熄灭了的灯旁边。她们知道，雨不停他是不会离开这所房子的，她们还知道，在黑暗中客厅变得如此之小，要是男人听见了她们的对话，那也没什么好奇怪的。

一九五四年五月九日

《观察家报》，波哥大

布恩迪亚家的房子

（为一部小说写的笔记）

那房子挺凉快；哪怕是在夏天，一到夜里还是有点儿潮湿。房子位于村子北边，在村子里唯一一条大街的尽头，建在高高的、结结实实的水泥基座上。大门挺高，没有台阶；客厅长长的，看不到什么家具，朝大街那面有两扇落地窗，这也许就是唯一能将它与村子里其他房子区别开来的地方。谁也不记得什么时候看见过它在白天关起大门。谁也没有看见过那四把藤摇椅挪动过地方或是换过位置：它们永远在客厅正中央，被摆成四方形，看上去与其说是为了让人休息，还不如说是一种简单而无用的装饰。在角落里，就在那个残疾女孩身边，现在有了一台留声机。可是在从前，在本世纪最初的年代里，房子里总是静悄悄的，显得荒凉破败——也许能算得上村子里最安静最荒凉的一家了，那么大一间客厅，只在女孩对面的角落放了四把……（现在水瓮上装了个滤水器，上面长着青苔）。

通往唯一一间卧室的房门两边挂了两张老照片，上面还搭着葬礼上用的缎带。客厅里的空气自带一种冷冰冰的庄严，倒也还自然健康，挂在卧室门楣上晃来晃去的一捆婚礼服装，以及挂在屋里装点大门门槛的干芦荟枝也是一样。

奥雷里亚诺·布恩迪亚回到村子里的时候，内战已经结束了。艰难的经历也许没有给这位新任命的上校留下什么东西。留下的只有一个军衔和对自己的苦难一种不真切的无知茫然。然而给他留下的还有最后一位布恩迪亚家族成员半死不活的生存状态，以及全然的饥饿。留下的还有那种对日常生活的眷念，想要一间安安静静的小屋，没有战争，可以让阳光照射进来的高高的大门，院子里有两根木柱，上面拴着一张吊床。

在镇子上，在他们家老一辈人居住的那个房子里，上校和他的妻子只看到被火烧毁的柱子的残桩，还有那日复一日经受着风吹雨打的高高的地基。谁都很难分辨出来这里曾经有一座房子。"一切的一切都曾经那么明亮，那么洁净。"上校这样回忆道。然而就在曾经是后院所在位置的灰烬间，在当厕所用的小木屋旁边，就像是废墟中的基督一般，杏树又发出了绿芽。那杏树，半边与曾经给老几辈的布恩迪亚的院子带来阴凉的那棵并无不同。而另外半边，罩在房顶上的那半边，枝条都半死不活的，被火烧成了炭，看上去就好像是树的半边在秋天，另外半边却在春天。上校记得这座被毁掉的房子。他记得它的明亮，记得它那由各种声音汇集而成又向四周发散出去的乐曲声。他当然也记得杏树旁厕所里散发出的刺鼻的酸腐气味，记得那间小屋里的静谧，四下里还长出了各种草木。清扫废墟时，堂娜索莱达从泥土中翻到一尊折断了一根翅膀的圣拉斐尔石膏像，还找到了一盏灯。就在这个地方，他们把房子又建了起来，只是把大门开在了日落的方向——和在战争中死去的老一辈布恩迪亚当年的方向正好相反。

没有做什么准备工作，也没有事先定什么顺序，雨一停，房子就算开工了。他们没有举行任何仪式，就把圣拉斐尔的石膏像安放在准备立第一根柱子的坑洞里。也许这并非出自上校的设想，但在地面画施工线的时候，在杏树旁原来是厕所的那个地方，空气像从前的后院一样清新。就这样，当他们挖下四个坑洞，上校自语"房子就得是这样，客厅要大一些，孩子们才能有玩的地方"的时候，这房子最精华的部分就算定了下来。仿佛是丈量地界的人在虚空中正好把线画到了院子寂静的边界似的。因此当他们把四根柱子立起来之后，中间的空间就已经是洁净的、湿润的，就像房子现在这样。房子里面能感觉到大树的凉爽，能感到厕所那深深的、神秘的静谧。村子，连同它的炎热与吵闹，统统被隔在了外面。三个月以后，上房顶的时候，给墙上抹泥的时候，还有安房门的时候，房子里面仍然有那么一点儿院子的意思。

一九五四年六月三日
《新闻杂志》，巴兰基亚

文学主义

直到今天，还有人在抗议那些恐怖血腥的连载故事和连续剧，在那些文章里，每一平方公里的土地上，见不到几个主人公，到处血流成河，这些东西的读者或是观众都得万分谨慎，一不小心自己也会成为悲剧的受害者。然而，真实的生活有时比这还要恐怖得多。

下面是发生在安蒂奥基亚省圣拉斐尔市的一个例子，所有的文学批评家都会谴责说它太夸张了，一点儿也不贴近现实生活。首先，这个案子起源于两个家族的相互敌视，像这样的点子从文学角度来说通常都是不够格的，因为很少有人会认为这种两百年前的陈芝麻烂谷子还有什么意义。然而，圣拉斐尔市这个充满血腥味的离奇事件确实是源自两个家族的相互敌视，倘若有谁还认为这种状况是假的，那他们也就只能去谴责生活本身了，因为它太缺乏想象力，又太爱循规蹈矩，墨守成规。

正如可以预料的那样，一桩罪案发生了。而且还不是一般的犯罪，是一桩轰动一时的杀人案，杀人凶手上来就冲受害人开了一枪。接下来就像是文学作品中的残羹剩饭了：凶手枪杀了受害人之后，又用砍刀在尸体上乱砍一气，最后，这种冷酷无情到了特别过分的地步，使人们联想到某些哥伦比亚人是不是有来自地狱的血统——他把受害人的舌头割了下来，想也没想为了什么，实际上他拿这舌头什么也没干。

以现有的新闻价值衡量起来，这条消息只值得上两纵行的本省新闻版面。这是一个流血事件，和其他的没什么两样。区别在于此时此刻很难看出它有什么特别值得一提的地方，作为一则消息，它太普通了，而作为小说，它又太吓人。

该向现实生活提议，让它还是谨慎一些为妙。

一九五四年六月二十三日

《观察家报》，波哥大

先驱

毫无疑问，从创世以来，第一条最激动人心的新闻当属亚当与夏娃被逐出天堂。这样的头版头条一定会令人难忘：**亚当与夏娃被逐出天堂**（占据八行版面）。"'你将依靠额上的汗珠挣得吃食。'上帝这样说道。昨日，一位天使高举燃烧着火焰的宝剑执行了这一判决，并在伊甸园设岗守卫。悲剧的起因，是一个苹果。"

这是条多少年前的旧闻呢？这个问题回答起来真不大容易，就像要预言什么时候能写出最末一条激动人心的报道——告诉人们末日审判，人类算总账的日子何时到来—— 一样困难。可在这一天到来之前，有谁能知道新闻这个行业还会经历什么样的变化呢？这个令人心力交瘁的行业，一开始的时候也就是一个邻居告诉另外一个邻居第三个邻居昨天晚上干了些什么，在人们当中引发各种各样的好奇心，而镇子上一个每天都看报纸的人把对这消息的评论写成一篇文章，语气要么是社论式的不容置疑，要么是批注式的轻描淡写，这要视文章内容的重要与否而定，然后到了下午，他找家能够指引舆论导向的药房，把文章读给人们听。

　　这样一种对每天的事件做评论的人，在我们的老百姓中间至少能占到四成，他们虽然不在报纸上写文章，却也是一种记者。即便环境严酷而不容撼动，使得他们手头没有一张来表达自己观点的报纸，他们仍发挥出职业的功能，在公共场合大发自己的观点且效果异常明显，这似乎彰显了一个毋庸置疑的事实：新闻这个行当是人们一种生物学上本能的需求，它的生存本领甚至要超过报纸本身。总会有个人在药房的某个角落里读一篇文章，也总会——这正是有意思的地方——有一群公民等着听他读，哪怕有时仅仅是为了表示自己不同流合污、感到自己在享受民主的快乐而已。

　　　　　　　　　　　　　　　　　一九五四年八月十日

　　　　　　　　　　　　　　　　　《观察家报》，波哥大

邮差千遍万遍地敲门

对无法投递信件墓地的一次造访

那些无法投递的信件结局如何。寄给隐形人的信件。一间以胡作非为为己任的办公室。唯有的几位获准打开信件之人。

某人寄出了一封既不会抵达收信人手中，也不会被退回给寄信人的信。写这封信的时候，地址没有一点儿问题，邮资贴够了，收信人的姓名正确无误，邮局工作人员的操作一丝不苟。每个环节都没出问题。这个复杂的管理机构运转得无比精准，对这封永远不会到达的信是这样，对同一天寄出的及时送达的成千上万封信也是如此。

邮差敲了好几次门，又核对了地址，向左邻右舍打听了一番，得到的回答是：收信人早就搬家了。人们给了他新的地址，信息都挺详细，这封信最后到了信件自领办公室，三十天内它会在那里等候它的收信人。每天都有无数的人来到邮局这间办公室寻找根本没有写过的信件，他们都看见了这封千真万确写过、只是永远也不会寄达的信。

信被退回给寄信人。可这寄信的人也搬了家。信又在自领办公室等了三十天，寄信的人也纳闷为什么没有收到回信。最后，这封简简单单的信，它也许只有区区几行字，什么具体内容也没有，当然也可能有对一个人的一生有决定性意义的内容，被装进了一只口袋，和成千上万封无名信件一起被送到了第八大街上简陋的、布满灰尘的 567 号。那里就是这些无法投递的信件的墓地。

侦察书信的工作

这房子只有一层，房顶很低，墙皮斑驳，仿佛没有人居住，已经有数百万封无人认领的信件从这里过往。其中有一些已经满世界转了好几圈，最后又回到原处，等待着有人把它取走，不过也说不定，信主人已经在等信寄到的中途就离开了人世。

信件的墓地还真有点儿像埋死人的墓地。静悄悄的，没有一点儿声息，一条条走廊长长的、深深的，一堆一堆的信件塞满了昏暗的过道。然而，与埋死人的墓地不同，在信件墓地里，要过上相当长的时间才会彻底绝望。六位工作人员有条不紊、一丝不苟，浑身上下都披满日复一日的灰尘，仍在想尽一切办法尽可能地发现线索，找到素昧平生的收信人。

六个人当中有三位是国内仅有的有权打开这些信件而不会受到私拆信件指控的人。可大多数情况下这一法定程序也办不成什么事：信件的内容不能提供任何信息。还有更奇怪的事情：在每一百个邮资已付写错地址的信封中，至少会有两个是空的。它们是没有信的信件。

隐形人到底住在哪里？

　　收信人和寄信人地址的变更说起来挺悬，但却是最简单最常见的情况。余件办公室——这是无主信件墓地的正式名称——的工作人员已经记不清在这遗失信件之迷宫中发生过多少奇之又奇的情形。在每天收到的每一百封信件中，至少有十封邮资已付手续齐全，只是信封上完全是一片空白。"写给隐形人的信"，他们这样称呼这一类被塞进邮筒的信，寄信的人只是一时心血来潮，写信给一个根本不存在、因此也根本没有住所的人。

给乌菲米亚的信 [1]

　　一个无法投递的信封上这样写着："波哥大何塞收"。这信封被拆开了，里面有一张对折了两次的纸，信是手写的，落款处签的名字是"第欧根尼 [2]"，有关收信人的唯一一点儿线索是开头处的称呼："我亲爱的恩里克"。

---

[1] 出自一首西班牙语同名流行歌曲。——译者注
[2] 古希腊著名犬儒主义哲学家。——译者注

送到余件办公室的信成千上万，信封上要么只写了名字，要么只写了姓。有数以千计的信写给阿尔韦托、伊莎贝尔、古铁雷斯、梅迪纳或是弗朗西斯科·何塞。这一封也只是无数信件当中再普通不过的一封。

在这间办公室里，胡来之举是家常便饭，还有一封信，装在报丧用的信封里，信封上既没有收信人的姓名，也没有地址，只用紫色墨水写了这样一句话："我把信装在黑色信封里寄给你，只是想让它更快送达。"

到底谁是谁！

诸如此类夸张到极致的荒唐事，足以让一个正常人发疯，却没能扰乱六位办事员——他们一天八小时尽力寻找这千百封无主信件的收信人——的神经系统。特别是在圣诞节期间，从"上帝之水"麻风病院寄来了几百封无名信件。每一封都需要点儿帮助："在南28街开了家小铺的先生收，他的小铺离一家肉店有两家门面远"，这就是一个信封上写着的地址。邮差发现，在一条有五十个街区长的街道上寻找一家小铺简直是大海捞针，更别说那条街上根本就没有什么肉店。不过，从"上帝之水"寄来的信里有一封还真的寄到了，信封上是这样写的："每天早晨五点半到埃及教堂做弥撒的太太收"。经过不断的坚持，持续的调查，余件办公室的办事员和邮差们终于找到了那个匿名的收信人。

尽管如此……

在每天送到余件办公室的信件里，被彻底宣告死亡的信并不占大多数。堂恩里克·波萨达·乌克罗斯是一个办事慢腾腾的人，满头白发，在这间办公室待了五年之后，已经修炼得见怪不怪，在这个经常要从看起来毫无线索的地方寻找线索的了不起行当中，他的情感早已被磨炼得异常敏锐。在这样一间专为全国无序透顶的通信人们设立的办公室里，他算得上是个狂热的秩序维护者。"谁也不会去看自领邮件办公室的什么告示的。"这是办公室负责人的原话。在那些无地址信件的真正收件人当中，只有很小一部分会来这里寻找。波哥大邮电总局的自领邮件办公室里从早到晚挤满了等信的人。然而，在一张标有一百七十封写错地址的信件的告示上，只有六封被收信人领走。

同名同姓

一封信不能寄到，原因无非是愚昧无知、粗心大意、马虎草率，外加缺乏公共合作意识。在哥伦比亚，很少有人搬完家之后会把相关的信息通知邮局。只要这种现象还存在，余件办公室的办事员们的努力便都是徒劳。比方说有一封放在那里好多年无人认领的信上是这样写的："有您未婚妻寄来的一封信，请速速来取。"那里还有从世界各地寄来的包裹，里边是些报纸杂志、名画的复制品、学术文凭，还有些物件根本看不出是干什么用的。两间房子被来自世界各地的无主余件堆得满满当当。人们在那里看见过寄给阿方索·洛佩斯、爱德华多·桑托斯、古斯塔沃·罗哈斯和劳雷亚诺·戈麦斯的信件，但却不是我们普通人今天都能想到的那几位。在各种各样的东西里还有一大包杂志和哲学简报，是寄给住在加勒比海地区的律师兼社会学家路易斯·爱德华多·涅托·阿特萨博士的，而他现在居住在巴兰基亚。

邮差千遍万遍地敲门

并非每一封送到余件办公室的邮件都是写错了地址的。也有不少是被收信人拒收的。男人女人都有，邮购了东西却又反悔了，坚决不肯收货。被他们拒绝的是邮差。就算波萨达·乌克罗斯先生在电话簿里查到了收件人的电话号码，打电话请求他们接收一件寄自德国的包裹，这些人依然无动于衷。邮差已经习惯了这一类的事情，他会想尽各种办法让收件人把名字签在收据上，并且收下邮件。这在大多数情况下都是徒劳无功。邮件上常常连寄件人的名字也没有，最终只能归到无主邮件一类了事。

这一类情形里还有那些禁止进口却到了海关的东西，还有些虽然允许进口但收件人并不想去领取的物品，因为要交的税远远高于货物本身的价格。在这遗失信件墓地的最后一间房子里，有九大包从库库塔海关寄来的物品。这九个包裹装着各种值钱的东西，只是寄来时没有任何邮寄票据，因此从法律上来讲它们根本就不存在。是一些不知来自何地也不知要去向何方的货物。

世界是广漠的

有时候，复杂的世界邮政机制会出错，本来只需要走一百公里的信或邮件走了十万公里，被送到了波哥大余件办公室里来。经常有从日本寄来的信，特别是在第一批哥伦比亚士兵从朝鲜回国以后。这里面有很多是情书，是用无法辨认的西班牙语写的，日语字符和拉丁字母乱七八糟地混在一起。这些信里面只有一封是有地址的："哈瓦那，一号海角"。

差不多一个月前，有一封姓名地址都写得清清楚楚的、寄往意大利阿尔卑斯山区一个遥远小村庄的信，被退回了巴黎。

一九五四年十一月一日

《观察家报》，波哥大

阿拉卡塔卡的老虎

阿拉卡塔卡位于圣玛尔塔市的香蕉种植区，平日里没什么机会上得了铅字的版面，这倒不是因为排版的机器把"a"这个字母都用完了①，而是因为它从种植香蕉的绿色风暴时代起就是个中规中矩的平和村子。近日以来，它的名字又一次出现在各家报纸上，其中的五个重复且一气呵成的元音被和一只"老虎"的两个音节联系了起来②，它也许就是那著名的绕口令"三只忧伤的老虎"③中的一只，眼下又加入了这阿拉卡塔卡的绕口令之中。

尽管证据确凿，不容置疑，阿拉卡塔卡有老虎这条消息听上去还是不大像那么回事。阿拉卡塔卡没有老虎，这一点其实那些说有

---

① 阿拉卡塔卡（Aracataca），该地名的西班牙语原文九个字母中有五个"a"。

② "老虎"的西班牙语原文 tigre 由两个音节构成。

③ 此处原文出自一段西班牙语世界广为人知的绕口令开头，"Tres tristes tigres"，直译为"三只忧伤的老虎"。

的人心里也一清二楚。这个地区的老虎多年前就已绝迹，被卖去世界多个地方做成了地毯，说起来，那时的阿拉卡塔卡还是一个名扬天下的村镇，人们甚至不屑为捡一张五比索的钞票翻身下马。后来，香蕉热过去了，华人、俄国人、英国人，还有从世界各地过来的移民都纷纷离去，连一丁点儿往日盛况的痕迹都没留下，可他们也没留下什么老虎。他们什么都没给阿拉卡塔卡留下。

　　不过，关于老虎的故事还是值得一信，这样一来排版的机器才能把一个字母连打上五遍，人们也才会再一次记起阿拉卡塔卡——就像某个专门说笑话的演员所说的，"名为拉德拉加兹之人的国土"——也迟早会有人想起它，就像人们会想到哥伦比亚大大小小的城市一样，甚至连那些名字并非如此难以忘怀的城市也在其中。

　　真的该多想想阿拉卡塔卡了，趁着老虎还没把它吃掉。

一九五五年二月一日

《观察家报》，波哥大

教皇陛下去度假了

（节选）

教皇去度假了。今天下午五点整，教皇登上他的私家梅赛德斯轿车，车牌号 SCV-7，从宗教法庭的大门驶出，前往距罗马二十八公里的冈多菲堡行宫。通过大门时，两位身材魁梧的瑞士卫兵向他行礼致意。两人中较高较结实的那位是个金发青年，长了个拳击运动员式的扁平鼻子，那是一次交通事故的后果。

圣彼得广场上，等候在那里观看教皇轿车驶过的游客不多。这天早上，天主教会的几家报纸谨慎地报道了教皇陛下出行的消息。可它们说的是轿车会在下午六点半驶出梵蒂冈的院子，结果五点钟车就走了。庇护十二世做什么事都是这样，都会提前：无论是接见客人、出门旅行，还是为游客祝福，总是会比宣布的时间稍早一些。

阴凉处气温高达三十五摄氏度

车里乘客只有他一人，当然是坐在后排。前排座位上坐着一个穿制服的司机，对沿途罗马城的居民和游客表达虔诚与欢迎的致意无动于衷，这时轿车正经过贾尼科洛山，那里有加里瓦尔迪的雕像——看上去活像萨尔加里小说里的海盗——还有他老婆的雕像，像男人一样骑在一匹马上，也像是萨尔加里笔下的海盗。

这个下午，教皇今年以来第一次暴露在孩子们的目光注视之下，轿车的窗户紧闭，但隔着玻璃可以看得一清二楚。教皇的专车没有安空调，车里一定酷热难当。然而，哪怕并没有换上所谓的"休闲服"，教皇也丝毫没有表现出身处高温下的不适。而这种时候，罗马城身材结实的工人们都脱去了衬衫，换上短裤，骑着韦士柏摩托车满大街疯跑。教皇陛下坐在他那辆关得严严实实的轿车里，一会儿朝左、一会儿朝右地为人们祝福，全然不把酷热当一回事。

管钥匙的女人

教皇陛下的座驾后面跟了两辆和它一模一样的轿车。其中一辆里坐着老当益壮的帕斯卡亚琳娜修女，教皇陛下私人生活的大管家。她是位来自德国的修女，体格强壮，头脑清楚，她亲自掌管教皇的服装，过问他的饮食，坚定地对教皇施加影响。她发布的消息，比方说今天早上教皇陛下起床后身体如何，比任何人，甚至比教皇的床头医生都更具权威性。正是她帮助教皇从几个月前的疼痛中恢复了过来，他的体重甚至还增加了，手臂的活动也自如了许多。教皇已经恢复了正常工作。今天《罗马观察家》的第一版刊登了这样一条公告：

"教皇办公室通知，教皇在冈多菲堡逗留期间，将一周两次为信众和游客施祝福礼。接见将于每周三和周六下午六点举行。有意参加接见者请按惯例到教皇办公室领取门票。"

这一则公告意味着教皇的身体状况良好。公告还称，在第三辆轿车里坐着梵蒂冈城的官员们，他们带着一只箱子，里面装满了事务文件，是教皇陛下休假的时候要看的。

途中的事故

教皇上一次经过冈多菲堡公路时，大家都以为是最后一次了。那还是去年夏末的事，当时他的健康状况极差。可今天教皇又一次从这里经过，还不时把茶褐色的瘦削面庞贴近车窗，为外面不计其数的意大利人祝福，他们骑着各自的韦士柏摩托车守候在路边，为的就是在车经过的时候能看上他一眼。

然而也并不是所有的人都在路边等候。更多的人聚集在冈多菲堡狭窄的小广场上，广场四周种了不少树，还有各色店铺，店主们把花花绿绿的商品挂在门框上，和在吉拉尔多城一模一样。教皇到达行宫时已是六点过几分。他的行程在半路上耽误了十来分钟：一辆满载砖头的巨型卡车横在了阿皮亚·诺瓦大道上，交通被阻断了。教皇的汽车开到这个地方时，一个长得五大三粗的司机，只穿了条短内裤，正站在马路中间，满嘴喷着脏话。

托利马的星期六

在冈多菲堡，谁也没有注意教皇是从哪个门进到行宫里的。实际上他是从西边进去的，一进去有个花园，里面的一条大路两旁矗立着许多百年古树。村子里的小广场上插满了旗帜，活像圣彼得日那天的荆棘广场。它完完全全是斗牛开始之前的荆棘广场的样子，一面的木头看台上坐些权威人士，另一面坐着一支乐队。当人们得知教皇已经驾临行宫，乐队——一支典型的乡村乐队——开始全力吹奏起来。只是吹的不是托利马的乡村小调，而是一支慷慨激昂的进行曲：《白色神父》。学校的孩子们身穿毛料制服，大颗大颗的汗珠滚落下来，手里挥舞着黄白相间的小旗——梵蒂冈的代表色——这个星期六的下午他们不放假，为的是欢迎教皇来此度假。

一颗女人的头颅

按照传统习惯，教皇是在六月的头几天开始他的假期。这一回延后了差不多有一个月，延期的原因众说纷纭。有一种解释是说这和一起暴力犯罪有莫大的关系。二十天以前，冈多菲堡小湖旁发现了一具无头女尸。警察把女尸存放在冰箱里，一毫米一毫米地对女尸进行了检查，又对最近失踪的三百名女性的资料逐一加以研究。最终，三百名女性一个个都现了身。无意之中又使许多别的东西浮出了水面，这也算是这场调查活动的意外收获吧：通奸，强奸，还有无伤大雅的私奔。可是，冈多菲堡那具无头女尸的脑袋还是无影无踪，政府派来的潜水员一连工作了好多天，每天二十四个小时，把湖底翻了个遍，依然一无所获。

　　明天将是教皇度假的第一天，他会出现在他的夏宫窗口，观赏冈多菲堡小湖湛蓝的水面美景。教皇陛下对罗马报纸上那些愈演愈烈、耸人听闻的暴力犯罪报道到底感不感兴趣，大家心里一点儿数也没有，但他几乎无法避免看见在湖水里钻进钻出的潜水员和湖面上的警察小艇。也说不定只有他才能看见——有一扇窗户正好能俯瞰小湖的全景——那件罗马城里所有人都在渴切地等待着的事情：那颗脑袋，或早或晚，会被潜水员们从冈多菲堡的湖水中捞出来。

　　　　　　　　　　　　一九五五年八月八日

　　　　　　　　　　　　《观察家报》，波哥大

世纪丑闻

维尔玛·蒙泰西死后游历世界

一九五三年四月九日星期四晚上，木匠鲁道夫·蒙泰西在家等待着自己的女儿维尔玛回家。木匠家里有他的妻子佩蒂·玛丽亚，他十七岁的儿子塞尔希奥，还有一个没结婚的女儿婉达，二十五岁。他们住在罗马城塔利亚门托大街 76 号。这是一座巨大的三层楼房，建于本世纪初，四百间公寓房围绕着一个美丽的圆形花园，花园里到处鲜花开放，中间还有一个不大的喷泉。整个大楼只有一个进出口：一扇巨大的门，上面的玻璃拱顶破落不堪，布满了灰尘。入口大门左手边是间门房，上方挂着一幅被电灯泡照亮的"耶稣之心"圣像。从早上六点到夜里十一点，大楼里一切人员的进出都在女守门人严密的掌控之中。

第一步

鲁道夫·蒙泰西等二十一岁的女儿维尔玛一直等到八点半。女儿这么长时间不回来叫人很不安，因为她下午就出去了。等得焦急了，木匠首先想到的是去附近的综合门诊医院，可在那里他得知这一天并没有什么不幸的意外事件发生。接下来，他又步行前往朗格特广场，在那找了整整两个小时。到了十点半，他累得精疲力竭，女儿却还是没有消息，他担心她出了什么事，便来到家附近的萨拉里亚大道警察局寻求帮助，看能不能找到女儿维尔玛。

"我不喜欢这部电影"

木匠告诉值班警官安德里亚·洛曼托，这一天吃完中午饭，大约下午一点钟光景，他照例回到了他位于塞比诺大街6号的木工车间。他说自己出门的时候全家人都在家，而等他回到家时，他妻子和女儿婉达告诉他，维尔玛还没有回来。据木匠说，她们告诉他她们俩去坡底下雷吉大街的"至上"剧场看了场电影，电影名字叫《金马车》。她们是四点半出的门，可维尔玛不想跟她们去电影院，她说她不喜欢看这一类的影片。

五点半的时候——鲁道夫在警察局是这样说的——大楼女守门人看见维尔玛一个人出去了，背着一个黑色的皮包。和平日里有点儿不一样的是，维尔玛没有戴耳环和珍珠项链，那是几个月前她的未婚夫送她的礼物。她的未婚夫名叫安杰洛·朱利亚尼，是波坦察警察局的一名警员。

一个陌生人的电话

考虑到女儿出门的时候一反常态地没有梳妆打扮，身上既没有钱也没有带身份证件，鲁道夫·蒙泰西在警局提出假设说，维尔玛自杀了。用她父亲的话说，这姑娘有自杀的动机：她近来一直很绝望，因为她马上就要和那警员结婚，婚后就要离开家，搬到波坦察去住了。

不过，维尔玛的姐姐婉达却不这样以为：她说妹妹出门没化妆，只是因为时间来不及。她想，也许妹妹接到一个什么紧急电话，走得很急。

还有第三种猜想：这天晚上，维尔玛和未婚夫私奔到波坦察去了。为了证实这件事，四月十号星期五早上七点，鲁道夫·蒙泰西给朱利亚尼打了个电话。可六神无主的木匠从他未来女婿那里得到的只是一个令人不安的回答。除了头一天下午收到的一封她写来的信，朱利亚尼也没有维尔玛的任何消息。信里没有任何线索。只是一封普普通通的情书。

未婚妻失踪了，朱利亚尼很担心，准备立刻赶到罗马来。可他需要一个紧急事由证明来跟他的上司请假。因此，他打电话给鲁道夫·蒙泰西，让他发去一份电报。中午的时候，鲁道夫·蒙泰西给他发了份颇为耸动的电报，只有几个字，说维尔玛自杀了。

海滩上的一具尸体

十号夜里，蒙泰西一家和罗马警方仍在继续寻找。还是一无所获。午夜过后，维尔玛的未婚夫也连夜从波坦察赶过来，加入了寻找的队伍。就这样，搜寻一直持续到第二天，即星期六早上七点钟，一个名为福尔图纳托·贝蒂尼的泥瓦匠骑着自行车出现在警局，说在离罗马四十二公里远的托尔瓦强尼卡海滩发现了一具女尸。

贝蒂尼向警方报告说，他去上班的路上，看见海滩上有一具尸体，几乎和海岸线平行，头倾向右侧肩膀，右侧的胳膊抬起到下巴的高度，左胳膊顺着身体垂下。尸身上没有裙子，鞋袜也都不见了踪影。女尸只穿着一条象牙色针织衬裙，一条带有小刺绣的白色织纹紧身内裤，以及一件薄毛衣。一件里子呈深黄色有绿色六边形隐格的外套只用一个扣子系在脖子底下。外套上满是沙子，像只翅膀似的顺着波浪的方向展开。

死人也会改变睡姿

值班警员安德烈奥齐·吉诺受理了贝蒂尼的报案。上午九点半，宪兵阿马德奥·佟迪、军曹亚历山德罗·卡杜齐与当地医生阿戈斯蒂诺·迪·乔治一起到了发现尸体的地方。他们发现，尸体姿势与泥瓦匠所形容的现场状况并不相同：现在尸体垂直于海岸线，头冲着大海，双脚指向岸边。但他们倒也没有以为是泥瓦匠谎报警情，而是认为一定是海浪让尸体改变了睡姿。

进行简单的尸检之后，迪·乔治医生得出如下结论：

a) 尸体处在进行性半僵化状态。

b）从外部特征看，死亡原因为溺水，死亡时间大约在被发现前十八个小时。

c）从死者身上还保留着一些衣物及其外部形态看，可以排除长时间浸泡在水中的可能。

"是她！"

十一点半，卡杜齐军曹向国家检察总长发去一份电报，报告了找到尸体的事。可到了晚上七点还没有任何回音，他决定还是打个电话过去。过了半小时，命令下来了，让他收殓尸体，送到罗马的解剖室。尸体被送到那里时已经是半夜时分。

第二天是星期天，上午十点钟，鲁道夫·蒙泰西和安杰洛·朱利亚尼一起到达解剖室辨认尸体。他们立刻就认出来了：那正是维尔玛·蒙泰西的尸体。

读者应该记住的几件事

a）女守门人告诉鲁道夫·蒙泰西的是她五点半看见维尔玛出门，然后鲁道夫又将这一情况报告给了警察局。

b）四月九号晚上在蒙泰西家里，谁也没有说起那女孩要去奥斯提亚旅行的事。

c）婉达·蒙泰西曾提起过一通神秘电话。

在他四月十二日所写的报告里，卡杜齐军曹在迪·乔治医生所做结论的基础上发表了自己的意见：维尔玛·蒙泰西的死亡原因是溺水造成的窒息，没有发现暴力加害的伤痕。他还表示，根据这份报告，可以做出三个假设：意外事故，自杀或是他杀。他确信尸体之所以在奥斯提亚被发现，是因为先被海水冲走，然后在四月十号凌晨又被冲回海滩上。这份报告还说，四月十号夜里，这个地区刮起了十级狂风，大风的作用下，海面一直波涛汹涌，直到现在大风还一直朝着西北方向刮个不停。

至关重要的半小时

警察方面，四月十四号，萨拉里亚警局提交了有关蒙泰西一家的情况报告。根据这份报告，木匠一家人都很受人尊重。人们都觉得维尔玛是一个本本分分的姑娘，交际也不广，从一九五二年九月起就和朱利亚尼警员正式订了婚，而朱利亚尼是在他未婚妻死前几个月从马里诺调到波坦察来的。

根据这份报告，维尔玛和家人的关系一向很好。她经常写信给自己的未婚夫，最后一封是四月八号写的，她还把信抄在了一个本子上，本子被警方收走了，信里表露出一种宁静的爱意。

大楼女守门人说在四月九号下午开往奥斯提亚的火车上有人看见过维尔玛·蒙泰西。而四月九号这一天，开往奥斯提亚的火车发车时间正好是五点半。

家门钥匙

在报纸上看到维尔玛·蒙泰西的死亡报道和她的照片后，女博士帕萨雷利十三号星期一一大早就来到他们家，把她星期四看见的情况告诉了他们。她说，维尔玛那天是和她一起去的奥斯提亚，她们在火车上坐的是同一个包厢，女孩是独自出行的。一路上都没有人接触过她，也没人和她说过话。据帕萨雷利博士说，火车一到奥斯提亚站停下，维尔玛就不慌不忙地下了车。

警方又询问了她家里人，除了在尸体上找到的衣服之外，维尔玛从家里出门的时候还穿了些什么。当时她穿着袜子，还穿了双鹿皮高跟鞋。她身上应该还穿了条短裙，毛料的，和在尸体上找到的外套质地相同，还系着弹力吊袜带。家里人还说，她出门时不光没戴她未婚夫送她的金首饰，连他的照片也没带。他们还证实了女守门人的话：维尔玛背了个黑色的水桶形皮包，上面还有金色的金属提手。包里有一个白色的小梳子、一面小镜子和一条小白手绢。她还带着家门的钥匙。

没有人知道发生了什么

警方的第一份报告说，没有任何理由能证明她是自杀。此外，在她头一天写给未婚夫的信里，也看不出一丁点儿她想做出这种决断的意思。警方同时还查明，在她的家庭成员中，无论是父亲还是母亲一边都没有精神错乱的问题。维尔玛的身体状况非常好。然而有一个情况可能会在调查中起到特别重要的作用：四月九号这一天，维尔玛刚刚结束经期。

尽管做了一大堆调查，还是无法确定维尔玛的家人事先知道她可能要去奥斯提亚旅行的事。她父亲坚持要在朗格特寻找女儿，认定她是投了水，可除了心血来潮的预感外也给不出什么别的依据。种种现象都清楚地表明，维尔玛的家人对她在奥斯提亚有没有熟人也一无所知。甚至可以肯定地说，他们连坐哪一路公交车或是有轨电车、在哪儿换乘才能到达圣保罗车站都不知道，而那里是坐火车去奥斯提亚的始发站。

专家面临的谜团

四月十四日下午，在罗马法医学院，该院的弗拉切教授和卡雷亚教授对维尔玛·蒙泰西进行了尸体解剖。警方为专家们列出了一份问题清单，想弄清死亡日期和死亡的准确原因。他们特别交代了一项工作，希望能确认死因到底是溺水还是女孩被投进水中时就已经死亡。同时，也需要确认尸体解剖过程中有没有发现什么异常，以及内脏里最终是否有任何有毒或者镇静剂成分残留。

此外，警方还提出，如果死因真的是溺水的话，请专家们弄清维尔玛落水的地点离那处海滩到底有多远。专家们还需要搞清楚死亡是否是在某些特殊的生理条件下，或者是在某种消化状态下发生的。这一点很重要，因为事情完全可能是这样：在消化食物的过程中，维尔玛想到海边去进行足浴。

需要记住的六件事

一九五三年十月二日，专家们就警方的问题清单做了如下回答：

1. 维尔玛·蒙泰西的死亡时间是**四月九日**，最后一次用餐后四到六个小时。检查表明，这最后一次用餐（应该是在家里吃的午餐）是在下午两点到三点半之间。由此可以推断，死亡时间应该是晚上六点到八点之间，因为消化过程已经完全结束。专家们还确定，在死亡前不久，维尔玛·蒙泰西还吃了根冰棍。

2. 死因是完全没入水中而造成的窒息，而非在水中昏厥。在死者内脏里也没有发现任何有毒或镇静剂的成分。

3. 死亡发生的时候，蒙泰西女士正处在经期刚结束的阶段，换句话说，她会对下肢突然浸没在冷水中的情况异常敏感。

4. 肺部和消化道中检测出的沙子可以证明窒息发生的地点离岸边不太远，那里的海水中有大量悬浮状态的沙子。不过同时需要指出的是，这些沙子的含铁量表明它们并不出自托尔瓦强尼卡海滩，而是出自离此处不远的另一个地方。

5. 专家们还发现，在尸体右大腿一侧和左小腿上三分之一处有几处瘀斑，形状几近圆形。专家们认为这些瘀斑应是死亡前造成的，只不过从法医角度来看，并不具有什么重要意义。

6. 没有任何因素能证明死亡是"一起不幸的意外"、自杀还是他杀。意外假说成立的唯一可能情况是，维尔玛因处于特殊生理阶段，在进行足浴的时候突然昏厥。

新闻界发出警告

在确认尸体就是维尔玛·蒙泰西的四天之后——即四月十六日——调查宣告结束，事件被定性为"一起不幸的意外"。在维尔玛失踪当天向警方提供了不少的证据以支持自杀说的遇难者家人，在认定尸体身份后的几天里又自己推翻了这一假说。

婉达·蒙泰西一反当日说过的话，对预审员们称，九号上午，她已故的妹妹曾经约她一起去奥斯提亚，"仅仅"是为了去做做足浴。婉达的说法是，泡泡海水可以改善因为鞋子挤脚造成的脚后跟肿胀。为了支持这个说法，在最后一刻婉达又记起来，那天上午她还受维尔玛之托去了趟父亲的木工车间，想看看能不能找到一双舒服点儿的鞋子。她还说，其实她们俩的脚早就肿了，也都用过抹碘酒的办法。发现这方法不灵之后，便决定"找一天时间"到奥斯提亚的海滩去，寄希望于海水里的天然碘能帮助她们疗伤。可后来她们再也没有谈过出去的事。按婉达的说法，直到九号上午，她妹妹才又想起了出行的事。可婉达不想去，因为她想看《金马车》那部电影。

这话该早点儿说的

婉达说，被拒绝之后，维尔玛再也没有谈起去奥斯提亚的事情，而是选择在她和妈妈去看电影时留在家里。更与她上回对警察说的话矛盾的是，婉达解释说，她妹妹把金首饰留在了家里，是因为妈妈曾多次要求她这样做，说别弄丢了或是弄坏了。她还说，妹妹没带未婚夫的照片不假，可那是因为她平常出门时就没有这样的习惯。最后，她还提供了两个重要的依据，以排除自杀的假说：首先，九号这天上午维尔玛的情绪始终很平静。其次，出门前，她换了身干净内衣，还把换下来的内衣洗了。

吊袜带之谜

在对维尔玛的家人、邻居和熟人进行调查之后，警方又证实了一个重要的事实：维尔玛不会游泳。所以，前一年，她和家人一起在奥斯提亚度假的时候，她只是穿着泳衣留在岸边，在海水里泡泡脚而已。

同样，维尔玛的父亲也换了主张，一改他原本认为姑娘是自杀身亡的说法。鲁道夫此前一直坚持自己的看法，说维尔玛是自杀，理由十分简单：九号晚上自己出去找她的时候，并不知道她曾经约过姐姐一起去奥斯提亚做足浴。他还解释道，给朱利亚尼发去那么个耸人听闻的电报，也是应对方在电话里的请求：只有这样说，他才能迅速获得上司的批准，连夜赶到罗马来。

只是有件事情弄不太清楚：根据鲁道夫·蒙泰西的说法，他女儿的尸体上不应该没系着吊袜带，那是穿在最里面的东西，光是为泡泡脚根本没必要把它解下来。鲁道夫·蒙泰西是这样解释的：维尔玛是个言谈举止奔放爽朗的女孩，要是系着吊袜带，行动就不那么自由了。

一双手套

蒙泰西太太也同样排除了女儿自杀的可能。她提出了一个有力的证据：维尔玛随身带着家门钥匙，这就证明她是准备回家的。不过她也并不认可意外身亡的假说，而是竭力支持他杀一说。蒙泰西太太的看法是，女儿是死于某个勾引者之手，这家伙为了实施他的兽性企图，才不得不解开她的吊袜带。为了演示解开一个女人的吊袜带有多么不易，她在调查员面前展示了一条婉达的吊袜带，和维尔玛系过却没能在尸身上找到的那条很相像。那是一条黑色缎子的吊袜带，前面有二十厘米宽，越往后面越窄，带有金属搭扣。她确保警方注意到，丢的不光是吊袜带，维尔玛的短裙和鞋子，以及那只黑色皮包也不见了。

读者应该记住的几件事

a）维尔玛用来抄写寄给未婚夫那封信的本子被警察收走了。

b）萨拉里亚警察局的报告里写明，女守门人看见维尔玛是五点钟出的门，而不是鲁道夫·蒙泰西所说的五点半。

c）专家们观察到了小块的瘀斑，可他们并未提出维尔玛曾经被暴力挟持的可能性。

d）仅对死者的内脏做了毒物和镇静剂反应化验。

e）帕萨雷利博士的声明。

这时，蒙泰西太太又往女儿衣物清单上增加了几件东西。她说，维尔玛还戴了双网格式样的黑手套和一块镀金面的手表。

沉默的爱慕者

不过，蒙泰西太太提出的证据缺乏足够的说服力，人们反倒是对婉达提出的排除他杀可能的几条理由更关注一些。婉达说，在她对警察说维尔玛是在接了紧急电话之后才出门的时候，她忘了两件事情：一个是她和维尔玛曾经聊起过去奥斯提亚旅行的事，再就是维尔玛生活中的大事小事，没有她不知道的。顺便提一下，她又想起最近的一件事，就发生在出事的五天前。维尔玛告诉她说，有个小伙子开着车从夸德拉塔广场一直尾随她到家，却一句话都没跟她讲。婉达想，妹妹后来恐怕再没见过这个沉默的爱慕者，否则一定会告诉她的。

从来没人给她送过花

经过四天的调查，警方得出这样一个结论：维尔玛是个特别本分、不善交际的女孩，她一生中唯一谈过的一次恋爱就是跟朱利亚尼。她每次出门都是由妈妈和姐姐陪着，尽管这二位也承认在最近几个月里——也就是她的未婚夫调到波坦察工作以后——维尔玛也有了每天独自上街的习惯，时间总是固定的：五点半出门，晚上七点半回家。

在大楼女守门人阿达尔吉萨·罗西尼的记忆中，从来没有人给维尔玛送过花。她肯定地说，这姑娘除了未婚夫以外，从来没有收到过其他人的来信。

这里什么事都没发生过

在所有这些证词的基础上，结论是——根据一份四月十六日签署的报告所写——既然没有理由可以质疑蒙泰西一家的证词，可以确认，维尔玛去奥斯提亚的确只是为了做做足浴。可以推想得见，维尔玛选中了海岸边这个她熟悉的地方，是因为前一年曾经来过一次。确定不会被别人看见后，她就开始脱衣裳。女孩一定是踩到了滩头的一个坑洞，失去了平衡，意外溺水身亡。报告最后说，死亡时间应该是在六点一刻到六点半之间，因为维尔玛从来不会八点以后回家，她应该会去坐七点半的火车。

"世纪丑闻"

倘若不是街上的大报小报都在告诉人们这件事里面有大大的猫腻，蒙泰西一案本可以就这样凄惨哀伤的结局收场的。事情是从辨认尸体那一天开始的。维尔玛的未婚夫安杰洛·朱利亚尼在尸体身上观察到了那些后来报纸上说起过，却寥寥几笔没当回事的小瘀斑。从验尸房出来以后，朱利亚尼把自己看到的情况告诉一个记者，并对他说维尔玛肯定是死于谋杀。

一方面是警方认定维尔玛·蒙泰西死于意外，另一方面新闻界却在继续呼唤正义。五月四日，那不勒斯一家报纸《罗马报》扔出了炸弹，就此引发了"世纪丑闻"。这家报纸刊出的一篇文章报道，维尔玛·蒙泰西身上缺失的那些衣物都被送到了罗马警察总局，而且都被销毁了。这些东西是一个年轻人送到那里去的，三月上旬维尔玛·蒙泰西曾被人看见与他同乘一辆搁浅在奥斯提亚附近海滩上的轿车。这个年轻人的名字也上了报：吉安·皮耶罗·皮西奥尼。正是意大利外交部部长的公子。

舆论开始发挥作用

《罗马报》是一家狂热拥戴君主制的报纸，它刊出的这篇惊天文章受到全国各家报纸的追捧，不断被修订，情节也不断扩充。然而警方并没有向这个方向调查。五月十五日，奥斯提亚分局的宪兵们提交了另一份报告，内容是关于四月九号下午维尔玛·蒙泰西出现在奥斯提亚这一情况的仅有线索。是一位名叫乔万娜·卡普拉的保姆和奥斯提亚火车站报亭女报贩皮埃尼娜·奇亚诺的证词。

据那位保姆称，四月九号下午六点，她看见一个女孩往马雷齐亚罗走去，从报纸上登的照片来看，长得很像维尔玛·蒙泰西。只是她没注意那女孩穿的外套是什么颜色。

售报亭的人告诉警察说，维尔玛·蒙泰西在火车站买了一张明信片，当场写了点儿什么就塞进了邮筒里。这份证词还提到，维尔玛接着就往沼泽水渠的方向走去，她一直是孤身一人。维尔玛的明信片是写给"一个波坦察军人"的。

明信片从未寄到

调查员们询问了两位证人，认为她们的证词毫无价值。然而，虽说第一位证人对她在奥斯提亚海滩见过的女孩有些什么特点一点儿也想不起来了，第二位却毫不迟疑地说，女孩穿了件白色毛衣。女报贩还十分肯定地说，明信片是寄给"一个波坦察军人"的，至于寄到什么地址，她提供不出任何的细节。

于是警方又询问了朱利亚尼，证实他没有收到任何明信片。维尔玛的妈妈和姐姐说，女孩包里是从来不带钢笔的。最后又弄清了，从保姆说六点钟看见维尔玛的地方，到奥斯提亚火车站售报亭，距离足有三公里半。

轿车里的女孩

于是，一方面是警方不断地销毁着证据，另一方面是各家报纸继续火上浇油。结果到了四月十四日这天，也就是发现尸体两天之后，奥斯提亚一个机修工人出现在警察局，讲述了《罗马报》那篇动人心魄的报道中提到的那辆搁浅在沙滩上的轿车的情况。这位机修工名叫马里奥·皮奇尼。他告诉警察说，三月上旬他在奥斯提亚火车站值班，天快亮的时候，一个小伙子叫他去帮忙拖一下车。皮奇尼说他很乐意地去了，在拖车过程中，他看见陷住的车里坐着一个姑娘。姑娘的长相和报纸上登出来的维尔玛·蒙泰西的照片非常相像。

事情跟"太子党"有关系

　　罗马警方对机修工自发提供的证言丝毫没有兴趣，不过法警迅速介入，进行了一次调查，发现事情并不是那么简单。他们发现，四月九日或者是四月十日，下午六点钟曾有一辆轿车从那里通过，驾车的年轻人是意大利名门之后毛里西奥·达西亚王子。这项调查的结果表明，这位尊贵的先生身边确实有位女子相陪，却并不是维尔玛·蒙泰西。看见这辆轿车的还有保安员阿纳斯塔西娅·莉莉、宪兵利图里和工人齐利安特·特里费里。

爆炸性新闻！

　　奥斯提亚警方最终宣布放弃寻找尸体身上缺失的衣物。四月三十日，一个名叫斯卡普其的律师和他的儿子在卡斯特尔波尔齐亚诺附近散步时，发现了一双女人的便鞋。他们以为这是维尔玛·蒙泰西的鞋子，便带上它来到警察局。可死者的家属说，这并不是姑娘最后一次离家时脚上穿的那双。

　　考虑到调查已经进行得差不多了，国家检察总局准备把这个案子归档，并认可意外死亡的假说。这时，一家时而谦卑温顺时而大曝丑闻的月刊《当代》在十月这一期上为此案的调查又扔下了一枚炸弹。文章由总编亲自签发，标题也耸人听闻：维尔玛·蒙泰西的死亡真相。

《当代》杂志的总编名为席尔瓦诺·穆托，三十来岁年纪，文笔犀利，长了一张电影演员的脸，穿着打扮也是如此派头，平日里常围一条丝质围巾，戴着深色眼镜。他这份杂志，据他自己说，算得上是意大利读者最少的杂志，因此也是最穷的杂志。它的文章从第一页到最后一页都是由穆托亲自撰写。他甚至亲自去拉广告，费心费力地维持着，只是为了能拥有一份杂志。

读者应该记住的几件事

a）婉达·蒙泰西是在维尔玛失踪几天之后才想起她曾经约自己到奥斯提亚去一趟。

b）警方并没有对机修工马里奥·皮奇尼进行讯问。

c）宪兵利图里有关达西亚王子的轿车曾从那里经过的证词。

d）安德烈娅·比萨奇亚的名字。

可自从一九五三年十月刊发行之后，《当代》杂志一鸣惊人。每个月里，为了能弄到一本杂志，读者都在它的门市部前挤成一团。它知名度的意外飙升，当然是因为发表了那篇关于蒙泰西案的耸人听闻的文章，迈出了舆论参与调查真相的坚实的第一步。

没名没姓

在这篇文章里，穆托指出：

a）应该对维尔玛·蒙泰西之死负责的是意大利广播电台的一个青年乐手，一位显赫政坛人物的儿子。

b）由于政治因素的干预，调查工作的导向是逐步让这件事渐灭无闻。

c）尸检结果明显有所保留。

d）权威人士根本不想找到罪犯。

e）维尔玛·蒙泰西之死与麻醉品交易有关，认为二者有着种种联系；还谈到了本地区纵欲加吸毒的狂欢，在如卡斯特尔波尔齐亚诺这样的地方举行，又比如在卡帕科塔裸体海滩，女孩蒙泰西就是死于这样一次狂欢，因为她对吸食麻醉品还不能适应。

f）为了避免丑闻传开，是参加狂欢派对的那些人把尸体转移到了托尔瓦强尼卡附近的海滩。

案件归档

一九五三年十月二十四日，席尔瓦诺·穆托被罗马检察院传唤，要求他解释写这篇文章的动机。穆托神色不变地承认说，自己写的全是假话，说他写这篇文章的唯一目的就是想增加杂志的发行量，又说现在他已经认识到自己行为轻率。鉴于他毅然决然地收回了自己的言论，穆托仅仅被指控"传播有倾向性的虚假信息和扰乱公共秩序"。遵循检察院下达的命令，蒙泰西的卷宗于一九五四年一月归档。

又起波澜？

谁知世事难料，到了法庭上，席尔瓦诺·穆托在回答为什么要写那样一篇惹是生非的文章的时候，又把老一套搬了出来，而且还增加了新的情节。而且第一次说的有名有姓：他说，他这篇文章的资料是一个叫奥兰多·特里费里的人提供的，据这人说，四月九号或十号，有辆轿车停在卡帕科塔海滩守卫的房子跟前，他弟弟认出在车里坐着的就是那个姓蒙泰西的姑娘。此外，穆托说自己还接到了两个参加那天酗酒吸毒狂欢派对的人的私下举报，她们是安德烈娅·比萨奇亚和电视女星安娜·玛丽亚·卡格里奥。

好戏开场

安德烈娅·比萨奇亚被传唤出庭作证。她的精神状态惶恐不安，否认对穆托说过什么。她声称，那全是胡说八道，是故意编出来的，目的就是为了破坏她和外交部部长的儿子、知名流行音乐制作人吉安·皮耶罗·皮西奥尼之间的亲密友谊。最后她还说，席尔瓦诺·穆托编造的荒诞故事深深影响了她的生活，以至于在一月九号这天，她曾经想到过自杀。

看起来，穆托只有坐牢一条路可走了，而蒙泰西姑娘的卷宗也终将被尘封在罗马法院的档案室里。然而，二月六号这天，安娜·玛丽亚·卡格里奥出现在警方面前，她异常平静，用她那专业播音员的嗓音讲述了她的戏剧人生。

在政府部门的秘密约会

安娜·玛丽亚·卡格里奥是乌戈·蒙塔尼亚的情人,这位绅士家财万贯,是很多显贵人物的好友,素以风流多情闻名于世。他喜欢被称为"蒙塔尼亚侯爵",在所有的圈子里,大家都这样称呼他,也都如此对待他。安娜·玛丽亚·卡格里奥对警察说,她并不认识维尔玛·蒙泰西,但在报纸上看到她的照片,便认出她就是那个深棕色皮肤、身材结实、举止优雅的女孩,一九五三年一月七号下午她曾看见她从蒙塔尼亚在罗马的一所公寓出来,身边陪伴着的正是蒙塔尼亚。两人上了一辆轿车,开车的是侯爵本人。

当天夜里——她本人如此对警方说道——情人回到家中的时候,安娜·玛丽亚·卡格里奥主演了一场打翻醋坛子的闹剧。

"这里面有猫腻"

玛丽亚·卡格里奥在《当代》杂志上读到了那篇文章,觉得文章里提到的某某先生就是她的情人蒙塔尼亚侯爵。于是她便给那记者打了个电话,告诉他文章里说的全是事实。她告诉警方,十月二十六日晚上,和情人坐在轿车里时,她要求对方做出解释。侯爵勃然大怒,还有几分紧张,威胁说要把她扔到汽车外面去。

为了让情人镇定下来,安娜·玛丽亚·卡格里奥请他回家,平心静气地看看穆托那篇文章;看完穆托的文章,蒙塔尼亚一言不发。然而在安娜·玛丽亚·卡格里奥把杂志收进床头柜抽屉里的时候,她看见里面有个烟盒，里面有两根金色的香烟，还有个宝石镶嵌的烟灰缸。这一发现加重了她的怀疑，肯定她的情人和某个毒品交易帮派有瓜葛。

一次神秘的约会

卡格里奥对警方说，她四月七号出发去了她的出生地米兰，是十号回来的。她回到罗马时，明显感到她的情人神情紧张，对她突然回来很不快。不过他还是把她带回了家中，那天夜里，蒙塔尼亚接到一个电话，是外交部部长的公子吉安·皮耶罗·皮西奥尼打来的，说他准备出去旅行。

后来安娜·玛丽亚·卡格里奥得知，在头一年的十一月份，有个叫"乔本·乔"的家伙在卡帕科塔海滩和蒙塔尼亚以及一名警方高官玩扑克牌，一下输掉了一千三百万里拉。

四月二十九日晚上

安娜·玛丽亚·卡格里奥和她的情人一起在他的豪华公寓用了晚餐，准备去看场电影，具体说是去"超级影院"。卡格里奥说，几天前蒙塔尼亚曾对她说起，皮西奥尼是个"可怜的小伙子，得帮他一把，因为他陷进什么麻烦事里头了"。这天晚上，安娜·玛丽亚·卡格里奥正在穿外衣准备出发，发现皮西奥尼给蒙塔尼亚打了个电话，让他立刻去同罗马警察局的长官谈话。蒙塔尼亚飞驰而去，在政府大厦里见到了皮西奥尼。

读者应该记住的几件事

a）安娜·玛丽亚·卡格里奥的证词里说到，一九五三年四月二十九日，蒙塔尼亚和皮西奥尼曾经到访政府大厦。

b）有张小纸条上写着这样的话："我到卡帕科塔海滩去，要在那儿过夜，我的下场会怎么样？"

c）那个玩牌输了一千三百万里拉的"乔本·乔"。

"远走高飞"

过了一个半小时，蒙塔尼亚回到车上，安娜·玛丽亚·卡格里奥一直在那里等着他，他说，他们刚才在想办法终止对维尔玛·蒙泰西死亡一案的调查。安娜·玛丽亚·卡格里奥对他说，那件事太恶劣了，不管始作俑者是谁都应该承担罪责，哪怕他是部长的儿子。蒙塔尼亚回答她说，皮西奥尼是无辜的，因为出事那天他在阿马尔菲。这时姑娘问了蒙塔尼亚一句话：

"那么皮西奥尼究竟是什么时间回罗马的？"

蒙塔尼亚气急败坏，没有回答她的问话。他盯着她的眼睛，对她说：

"小姑娘，你知道的太多了。你最好还是出去换换环境吧。"

"小心我把你扔到海里去"①

安娜·玛丽亚·卡格里奥说，果然，第二天她又一次被打发到了米兰，还带了封给电视台台长的信。她在当月的二十二号回到罗马，为的是纪念她和蒙塔尼亚相识一周年。七月二十七日，他们各回各家，但仍然隔三岔五地在根纳根图大街的公寓里见上一面。他们最终分手是在十一月末，正是在穆托写的那篇文章引发的一系列事情发生之后。

安娜·玛丽亚·卡格里奥对警方说，那些日子对她来说简直是一种煎熬。情人一天比一天神秘莫测，经常接到奇奇怪怪的电话，看起来像是卷进了什么见不得光的交易。安娜·玛丽亚·卡格里奥还说，一天夜里，她的神经实在绷不住了，便问了情人一句有关他生意的话，蒙塔尼亚用威胁的口气答道：

"你要是再这样，小心我把你扔到海里去。"

遗嘱

安娜·玛丽亚·卡格里奥在对警察那充满戏剧性的叙述中还说，从那天夜里起，她就一直确信自己会被干掉。十一月二十二日这天，和蒙塔尼亚在格拉西大道的"女贵族"饭店吃完晚餐，她觉得自己被人下了毒。回到公寓一个人待着的时候她才记起，她的情人曾经亲自到后厨去帮忙准备晚餐。

---

① 原文为意大利语。

安娜·玛丽亚·卡格里奥被吓得够呛，第二天就去了米兰，神经几近崩溃。她确信自己必须得做些什么，但又不知道做什么好。因此她造访耶稣会的达尔·奥利欧教士，向他讲述了自己和蒙塔尼亚的事情。教士被姑娘的故事深深地打动了，便把这件事转告给一位政府部长。安娜·玛丽亚·卡格里奥被受迫害的感觉折磨得日夜不安，便隐居在卢切西大街上的一家修道院里。然而有件事情她没告诉警察——在动身去米兰之前，她给罗马的房东太太留了一封封好口的信，还留下了这样一句话："如果我死了，请把这封信交给国家检察总长。"

"我的下场会怎么样？"

被传去作证的房东太太名叫阿德尔米拉·比亚乔尼，安娜·玛丽亚·卡格里奥就是把那封信托付给了她。到警察局去的时候她一共带了三封信，全是卡格里奥亲笔所写，还出示了一张小纸条，是一九五三年十月二十九日姑娘出门前从房门底下塞进她房间的。纸条上写着："我到卡帕科塔海滩去，要在那儿过夜。我的下场会怎么样？"

人们从阿德尔米拉·比亚乔尼口中得知，就在安娜·玛丽亚·卡格里奥认定自己被蒙塔尼亚下毒的那天晚上，她写下了那封遗嘱信，并且在第二天出发去米兰之前把信交给了房东太太，托付她万一发现自己遭遇不测，要把信交给国家检察总长。房东太太把信在自己手里压了几天。然后，因为不想承担如此重大的责任，她把信塞进另一个信封里，给藏身在修道院里的安娜·玛丽亚·卡格里奥寄了回去。

警察封存了这封信，再次传唤了安娜·玛丽亚·卡格里奥，让她辨认这封信确实是自己亲笔书写。信中涉及的事情很多，有一段是这样说的："我希望大家都清楚这样一点，我对乌戈·蒙塔尼亚的生意从来就一无所知……然而我可以确定的是，这件事情的主谋正是乌戈·蒙塔尼亚（当然还有好些女人做了帮凶……）他是这个组织的首脑，皮耶罗·皮西奥尼是杀人犯。"

与爱丽达·瓦利吵吵闹闹的聚会

安娜·玛丽亚·卡格里奥极具戏剧性的遗嘱在舆论界引发了一场地震。整个新闻界，特别是各家报纸重炮齐发，纷纷指向了司法机构、警方和一切与政府有关系的部门。就在这隆隆的炮火声中，乌戈·蒙塔尼亚和吉安·皮耶罗·皮西奥尼被传唤作证。

乌戈·蒙塔尼亚衣冠楚楚，穿着一身深色条纹西装，面带微笑，从容不迫地回答了讯问。他声称从不认识维尔玛·蒙泰西。对于安娜·玛丽亚·卡格里奥指认的一九五三年一月七日曾在他公寓门前看见他和这个女子同乘一辆轿车的事实，他予以否认。他断然否认在卡帕科塔举行过所谓的"纵情狂欢"。他说，所谓四月十日夜间皮西奥尼打来的电话并不属实。最后，他还以十分肯定的自信语气不失平静风度地说道，虽然有安娜·玛丽亚·卡格里奥的证词，自己不记得曾经在罗马的政府大楼和警察局长见过面，至于说自己曾和毒贩有过接触，更纯属造谣。他还指出，皮西奥尼与警察局长是老朋友了，说他在他们之间充当中间人既无必要，也不合常理。

致命的日期

吉安·皮耶罗·皮西奥尼不如蒙塔尼亚那般平静，穿得有几分运动风范，用一口洪亮的罗马口音意大利语声称自己和蒙泰西一案绝无干系。他说，死亡发生的那一天，他在阿马尔菲小憩，四月十日下午三点三十分开车回了罗马。接下来他还说，那天下午他扁桃体发炎得很厉害，不得不上床休息。为了证实这一点，他承诺会出示当天下午出诊去给他看病的医生迪·菲力普教授开出的处方。

至于所谓他曾经在蒙塔尼亚陪同下拜访过罗马警察局长一事，皮西奥尼表示：这件事情并非如安娜·玛丽亚·卡格里奥叙述的那样不堪。他说，自己的确曾经数次拜访过罗马警察局长，有时是自己一个人，有时有蒙塔尼亚陪同，但唯一的目的只是请求他干预一下报界在蒙泰西一案中给他泼脏水的事。"报界的那些攻击，"他说，"完全是出于一个政治目的，那就是败坏我父亲的名声。"

归档！

鉴于种种指控均不能为作出判断提供什么依据，作为推翻蒙泰西是在足浴时死于意外的假说的证据又显得太单薄，一九五四年三月二日，蒙泰西一案的卷宗被第二次归档。然而新闻界并没有把这件事情归档。对记者穆托的起诉仍在进行，每次有新的证人出庭作证，蒙泰西一案便会再次掀起波澜。

读者应该记住的几件事

a）皮耶罗所称从阿马尔菲返回的日期。

b）皮西奥尼承诺向警方出示的迪·菲力普教授的处方。

在许许多多的证人中，有一位名叫弗朗西米的画家，他曾与安德烈娅·比萨奇亚同居过一周的时间，即穆托宣称是他消息来源的两位女士之一。弗朗西米对警察讲述了一个激动人心的故事。安德烈娅·比萨奇亚经常做噩梦——他说。她经常在睡梦中讲些可怕的事情。在一次噩梦中，她惊恐万分地大喊大叫："水！……不……我不想淹死……我不愿意也那样死掉……放开我！"

就在画家向警方提出这番耸人听闻的证言的同时，一个吸毒过度精神失常的女人从亚历山大市一家宾馆的三楼跳了下来。警方在她的手提袋里发现两个电话号码，抄在一张小纸片上，在罗马的电话号码簿上都查不到。两个都是私家电话。一个是乌戈·蒙塔尼亚的，另一个是皮耶罗·皮西奥尼的。

奇幻人生

从三楼跳下的女人名叫科琳娜·维索莱特，一个充满冒险精神的女人，她在不到一年的时间里把各行各业全都干了个遍。她曾经在一家名声很不错的诊所里当过护士，在皮科·斯拉姆夜总会的衣帽存放处当过管事，这家夜总会后来被警方查封了；闲暇无事的时候，她还是一个地下妓女。

在自杀未遂的那些天里，科琳娜·维索莱特正给一个喜欢东游西逛的委内瑞拉人当私人秘书，此人名为马里奥·阿梅洛蒂，是个从事毒品交易和妇女贩卖的嫌犯。精神正常的时候，科琳娜曾向记者们披露——当时在场的还有她被送往的那家诊所的医生和亚历山大市警局的一位办事员——最近几个月里，她在自己的老板阿梅洛蒂面前有些失宠，因为自己不愿意参与到他那些非法的勾当里去。她说："我只能说到这里了。马里奥是个做事情肆无忌惮的人。他买通了警察，还结交了一些有权有势的大人物。"

末了，科琳娜还透露说，她的老板结交了一个抽大麻的朋友。他还和他的一个摄影师朋友合伙开了一家印制色情明信片的工厂。

这简直就像一部电影

这边的一切正在发展之中，那边新闻界也没闲着，一直在发声。警方则不断收到匿名信件。就在维尔玛·蒙泰西的卷宗被第二次归档的时候，他们收到了超过六百封匿名信。其中有一封署名为吉安娜·拉罗莎的，信上这样说："我对发生在一九五三年四月，和维尔玛·蒙泰西死亡一案相关的一切都了如指掌。蒙塔尼亚和皮西奥尼的残忍使我心惊肉跳，他们迫使她和帕尔马省的毒贩接触，具体说，是特拉韦尔塞托洛的毒品贩子。我当时就向帕尔马警方揭发过这件事，可他们把事情压了下来。几个月以前，我把第二封信寄放在特拉韦尔塞托洛一个小村子的一位教区神父的办公室里。我之所以要这样做，是因为我坚信自己会遭受和维尔玛·蒙泰西同样的命运。神父会把这封信交给向他出示半张门票的人。另外半张在神父手中。"

在信中，吉安娜·拉罗莎还解释了为什么她情愿使用假名。在末尾她这样写道："我这身皮囊不值什么钱，可不巧的是这是我唯一拥有的东西。"

水会从哪里流过来？

警方迅速对上面提到的两个线索进行了调查。通过对自杀者背景的了解，人们得知此人在罗马时经常出入维克托多夜总会，并且经常在所住的宾馆里举行狂欢派对，参加者中有不少重量级人物，还有两个电影女星，其中一位名叫爱丽达·瓦利。

警察搜查了科琳娜在亚历山大市居住的那家宾馆，她就是从那里的一扇窗户跳下来坠落到大街上的。在自杀者的房间里，警察找到了两张剪报。一张是皮科·斯拉姆夜总会被查封的消息。另一张则与蒙泰西案有关。

"让我们来看一看吧，神父"

警方对吉安娜·拉罗莎的信做了调查，查明那位神父名叫托尼·奥尼斯，是班农·迪·特拉韦尔塞托洛的一位教士，同时还是一名学工程的大学生。他们带上了信里附着的半张门票，一张面值五十里拉的教育部古迹与美术司门票。神父交出了那封信，信封上有他亲自写下的笔迹："此信系一九五三年五月十六日交付到我手中，它只能被交给出示此信中所附门票另一半的人，门票号 A. N. 629190。"在信封的背面还有一行字迹："此信由我封口。写这封信的人姓甚名谁家住何方我一概不知。"

信被打开了，里面的内容触目惊心。

证人的黑历史

神父交给警方的那封信上标注的日期是五月十六日，信中这样写道："当人们读到这封信的时候，我已经死了。可我希望大家知道我并非自然死亡。我是被蒙塔尼亚侯爵和皮耶罗·皮西奥尼将死出局的……最近几个月我一直生活在噩梦中，担心自己会遭受和维尔玛·蒙泰西同样的命运……我正在实施一项计划，意在揭露贩毒集团……倘若这一计划失败，我将和维尔玛同样下场……这封信只能交给持有特殊暗号的人……"

陷阱

然而奥尼斯神父并不是把信往警察手中一交就万事大吉，他还利用这个机会讲述了事情的经过，听起来就像一部警匪片。他说，一九五三年八月还是九月里的一个星期五，他正准备骑摩托车离开帕尔马，突然有两个人从一辆挂着法国牌照的汽车里下来走到他的身边。两人用假装出来的外国口音请神父帮忙带一个包裹，不过神父相信自己听出了他们的意大利南方口音。他拒绝了，发动摩托车，全速离开。可当他到达邻近一个镇子的时候，他被警察拦了下来，带到了派出所。值班的警员们搜查了神父后座上携带的包。里面是一个准备送去修理的收音机。

这时警察向他出示了一封匿名信，是他们几个小时以前收到的，信里标出了他摩托车的牌照号和他路过这个镇子的时间，并指控奥尼斯神父和贩毒集团有牵连。

电话中的爱丽达·瓦利

调查人员很快就弄清了一个极其重要的事实：奥尼斯神父交出那封信的日期是五月十六日，可那时皮耶罗·皮西奥尼这个名字还没有和蒙塔尼亚扯上关系。安娜·玛丽亚·卡格里奥的证词是这一年的十月份才做出的。

那一段时间里，各家报纸都专注于蒙泰西一案中另一条重要的线索：女演员爱丽达·瓦利从威尼斯打给皮耶罗·皮西奥尼的一个电话，说起来，这两人的关系可非同一般。在皮西奥尼为了自证清白在陈述中提到的那趟去往阿马尔菲的旅行中，爱丽达·瓦利就和他在一起。后来这位女演员去了威尼斯拍摄一部叫作《外国人的手》的电影。爱丽达·瓦利到达威尼斯两天之后，就爆发了蒙泰西事件。一位记者、一位男演员、一位导演还有一位议员都证实了这位女演员曾在威尼斯一家雪茄烟店里给皮西奥尼打过电话。女演员则否认自己进行过这次通话。

毫无疑问

据证人们说，爱丽达·瓦利当时情绪明显很激动，她对皮西奥尼说：

"你做了什么好事？你和那丫头到底怎么了？"

女演员打电话的声音很大，因为那是个长途电话。

她当时是在一个公共场所。打完电话她的情绪仍然激动异常，又大声说了句话，就好像长途通话还在继续："您瞧瞧，那蠢货给自己惹下了多大的麻烦。"

读者应该记住的几件事

a）爱丽达·瓦利从威尼斯给皮耶罗·皮西奥尼打过电话。

b）在这个系列报道中刊登的维尔玛·蒙泰西第一次尸检的结果。

c）维尔玛·蒙泰西的尸体在托尔瓦强尼卡海滩被找到后她家人的证词。

d）尸体上发现的衣物。

意大利共产党机关报《团结报》担负起了调查丑闻中这场通话记录的责任。据这家报纸的调查，这场通话是在一九五三年四月二十九日进行的。女演员给报纸的编辑部写了封信，指责他们"轻率地"散布"凭空想象出来的、有倾向性的消息"。她还说，四月二十九号这天她是在罗马。然而警察封存了她的电话记录并得出结论，这次通话确有其事。

黑历史

针对记者穆托的诉讼案出现了一份新的证言：乔本·乔的证词，就是安娜·玛丽亚·卡格里奥说过的在卡帕科塔同蒙塔尼亚、皮西奥尼和一位警界高官玩牌一下子输了一千三百万里拉的那一位。乔本·乔的证词称，他有一个熟人，叫强尼·柯尔特斯，已经移民去了巴西，这人从那边写信过来说自己"已经安顿好了"，几年前他曾经当过热那亚的"水上事务长"，而且是个声名狼藉的毒品贩子。乔本·乔作证说，那位柯尔特斯曾经向自己的一个牙医朋友提供大量可卡因。他还说，这个牙医朋友曾经把自己介绍给蒙塔尼亚，两人的关系非同一般。

还有一位证人最终也出庭作证说，几年前，自己也是蒙塔尼亚府上的常客，常客里还有一位律师，是他们俩共同的朋友，他对毒品的喜好尽人皆知，还因为过量吸食毒品患上了震颤性谵妄症。证人称，一九四七年四月或六月的一天，蒙塔尼亚、他的律师朋友还有一位女士出现在他的房间里，全身上下一丝不挂，满嘴粗话黑话，把他从梦中吵醒。

该信谁的话好呢？

记者穆托的案子真的变成了一只多足的怪兽。每次传唤来一个证人，为了验证其证词的真伪便不得不传唤来其他的证人，真有些像"击鼓传花"游戏。不断有新的名字出现。各家报刊都在自发进行着调查，第二天早上醒来便会有新的爆料。为穆托一案出庭作证的人中有一位叫维托里奥·费洛迪·德·罗沙的，他自称曾在一九五三年的七八月份乘车从罗马前往奥斯提亚旅行，同行的有好几个人，其中就有安德烈娅·比萨奇亚。据费洛迪说，比萨奇亚曾对邻座的人说起，在奥斯提亚－托尔瓦海岸有人贩卖毒品；说她认识维尔玛·蒙泰西；说她参加过卡斯特尔波尔齐亚诺的某一次"狂欢派对"；还"在某个人的手中"见过那个叫蒙泰西的女孩的吊袜带。

车中其他几位乘客被传唤作证，其中一位，席尔瓦娜·伊索拉，说她什么都没听见，因为旅途中她一直在呼呼大睡。不过另一位叫加斯通·普莱特纳提的乘车人承认，安德烈娅·比萨奇亚在路上的确对他说过一些私房话。她告诉他，在她参加的一次"狂欢派对"中，大家都吸食了"某一种香烟"，那个叫蒙泰西的女孩一下子虚脱了。于是她就被丢在了海滩边上，因为其他参加聚会的人都以为她已经死了。

还有一位证人，弗朗哥·马拉梅，最终也出庭作了证，说一天晚上在狒狒大街的一家小酒吧里，他听见安德烈娅·比萨奇亚大声说道："蒙泰西那个女孩绝不可能是死于意外，因为我太了解她了。"

又一次回到起点

在新闻界的一片聒噪和舆论界表露出的明显不满面前，罗马上诉法庭向国家总检察署提出调阅两次被归档的卷宗。一九五四年三月二十九日——几乎在蒙泰西遇难一年之后——督察部门拿到了疑点重重的案卷，启动了对蒙泰西一案的正式督察。

在一年的时间里，身材肥胖又总面带微笑的督察部主任拉斐尔·塞佩日夜辛劳，总算把那令人不寒而栗的一大堆自相矛盾之说、误判和伪证理出了头绪。他不得不又一次回到起点。维尔玛·蒙泰西的遗体被挖出来接受新一轮的尸检。塞佩主任所做的无非就是把一副扑克牌重新整理，而每一张都牌面朝下。

维尔玛生命中消失的二十四小时

因为要从头开始，塞佩主任首先要做的就是列出一份维尔玛·蒙泰西四月九日下午离家以后的精确时间表。至今为止，有两份不同的证词，一份是死者的父亲九号晚上向警方提供的，称女守门人阿达尔吉萨·罗西尼说五点三十分时看见维尔玛出了门；另一份来自萨拉里亚警署的值班员，他在四月十四日星期二的第一份报告中记录了同一个女守门人的话，话里的时间有了变化：五点整。

调查员直接传唤了阿达尔吉萨·罗西尼，这一回她毫不犹豫地说，维尔玛出门的时间绝不可能早于五点十五分。她说得如此斩钉截铁，自有她的道理。就在出事的那几天，大楼里有一群工人在干活，他们五点整收工，然后还会在院子里的水龙头那里洗洗涮涮，一般都会耽误个十来分钟。九号那天，工人们五点钟收工的时候，维尔玛还没有出门，他们洗完了走出大楼的时候，维尔玛也没有出门。工人们走了几分钟以后，阿达尔吉萨·罗西尼才看见她出的门。应该是刚过五点十五分。

"一块难啃的硬骨头"

在讯问过程中，塔利亚门托大街76号的女守门人透露的另一个隐情为蒙泰西一家人的行为蒙上了一层迷雾。实际上，自从那天去辨认了尸体之后，死者家人的态度就发生了根本性的变化。阿达尔吉萨·罗西尼表示，就在维尔玛死后没几天，死者的母亲曾要求她改变关于维尔玛是五点半出门的原始证词，遭到了她的拒绝。于是维尔玛的母亲便对她说：

"那么帕萨雷利博士怎么能和她坐同一班火车出行呢？"

女守门人说她是这样回答的：

"她大概看错手表了。"

接着维尔玛的母亲还想对她施加压力，她气恼了，喊道：

"你们算是碰见一块难啃的硬骨头了，想叫我更改时间，门儿都没有。"

帕萨雷利博士

为了给调查开个好头，帕萨雷利博士被再次传唤。她出现的时候有点儿激动又有点儿不安。这一次她对在火车上看见过维尔玛·蒙泰西的事显得没多大把握。"我好像看见是她"，这就是她的证言。她又一次描述了女孩的外貌。那是一个年轻姑娘，年龄应该是在二十八岁到三十岁之间。头发"在额头向后梳得很高，两鬓贴得紧紧的，脑后梳了个大大的发髻"。她没有戴手套。脚上穿了双鹿皮鞋，外衣的颜色以绿为主。

然而，只不过几个月前，维尔玛才刚满二十一岁，而且很多认识她的人都说她看起来比实际年龄年轻。此外，那天下午她最后一次离开家的时候穿的也不是皮便鞋，而是一双特别招人注意的便鞋，上面还绣着金边。她的发型也与帕萨雷利博士的描述并不相符，因为最近几个月以来，维尔玛一直留的是短发。

靠一线生机躲过一劫

调查员向帕萨雷利展示了尸体身上穿的外衣。博士看见外衣时显出一副茫然不知所措的模样。这是一件黄色外衣，很醒目，不大可能弄混。她把外衣翻了个面，好像是想看看里面是不是绿颜色的。然后她断然否认了这是火车上的女孩身上穿的外衣。

塞佩主任指出，女博士并没有看过维尔玛·蒙泰西的遗体。让她辨认的仅仅是衣服上的几块布料。不过，人们觉得倒真的有必要调查调查女博士的行为举止。经调查，她是学文科出身，在国防部供职，父亲是个高级军官，出身于罗马的名门望族。可同时查明的还有，她有轻微的近视却不戴眼镜，性格有些冲动，做事不过脑子，又常爱幻想。她靠一线生机躲过一劫：她想方设法证明了，就在自发提供第一次证言后没几天，自己是从哪儿弄到一笔钱买下了一套价值五百六十万里拉的公寓的。

"从今天直到永远"

帕萨雷利博士的证词不作数了，调查员便着手测算一个正常人从塔利亚门托大街76号走到开往奥斯提亚的火车站需要多少时间。参加这一项调查的有宪兵、公共交通公司的雇员，还有国防部的雇员。

读者必须知道的几件事

从这一期报道开始，在字里行间便可以找到前几期已刊出报道中所提出的"读者应该记住"的种种问题的答案。

从此刻起，将按照严谨的顺序逐一说明：

a）维尔玛·蒙泰西所谓的奥斯提亚之旅。

b）她的死亡时间和地点。

c）死亡原因以及对此的司法判定。

d）维尔玛·蒙泰西真实的生活习惯、道德准绳和家庭环境。

e）毒品贩卖。

f）在卡帕科塔的聚会。

g）对达西亚王子的揭发。

h）对乌戈·蒙塔尼亚、皮耶罗·皮西奥尼以及前罗马警察局长塞维罗·波利托的不利指控。

从塔利亚门托大街 76 号到火车站大门口的最短距离是六千三百零一米。在最理想的交通状况下，不考虑红绿灯的因素，乘出租车需要整整十三分钟。如果是步行，用正常步伐，需要的时间为一小时十五分至一小时二十一分。快步行走需要五十分钟。有轨电车（B线快车）正常情况下走完这段距离需要二十四分钟。假设维尔玛·蒙泰西乘坐了这种交通工具，那还得加上至少三分钟的时间，即她从家门口走到二百米以外的公交车站所需要的时间。

我们还没有算上她到火车站买票的时间和从售票点走到三百米外的站台需要的时间，这样我们就得出了一个重要的结论：维尔玛·蒙泰西并没有乘坐五点半的火车去奥斯提亚。极为可能的是，就算她是五点钟出的大门，她也不可能做到这一点。

死亡时间

提交最初几份报告的人们并没有弄清一个基本的事实：在托尔瓦强尼卡海滩第一个检查尸体的医生迪·乔治博士称，尸体正在逐渐变硬。尸体在一段时间之后便会开始变硬：即僵化阶段。然后才会向相反的状态转变。迪·乔治医生的结论是，维尔玛·蒙泰西的尸体处于"局部僵化状态"。他做出尸体处于"逐渐变硬"阶段的判断是有依据的：表现为颌部、颈部到上肢的僵硬。奈斯当氏定律是这样解释的："尸僵从颌部肌肉开始，然后延续到颈部肌肉和上肢。"根据这条定律，迪·乔治医生呈交了他的报告书：死亡时间大约是在尸检前十八个小时。而尸检的时间是四月十一日星期六上午九点三十分。

错误是从这里开始的

在罗马方面的指示到达之前，尸体一整天都暴露在阳光下。指示到达已是夜晚时分。几小时后，尸体被转移到解剖室。等到鲁道夫·蒙泰西和安杰洛·朱利亚尼过去辨认尸体，从发现尸体的时刻起已经过去了二十四小时。做完尸检再提出报告，报告说死亡时间应该是在四月九日夜间，因为尸体已经开始腐烂，而且出现了"鹅皮"现象。死亡事件一年之后，医学院的一个教授小组在对尸体进行仔细检查后，给出了新的鉴定意见，认为可能是因为位于托尔瓦强尼卡海滩上的尸体在四月十一日这一整天中长时间暴露在阳光与潮湿下，从而加快了腐烂的进程。

至于"鹅皮"现象，教授们指出，这在溺水死亡的尸体上是很普遍的现象，甚至在死亡之前就有可能发生，原因通常是恐惧或长时间的死前挣扎。然而在维尔玛·蒙泰西一案中，也可能是因为在进行尸检前该尸体已在冰柜中存放了过长的时间。总而言之，第一份报告，即迪·乔治的报告，是最正中要害的：尸僵是局部的。它的结论也不容置疑：维尔玛·蒙泰西死于四月十日夜间，在女守门人阿达尔吉萨·罗西尼看见她出家门二十四小时之后。

在这二十四小时的时间里，她都做了什么？

维尔玛生命中消失的二十四小时

需要弄清的还有另一个重要事实：维尔玛·蒙泰西的死亡地点。先前人们已经接受了这样的说法，女孩在奥斯提亚海滩上做足浴时突然晕厥，然后，已经淹死的女孩被海浪冲到了二十公里以外的托尔瓦强尼卡海滩。

为了支持这个假设，奥斯提亚警方指出，四月十日夜间，该地区经历了强劲风暴天气，刮起了猛烈的东南风。本案的督察员塞佩博士委托几位气象学教授和气象台证实这一资料。附有一九五三年整个四月气象记录的报告显示，奥斯提亚－托尔瓦强尼卡地区并没有那次所谓强风的相关记录。最值得关注的天气现象发生在四月十一日，恰巧是发现维尔玛·蒙泰西尸体的时间：那天刮的是西北风，风速每小时十三公里。

暴露秘密的指甲油

专家们所做的尸检表明，尸体身上并没有海洋动物噬咬的伤痕，也没有昆虫叮咬的痕迹，而在托尔瓦强尼卡海滩，这些生物是种类丰富、数目繁多的。根据这一点，督察员得出结论，这具尸体在被发现之前既没有在水中长时间浸泡，也没有在海滩上停放太久。而此第一条推断已从原则上排除了尸体是从二十公里以外被海浪冲过来的假说。

然而，人们还找到了一些更重要的线索。维尔玛·蒙泰西指甲上涂的指甲油完好无损。专家们证实了这种物质能抵抗海水的侵蚀，但他们又对从奥斯提亚到托尔瓦强尼卡沿途海水里悬浮的沙粒密度做了一番调查，结论是，在二十公里长距离快速漂流的情况下，指甲油很难抗得住沙粒的摩擦。

纽扣作证

在众人之中，塞佩主任是唯一一个对那件用一个扣子扣在尸体颈下的外套产生兴趣的人。维尔玛·蒙泰西的遗体在海滩上被发现的时候，搬运尸体的宪兵奥古斯托·佟迪觉得外套有点儿碍事，于是他捏住那个扣子，没费多大劲就把它揪了下来。

督察员塞佩数了数缝住扣子的线：一共是十七根。专家们认为，如果一位宪兵一揪就可以轻而易举地把扣子扯下来，那么在这件外套经受海浪冲击之时，十七根线根本不足以抵抗在海上的漂流。

有了这些结论，当然还要加上另外一些很难搞懂的科学性结论，所谓尸体是从奥斯提亚海滩经过长距离的漂流被冲到托尔瓦强尼卡海滩的假说就被完全排除了。新的证据表明，尸体肺部所发现沙子的含铁量并不能成为判断死亡地点的决定性证据。维尔玛·蒙泰西是在距离她尸体发现地不远处淹死的。

另外

问题是，在托尔瓦强尼卡的海滩，离岸边五米远的地方水深不过半米。的确，维尔玛不会游泳，可就算一个人再不会游泳，也不至于淹死在半米深的水中。这其中一定另有原因。塞佩主任下决心将其查个水落石出。

专家组迅速成立了。一位声名卓著的医生和五位法医学教授对尸体肺部和肠子中的沙粒和浮游生物进行了研究。从这些东西的数量和侵入的深度，他们得出结论，死亡并非是在正常情况下发生的。从她吞下第一口水到死亡那一刻，时间最长可达四分钟之久。

专家组的调查表明，维尔玛·蒙泰西死于缓慢而持久的窒息，时长约为她开始接触水之后的十到二十分钟。这就解释了她为什么能淹死在半米深的水中：维尔玛·蒙泰西开始溺水窒息时已经处于过度疲劳状态。

想自杀不用费这么大的事

在得出如此重要的结论后，塞佩主任开始着手分析以下三种假说：

a）自杀。

b）意外。

c）他杀。

只有维尔玛的父亲曾提及她可能在四月九日夜间自杀，在去朗格特广场寻找女儿，去警察局报案和给朱利亚尼发电报时，他都是这套说辞。鲁道夫·蒙泰西声称，面临婚期将近、要和家人分开搬到未婚夫上班的城市波坦察去住的困境，他女儿想自杀。可维尔玛的婚事并不是家庭包办强加给她的。她有充分的自主权，她已经成年，只要愿意，完全可以取消与朱利亚尼的婚约。这样的解释听起来毫无说服力。

相反，她母亲拿出的证据对于推翻自杀假说就显得更有分量：维尔玛随身带了家门的钥匙，这样的情况可不经常发生。还有她姐姐的证词：出门前，维尔玛把换下的内衣用肥皂水泡在了洗脸盆里。末了，一个参加调查维尔玛·蒙泰西真实死亡情况的人这样说道："人有自我保护的本能，要在一米深的水中挣扎一刻钟死去，得有超越人类极限的本领才行。"要真想自杀不用费这么大的事。

蛛丝马迹

塞佩主任排除了自杀的可能性，开始着手研究意外致死的可能。第一次尸检给出的解释依然有效：维尔玛的死因不会是在消化过程中下水，因为此时消化过程已经结束。而且即使如此，仅仅因为在饭后把脚浸入水中也不大可能引起晕厥。

至于维尔玛当时刚刚结束经期的状况，也无法解释这种虚弱的现象。专家们认为，她在特殊生理条件下可能遇到的任何不适都不可能阻止她爬上岸去。再次尸检之后，专家们最终还排除了其他疾病的可能：维尔玛的身体很健康。只是有一点，和她的身高相比，她的心脏略小一点儿，主动脉内径也较小。

另一方面，塞佩主任认为应当找到足浴假说的源头。这一假说出现在死亡发生后很多天，是婉达·蒙泰西"记起来了"她妹妹说起过要去奥斯提亚旅行的事。那是在葬礼举行完之后，他们全家老小都想给此次死亡事件寻找一个合理的解释。这样一种态度本身就有些可疑：在整个过程中，维尔玛·蒙泰西全家都表现得十分积极，想让大家相信婉达的说法。案件卷宗第一次归档时的结论是"意外死亡"，正是基于这一说法。然而，一切细节都指向这样的事实：维尔玛的家人对她去奥斯提亚的旅行一无所知，更不用说所谓的足浴了。

"我们从这里着手吧"

专家们同时还确认了，维尔玛·蒙泰西的脚后跟没有任何伤口、发炎红肿或湿疹，既没有茧子也没有被鞋子磨破皮的痕迹。塞佩主任仔细分析了这一家人的可疑态度。维尔玛的父亲支持"意外死亡"假说的态度很不合时宜，他解释说姑娘解下袜带是为了洗脚时动作更自如一些。然而姑娘却没有脱去外套。试想，一个想在洗脚时动作自如的人必会在解下袜带之前先脱去外套。甚至会为了更方便解下袜带而先把外套脱掉。

最后还有一点，很难想象维尔玛会为了洗洗脚走上二十公里的路，从奥斯提亚车站一路来到托尔瓦强尼卡的海滩，尤其是在从火车站走不了几步路就是大海的情况下。塞佩主任没有闭眼接受意外死亡和足浴的说法，他在继续他的调查。

现在他的手里有了一个更重要的线索：维尔玛·蒙泰西心脏的大小。这可能与毒品有着某种关联。

昏迷中，她被扔进了大海

当安杰洛·朱利亚尼看见他未婚妻的尸体时，他注意到了胳膊和腿上的一些痕迹，由此联想到了谋杀的可能性。走出解剖室的时候，他把这情况告诉了一位记者。第一次尸检也证实了这五处瘀斑的存在，然而却没能从法医角度给予足够的重视。

由塞佩主任下令组成的专家组对尸体重新进行了仔细检查，甚至还进行了细致的 X 光检测，宣布并不存在骨损伤。他们观察到死者脸部，特别是在鼻子和眉毛上有几处表皮擦伤：这是尸体和沙粒摩擦的结果。与此相反的是，检查表明，那五处瘀伤都是在生前造成。专家们认为可能是在死前挣扎的初始阶段至死亡前五到六个小时之间的任何时段造成的。

没有性暴力

针对具体情况，在缺乏其他典型线索的情况下，这五处瘀斑是在一次性暴力行为中造成的假说被排除了。五处瘀斑中，两处在左臂上，两处在左边大腿上，还有一处在右小腿上。[1] 专家们根据它们的位置、数量及其浅表程度做出了判断，它们符合"抓握"一具无知觉躯体留下的特征。

没有搏斗或挣扎的痕迹，这样就可以得出很明白的结论——这些瘀斑形成的时候，躯体没有做出任何反抗。在性暴力行为中，会有不一样的特征。瘀斑的数量和位置也会非常不同。

仅仅检查内脏是不够的

大家都记得，在第一次尸检之后有一次内脏的化学检测，为的是证明毒品存在与否。检查结果是阴性。一年以后，专家们指出，"死亡前的无意识状态和内脏里没有毒品痕迹这两件事并非不能共存。"最初的检查是不完整的，因为没有对血液、大脑或脊髓中有无毒品痕迹进行检测。因此，内脏化学检测呈阴性的状态并不能被当作是绝对的。尽管内脏检测中没有发现毒品的痕迹，维尔玛·蒙泰西仍然有可能是死于毒品。

前路大开

另外，也可能是某种不会在内脏中留下痕迹的生物碱。这完全是有可能的，因为它可以在生前或死后被代谢消除，或在死后转换成其他物质。对于易挥发或是能快速分解的物质，这一说法更是极

---

[1] 瘀斑的位置描述与前文略有差异，疑为作者笔误。

有可能成立。

面对这种情况，上级部门认为，维尔玛·蒙泰西到底有没有服用毒品，从法医角度来说根本就没有结论。因此，检测结果不是阴性，而应该是无效，因为它仅能证明在那次调查进行时她的内脏里没有毒品痕迹。这痕迹完全可能存在于其他器官里，甚至，如果早做检测的话，在内脏里也有可能发现残留。

"你的小心脏"

塞佩主任注意到了维尔玛·蒙泰西心脏体积较小这一事实。他向好几位专家询问，这种情况会不会成为女孩在足浴时晕厥的诱因。专家们都回答说不会——维尔玛因为心脏体积小在特殊生理条件下会造成虚脱的假说绝无根据。

不过，专家们却提出了另外一种说法："在使用了毒品的情况下，心脏体积过小是可以致人虚脱的。"

对遗体的细致检查得出的结论是，维尔玛的性敏感程度低于正常水平。塞佩主任认为，这可能正是她使用毒品的原因，因为倘若一个人在正常情况下不能达到性兴奋，是可能去利用这种资源的。当然也可能是有人用了这种办法来摧毁受害者的反抗意志。

逆向思维更直接

认为维尔玛的衣服是被海水冲掉的假说完全可以被排除了。如果海水真能冲掉她的衣服，海上必定是风急浪大，在这种情况下，她外套纽扣上的十七根线是无论如何也支撑不住的。然而蹊跷的是，袜带却从尸体上消失了，要知道这可是最贴身的一件衣物，蒙泰西家过去的一个女佣甚至说，有好几回，为了穿上或是脱掉它，维尔玛都得叫她帮忙才行。

人们不得不接受的事实是，很可能是别人而非维尔玛本人强行把她的衣物脱下来的，再不然就是毒品起了作用。可是，那件外套就更成了件蹊跷事了：她能把吊袜带脱下来，却没脱掉本来最容易脱掉的一件衣物——外套，真是奇怪透顶。

为什么不考虑一下更符合逻辑的情况呢？比方说，维尔玛在虚脱的时候身上根本就没穿什么衣服。她发病后，那个至今还不知姓名的同伴为了消除自己行为的痕迹，急急忙忙想把衣服给她穿上。所以她身上才穿着外套。因为那是身上最容易脱下、也最容易穿上的衣裳。也正因为如此，吊袜带才没在身上。

结论

这些细节，当然还有另外一些没有必要——列举的细节被调查清楚之后，塞佩主任得出结论：维尔玛·蒙泰西在死亡前处于丧失意识的状态，由过失行为或故意行为造成。可供选择的可能性仅此而已。如果判断为过失杀人，其依据是，当责任人把维尔玛丢弃在海滩上以摆脱干系时不知道她还活着。有意思的是，最早的报案人当中的一位也说，维尔玛参加了一个狂欢派对，因为吸食毒品造成昏厥，从而被抛弃在沙滩上。

两个相互关联的问题

在这样一种选择面前，意大利法律中有所谓的"从轻条款"。即如果在较重和较轻的罪行之间无法确定，被告应按较轻的罪行论罪。意大利刑法第八十三条第一部分是这样规定的："在实施犯罪的方式上因为失误或其他原因，产生了与动机（在这个个案中应是藏匿所谓的尸体）不同的结果，在法律认定事实为过失犯罪的情况下，罪犯应按此过失被论处有罪。"基于这一条法律，塞佩主任确定维尔玛·蒙泰西的死亡属于过失杀人。可究竟是谁杀了人呢？

核心人物

此刻，塞佩主任还不可能说出具体的名字。不过有几件重要的事情值得一提：从五处瘀斑不难推断出，维尔玛的躯体在托尔瓦强尼卡海滩被扔进水中时，她可能处于无意识状态。换句话说，意外是发生在另外一个地方，受害人是被运到这个荒无人迹的地方来的。在这个地方，海岸线离柏油马路有十二米以上，运送维尔玛·蒙泰西的汽车应该是停在了公路上。公路和大海之间是一片沙地，难以通行。考虑到受害者的体重和五处瘀斑的位置，塞佩主任得出结论，把维尔玛·蒙泰西从汽车上运到海边，至少需要两个人。

"这两个人是谁？"想着这个问题时，塞佩主任一定是在挠着自己发亮的谢顶。到此刻为止，他手中的线索还只有一条：维尔玛·蒙泰西可能和毒品贩子搅到了一起。于是，就像是电影里许多侦探都会做的那样，调查员从椅子上一跃而起，向自己提出了一个至今为止还没有人问过的问题："维尔玛·蒙泰西究竟是何许人也？"

天真女孩的神话破灭

从警方最初发布的报告起，就在公众中营造了这样一个印象——蒙泰西一家堪为谦恭、谨慎和淳朴的典范。各家报纸也都推波助澜，制造出一个理想化的维尔玛·蒙泰西形象：天真无邪，心无恶念，最后成了那帮恶魔般的毒贩的牺牲品。然而，这里面有个无法掩饰的矛盾，那就是：这样一个集众多美德于一身的女孩，怎么会和那帮家伙搞在了一起，参加那样一个"狂欢派对"，最后搭上了性命。

塞佩主任发现这个人物形象的塑造有问题，便决定对维尔玛·蒙泰西的真实家庭环境和她不为人知的另一面生活做一番彻底调查。

坍塌的偶像

"维尔玛的母亲，"调查结束后，督察员这样写道，"在邻里中名声不太好，而这也影响到了女儿，使得她从很小时便家教不严，四体不勤，并且习惯于过一种与自己的经济和社会地位不相符的奢华生活。"在冷静而客观的调查面前，维尔玛·蒙泰西那种可怜的无辜女孩、毒犯手中的牺牲品的形象破灭了。正是维尔玛·蒙泰西的母亲在家中做出了既虚伪又低俗的坏榜样。"她——"案件总结里这样写道，"在丈夫面前很有权威，对全家人都十分专横，甚至对自己的母亲动粗，在家里经常满嘴脏话粗话。"

手袋之谜

母亲的种种表现对维尔玛成长的影响如此之大，以致在她最近一次和邻居争吵时，爆出一连串不堪入耳的粗话，这些也都被调查报告一一记录在案。在维尔玛死后不久，国民大街上一位杂货店老板听见她的两个熟人——这两人的姓名后来未能确定——这样说起死者："这很自然，像她那么过日子的人不会有什么别的下场。"

鲁道夫干一天活挣的钱不超过一千五百里拉。然而，在维尔玛·蒙泰西生前最后的那些天里，她却拥有一只正版的鳄鱼皮手袋，专家们估值八万里拉。手袋的来源不明。

掷地有声的话语

看来人们已经忘记了警方最早已证实过的一件事：在她的未婚夫被调到波坦察以后，女孩养成了每天下午都要出门的习惯。当时还有人肯定地说，她从来不会在七点半以后回家。可住在塔利亚门托 76 号最后一座大楼里一位不愿透露姓名的医生向塞巴修大街的一个药剂师透露过，而这一位后来又告诉了警察，说他曾经在后半夜给维尔玛开过大门。

阿农西亚塔·琼尼曾经在蒙泰西家做过五个月的帮佣。这位女佣向警方透露的情况和这家人自己所讲的完全相反：只要鲁道夫·蒙泰西不在家，大声争吵就是家常便饭，有一回维尔玛的妈妈在大骂维尔玛的时候，使用了两个语气相当激烈的词，温柔一点儿翻译过来的意思大概是："婊子，不要脸。"

小姊妹俩

有人还说过这样一件事：每天早上八点钟左右，父亲出门之后，姊妹俩总会上街去，下午两点才回来。前任女佣证实了这件事，可是她又说，自己没把那当成什么大事，因为她一直以为那姊妹俩是上班去了。

下午的时间里，即便是在和朱利亚尼订婚之后，维尔玛·蒙泰西也会接到无数个电话。每次接电话之前，她总会关上房门，说话的声音特别小，好像在防着什么人。可谁也闹不清那些电话究竟是不是同一个人打来的，也闹不清是不是长途电话。如果是的话，那也肯定不是朱利亚尼打来的，因为在她死前的几个月里，罗马和波坦察之间并没有通话记录。

可疑的态度

至于这一家人在维尔玛死后的表现，督察员通过检查电话账目了解到，维尔玛的母亲从各家报纸发布的有关维尔玛死亡案的报道中捞到了好处。每次她提供了什么消息总会收取好几百里拉的报酬，"有一回——"报告里说，"她还因为收到的酬劳太少抱怨过，劝记者们写出更辛辣的文章来。"从这次和其他几次调查中，督察组得出结论，维尔玛·蒙泰西过的是一种"双面生活"。她从小过着与自己社会地位不相符的奢华生活，在生活习惯和言行上又缺乏与之相称的管教。维尔玛梦想有一个更好的未来，而且她拥有充分的出行自由，无论是在早上还是在下午。

因此，真实的维尔玛·蒙泰西——和报纸上编造出来的那个完全不一样——与毒品贩子有联系，并且去参加过一个"狂欢派对"，也就不那么难以置信了。

电话

督察员把目光投向从前，他记起了婉达·蒙泰西第一次的证词，当然后来她又做了些更正："维尔玛出门之前没有打扮，原因很简单，时间来不及了。她肯定是接到一个紧急电话后出的门。"这一证词使人联想到，婉达如此肯定地知道她妹妹可能会接到紧急电话后临时出门，甚至知道她有什么不可告人的事情，这一点蒙泰西家里的人可从来没对警方说起过。

鲁道夫·蒙泰西，这个唯一能在家里营造点儿严厉气氛的人，没有时间去履行自己的职责。工作几乎占去了他所有的时间，他连中午回家吃顿饭的工夫都没有。

王子干了些什么事情？

不过，在继续往下调查之前，还有一份证词需要分析一下：有人说，四月九日下午，就在案发地一带，他清清楚楚地在一辆轿车里看见了达西亚王子，身边还坐着一位姑娘。一位律师得知了这一消息，并把这件事告诉了乌戈·蒙塔尼亚的律师，而这位律师又引发了件大丑闻：他去找证人谈了谈，这人也向他证实了自己的证词。当证人的妻子知道此事后，失声喊道："倒霉鬼。我对他说过叫他闭嘴。那姑娘就是维尔玛·蒙泰西。"

达西亚王子是意大利的一个年轻贵族，身高一米八六，瘦得像一根棍，他也被传唤出庭。他否认了自己的陪同者是维尔玛·蒙泰西。然而同时他也拒绝透露那个女孩的姓名，因为达西亚王子是个不折不扣的绅士。

让我们来瞧一瞧吧

不过，绅士不绅士的问题这回要先放在一边，因为对塞佩主任而言，这一类不在场证明一文不值。最终，一位罗马上流社会尊贵女士的名字被披露出来，她在被传唤出庭作证时肯定了王子关于四月九日去过卡帕科塔的说法。此外，王子还出示了一张加油发票，证明自己那天下午为了这趟旅行曾经加过二十升汽油。

对达西亚王子的指证无果而终。不过，其他的一些具体指控则需要再作一番审视：对乌戈·蒙塔尼亚和皮耶罗·皮西奥尼提出的指控。可是，在继续往下讲述之前，我们必须对读者交代一件几天以来诸位一直想知道，然而只有到了此刻才方便透露的事情：维尔玛·蒙泰西至今仍是处女之身。

对皮西奥尼和蒙塔尼亚的揭露

蒙泰西一案的督察员证实了皮耶罗·皮西奥尼生活的以下几点事实：

他在阿切卢西奥大街 20 号有一处单身公寓，仅供他一人使用，他经常在那里和朋友们还有女人们组织派对。这套公寓房并没有在大楼门房那里登记在册。女演员爱丽达·瓦利承认去过那里几次，因为"有几张唱片想听一听"。

根据多方面的证词，作为一个男人，皮耶罗·皮西奥尼"在爱情方面口味比较挑剔"。有人透露说他经常追求毒品的刺激。

有人证明，他和蒙塔尼亚都是狒狒大街一家小酒吧的常客，人们应该记得，正是在这里有人听见安德烈娅·比萨奇亚说过："蒙泰西那个女孩绝不可能是死于意外，因为我太了解她了。"这个酒吧后来被警察封了，因为那里常有"存在主义者、瘾君子和至少是道德有问题的人聚在一起"。

"侯爵"

乌戈·蒙塔尼亚，人们都叫他圣巴托洛梅奥侯爵，他举止优雅，人脉极广，有关他的生平，我们不妨直接引用卷宗的原文：

"他一九一〇年十一月十六日出生于巴勒莫省格罗特市，家庭的社会经济地位极其一般，家中好几位成员都曾留有刑事犯罪记录或在警方留有案底。其父迭戈曾于一九三一年四月一日在皮斯托亚

'由高层下令'逮捕，并于当月二十七日被驱逐出境。他的一个兄弟曾因欺诈罪和窝藏罪被判处多年徒刑。

"一九三〇年，乌戈·蒙塔尼亚迁至皮斯托亚，后迁回巴勒莫，在那里他第一次被捕，罪名是期票造假。一九三六年五月二十三日被释放，获得暂时自由，并于当月二十八日被驱逐而前往罗马。"

结婚生子

"乌戈·蒙塔尼亚——"案卷继续，"一九三五年在罗马同艾尔莎·阿尼巴尔迪结为夫妇。后再次因伪造财会师身份被捕，一九三七年获大赦出狱。

"他与妻子有过短暂的共同生活，并生有一子，后因忌妒及利益方面的原因，特别是他把赚到的钱在风月女子和纵欲旅行上挥霍一空，留给妻子的甚至不足以维持其基本生活的事实，与妻子离婚。

"一九四一年五月，由于一位邻居的抗议，他受到警方的告诫，停止举行夜间的派对，这些派对通常在他位于弗拉米尼奥区的住所举行，纵情歌舞，热闹非凡，往往会持续到后半夜，参加者人数众多，有男有女。"现今他的身份是超级百万富翁。

证人

机修工皮奇尼在前一年曾急急忙忙地告诉警方，说他三月上旬确定无疑地看见了维尔玛·蒙泰西和一个男子坐在一辆卡在了卡帕科塔附近的轿车里，这一次他被传唤去正式作证。皮奇尼把自己看到的作了呈堂证供：那男子和自己身高差不多，一米六九左右，半秃顶，举止优雅，没戴礼帽，一口纯正的意大利语，略微带点儿罗马口音。

然而这一回，人们发现皮奇尼并不是独自去帮那个陌生人的。他是和一个姓德·弗朗切斯科的工友一起去的，他认可了这些说法，除了皮奇尼所说的纯正意大利口音。据德·弗朗切斯科说，那个坐在车里的男子略微带点儿外国口音。两个证人被带到一起对质。皮奇尼坚持自己的看法，并在一次指认中从四个外形相同的人当中辨认出了皮耶罗·皮西奥尼。当然，也不能排除这样一个事实——在那个时候，皮耶罗·皮西奥尼的照片已经在报纸上出现过不知多少次。

打电话的那个男人

在皮奇尼的证言中有这样一点，他记得轿车里的那个男人行迹有些可疑，因为他急于去打一个电话。在那个钟点，是很少有人会去打电话的。督察员叫来了奥斯提亚火车站雪茄烟店的经理雷默·比格利奥奇，让他描述一下打电话的那个男子。在记忆力所能及的范围内，比格利奥奇描述出了一个皮肤黝黑、椭圆脸型、深色头发、半秃顶的男人，来打电话的时候特别着急。这位证人还说，他一看见皮耶罗的照片，立刻就认出了他就是三月上旬在他的雪茄烟店里打过电话的那个男人。

如果认可维尔玛·蒙泰西就是坐在轿车里的那个女孩——证人

们的描述基本一致——的说法，那就不得不对蒙泰西家人的说法提出质疑，因为据他们说，维尔玛从来没有在外面待到很晚才回家。不过督察员早已对这一家人的真实表现了然于胸，也没有忘记蒙泰西的妈妈曾经教唆女守门人改变自己的证词，凡此种种，都让人不难想到，这女人是知道点儿什么的，她的女儿有着什么不可告人的关系，她不惜一切代价都要掩饰住。因此，蒙泰西家人为排除车上女孩是维尔玛·蒙泰西的可能性所提供的证言没被采信。

真的没有人去看热闹？

　　与此同时，督察员还决定对前两次归档时未加考虑的几个人进行传唤，他们一定也有话要说——就是那些出于好奇去托尔瓦强尼卡海滩看死尸的人。在此之前大家都没想起她们，具体说是安娜·萨尔维和娅勒·巴勒里。她们俩被传唤时一致辨认出维尔玛·蒙泰西的尸体就是一九五三年四月十日五点三十分乘坐一辆深色轿车、身边坐着一个男子、从她们在托尔瓦强尼卡的家门前经过的那个姑娘。她们对那名男子的描述也完全一致。她们说是在海滩上看见过那具尸体，可后来又在报刊上看到说，那女孩其实四月九号就淹死在奥斯提亚那边的海滩上了，她们就没再打听这件事了。

意外情况

　　还有不少混乱的意外情况。比方说有个人说他也在海滩上看见过那具尸体，但其证词的可信度存疑。前一天下午，这人曾经和老婆一起从一辆黑色轿车旁路过，就在卡帕科塔附近不远的地方，他还停下来看了看车上的女孩。他老婆说了他一句："不要脸，还看姑娘呢。"第二天，在海滩上见到那具尸体后，他跑去找到他老婆，对她说："你知道吗？昨天下午我们看见的那个女孩，今天早上死在海滩上了。"可他的老婆不愿意在督察员面前证实他的证言。不过，塞佩主任一刻都没有气馁，下定决心要把这项工作继续干下去。他已经想好了要迈出的下一步：让安娜·玛丽亚·卡格里奥和乌戈·蒙塔尼亚当面对质。

警察销毁了维尔玛的衣裳

安娜·玛丽亚·卡格里奥出庭对质的时候镇静自若。她确认了自己在遗嘱中所提到的全部指控。她还提供了几个新的材料，扩大了指控的范围。她说，关于新闻界屡屡提到三月上旬陷在沙子里的那辆黑色轿车（据皮奇尼的证言），她也曾在皮耶罗·皮西奥尼家门口看见过一辆阿尔法1900。她说，看见那辆车，她想起了报纸上发表的那些文章，于是就忍不住想去看一看牌照号，可蒙塔尼亚察觉了她的企图，并很有技巧地阻止了她。她坚持指控说，皮西奥尼和蒙塔尼亚一起去拜访了警察局长，而她当时就坐在车里等候。皮西奥尼否认了她的指控。然而后来这次访问被证实确有其事。

尽管有仇恨在

在审查了安娜·玛丽亚·卡格里奥的全部指控、她的许多说明也均被证实之后，案卷的督察员得出了以下结论："鉴于安娜·玛丽亚·卡格里奥的证言基本前后一致，坚定不移，且反应极为敏捷，表露出极大的自信，甚至在同蒙塔尼亚和皮西奥尼戏剧性的当面对质中也是如此，她在正式督察过程中的种种证词值得重视，这其中还应包括她在第二次归档之前和在穆托一案中的证词。"

"诚然，卡格里奥——"督察员继续说道，"对蒙塔尼亚心怀恨意，因为在一段不算短的亲密生活之后，她被此人抛弃了，这让女孩备受打击，常常会在她的信件中表露怨恨。"但督察员的结论是，这种情感上的东西可以作为她行为的一种解释，但她的所作所为不能被当成产生于嫉妒心的空穴来风，或一种欠考虑的复仇。

一部劣质电影

女演员爱丽达·瓦利也因为那通从威尼斯打出的电话被传唤，曾对媒体否认此事的她这回承认自己的确打过电话，但完全不是证人们说的那种情况。她说，那次通话，从她这方面来说，只是因为读了一些和皮西奥尼有关的剪报。这些剪报——女演员说——都是米兰一家叫作"足迹的回声"的代理机构给她寄来的。为了证实这一点，她出示了这几份剪报：一份出自五月六日的《简讯》，一份剪自同一天的米兰《塞拉报》，另一份来自五号的《塞拉时代报》，还有一份是从米兰的《团结报》上剪下来的，日期也是五号。不过，爱丽达·瓦利忘记了一个最基本的事实：她的电话是四月二十九日打的。是在她这些作为不在场证明的剪报出现前一周发生的事情。

"阿马尔菲扁桃体炎症"

现在还有一件事情需要查一查：皮西奥尼的"阿马尔菲扁桃体炎症"。正像前面提到过的，这位年轻的流行音乐作曲家赌咒发誓说自己当时和女演员爱丽达·瓦利一起待在阿马尔菲，然后在四月十日下午回了罗马。那天晚上他们俩都要参加一个会议。然而调查表明，皮西奥尼并没有出席那次会议。对此他有个解释：那天下午，他因扁桃体发炎不得不卧床休息，为了证明这一点，他出示了迪·菲力普医生的处方，都一年时间过去了，难得那处方还保存得那么完好。他还出示了一份尿样化验单。

时间过去太久，迪·菲力普医生已经记不起开那张处方的日期了。然而，督察员对医疗登记本做了一番细致调查，发现这位医生的门诊记录和皮西奥尼那张处方的日期对不上号。

针对这可疑的差别，皮西奥尼提交的这份处方被送去做了技术鉴定，笔迹专家们一致的看法是，处方的日期被修改过。

又一次的崩塌

接下来又针对尿样化验单的真实性进行了调查。这次尿样化验据称是在细菌研究所做的，该所负责人萨尔瓦托雷利教授声明他不认识化验单上的签名。另外他还查了查他的记事簿，表示无论是在记事簿上还是在该所的化验记录上都找不到皮耶罗·皮西奥尼这个名字。笔迹专家们仍然试图找到那个签名是出自何人之手，最后他们都倾向于认为是该所的一位职员——卡杜奇医生所写。实际上，卡杜奇医生也认出了那是自己的签名，只不过无论是在记录本上还是在他的记忆里，都没有一个叫皮耶罗·皮西奥尼的病人做过尿样化验。卡杜奇医生自己提出一种假设，说这份假的化验单应该是在一张有自己签名的空白单子上，或者是把一张真的化验单原有的字迹擦掉后填写的。

"狂欢派对"

最后，督察员还造访了卡帕科塔，就是在这个地方，有人宣称乔本·乔输掉了一千三百万里拉。许多证词都表明，在这所房子里经常举行著名的"狂欢派对"。房子离发现蒙泰西尸体的地方不太远。

督查员查明，蒙塔尼亚不时会在这所房子里和他的朋友们聚会，有时也会一丝不挂，在邻近的海滩上洗洗海水浴。他查明并在卷宗概要里写道：蒙塔尼亚和安娜·玛丽亚·卡格里奥"肯定不止一次在这里待过；至少一次，是蒙塔尼亚和乔本·乔一起，还有一回是蒙塔尼亚和他的一个朋友，另有两个姑娘在"。

无头的玩偶

在艰难的洗牌过程中，主任调查了蒙泰西一案中最严重的一个指控：警方销毁维尔玛衣物的问题。在穆托一案的审理过程中，曾对《当代》杂志社的编辑部进行过一次搜查，发现了编辑朱塞佩·帕

117

拉托的一个笔记本。其中有一条笔记谈到，在与杜卡先生的谈话中，这位先生透露说在一九五三年五月曾有位警察对他说过，就在找到维尔玛·蒙泰西尸体的当天，皮耶罗·皮西奥尼到警察局长那里去过，送去了尸体上缺失的衣物。经过一番艰难的调查，督察员找到了那位"杜卡先生"。他的全名叫纳塔尔·德尔·杜卡。

纳塔尔·德尔·杜卡不但承认他的确说过这话，还作了一些补充：维尔玛·蒙泰西的衣物被藏匿了一段时间，后来在征得蒙泰西一家人的同意后被销毁了。德尔·杜卡还说出了向他透露此事的警察的姓名。于是那位警察也被传唤作证。最终，因为出现了新的证据，另一项指控也逐渐清晰起来：被销毁的不仅是那些衣物，在征得蒙泰西家人同意的情况下，尸体上的衣物也在事后遭到替换，目的是让人觉得维尔玛出门前没有打扮，也就谈不上什么赴约。

"这里面还有你的事？"

面对这一重大指控，督察员下令对那些作为尸体所穿衣物保存下来的衣服进行分析。分析结果表明，外套上氯化钠的含量大大高于其他衣服。结论是：除过外套，其他任何一件衣服都没有在海水中浸泡过，除非它们被清洗过或是经历了某种清除氯化钠的过程。此外，这些衣服还都被穿得很旧，有明显的破损，有些地方还污迹斑斑的。督察员觉得很奇怪，维尔玛·蒙泰西怎么也不至于在出门之前换上一身这么破烂的内衣吧。因此他又一次叫来在海滩上看见过尸体的那几位，问他们："维尔玛·蒙泰西当时身上穿着的衣服是什么样子的？"所有人的答案全都是一样的。他们对尸体身上衣服的描述和督察员手头拥有的，而且被专家们分析过的衣服大相径庭。

塞佩督察把他的猜想向前大大推进了一步，实际上尸体身上的衣服被人脱去且更换过，而且得到了蒙泰西家某些成员的首肯。罗马的一位官员塞维罗·波利托被传唤来回应此项指控。当然此人后来还要面临更多的问题。

三十二人被传唤到庭！

塞维罗·波利托，前罗马官员，是这样为自己辩护的：其实自己从未对蒙泰西一案有过过多的关注。督察员翻阅了官员公署的档案，发现有一些东西足以驳倒他的这一说法：其中有一份新闻稿的抄件，在上面签名的正是塞维罗·波利托，日期是一九五三年五月五日。在这份各家报纸从未刊登过的稿件里，官员写道："有关一位虽未指名道姓，却有明显暗示的高层政治人士的儿子的消息毫无根据。"

就在五月五日当天，另外一份公报被交给媒体，上面说："尸体被找到后，没有任何调查结果能作为改变司法部门调查及其结论的依据。"那正是有人提出并拼命捍卫维尔玛·蒙泰西是在一次足浴中死于意外的假说之时。

更多的证据

此外，还有另一个证据能证明塞维罗·波利托曾亲自关注过这一案件。经查明，他曾于四月十五日向警察局长递交一份报告，再一次肯定了洗脚假说。在这份报告中，他确认那女孩是五点整出的门，曾经有人在火车上看见过她，而且她"表现平静，完全正常"。报告里还对某些衣物的失踪给出了如下解释："女孩应该是自己脱下了衣服，为的是在水中走几步，直到海水没过她的膝盖，她过去也曾有这样的习惯。"督察员证实这份报告里有三处虚假断言："过去"维尔玛从来不会为了在海水里洗脚把内衣脱下来，她总是穿着泳衣；她不会走到海水没过膝盖的深度，而总是在水边冲冲小腿；最后一点，她也并非五点整出的家门。

是在米兰吗？

在此阶段，被传唤的还有《意大利日报》的记者巴莱里奥·巴莱里亚尼，为的是让他证实一次对塞维罗·波利托的采访的真实性，采访内容被刊登在了这份报纸上。在采访中，前官员声称：

a）找到尸体后他亲自领导了调查。

b）调查的结果已经在坚实的基础之上，证实了这是一起不幸意外的假说。

c）那个姓蒙泰西的女孩脚后跟患有湿疹，因此才决定把双脚泡进海水里。

d）对皮耶罗·皮西奥尼的指控是不可接受的，因为他已经证明案发当天他在米兰。

"我不认识这个人"

在被问及与乌戈·蒙塔尼亚的关系时，前官员波利托声明说，他是在维尔玛·蒙泰西死后才认识这位先生的。然而许多证据都表明，他们之间的交情由来已久。此外，有件事情是前官员想不到的：在某一段时间里，蒙塔尼亚的电话是受到监控的，这位先生和当时的官员有过通话，从中完全听不出他们是结交不久的朋友。通话的时间是一九五三年六月三日，正好是在蒙塔尼亚第一次被传唤之后。在通话过程中，塞维罗·波利托与蒙塔尼亚的这段对话被案卷原文引用：

"你是一个自由的公民，你想干什么就可以干什么。你看到的，就连'庞贝'自己都把两点排除在外了：毒品的问题和公寓问题。你会看到……"

蒙塔尼亚听上去比官员更狡猾些，他说：

"好的，好的。我们今天晚上十一点见个面怎么样？哦不，要不这样吧：我们九点碰头，一起吃个饭。"

塞维罗·波利托答道：

"太棒了。"

顶点

另外，督察员还证实，警方没收的那个维尔玛·蒙泰西抄写四月八日写给未婚夫情书的小本子里少了好几页，显然是在没收之后被人撕去的。不过，是什么人、什么时候以及出于什么目的撕去的都无法确认。

塞维罗·波利托无法为自己说过皮西奥尼曾身在米兰这件事做出解释。皮西奥尼当时根本就没去过米兰，更糟糕的是：他根本没有想到去说自己当时身在米兰，好让自己脱身。

"诸如此类的怪异行为——"案卷上说，"还有许许多多：关键材料的遗漏，编造子虚乌有的情景，对虚构情景的曲解，对重大情节的歪曲，以及刻意制造的错误，所有这些都是为了使对蒙泰西女孩真实死亡原因和方式的调查行动落空，为了消除对那个从一开始就被认定为这一犯罪行为主犯的人有关联的任何怀疑，避免对其的任何调查……"

事情并没有结束

一九五五年六月十一日，在维尔玛·蒙泰西离开家踏上不归路的两年之后，皮耶罗·皮西奥尼和乌戈·蒙塔尼亚到庭受审。前者被指控犯有过失杀人罪。后者被指控犯有包庇罪。官员塞维罗·波利托则要对上文提到的种种指控负责。

但在此案长达两年的调查过程中，从立案侦查到遭遇障碍，卷宗被一次次归档，又一次次被重新翻出来，不少人被新加进了这个名单——前后到庭受审的达二十人之多，罪名主要是作伪证。

塞佩主任经过艰难取证最终证明清楚，维尔玛·蒙泰西有二十四小时没在家中。这二十四小时内她做了什么？这正是本案的一个重大空白。尽管先后有二十个人因为作伪证到庭受审，但他们中间没有任何一个能把这件疑案说个明白：谁也没有提到四月九日晚上，就在维尔玛的父亲在朗格特广场绝望地寻找女儿的时候，是什么人或者可能是什么人和她在一起。而到了第二天，当安杰洛·朱利亚尼接到电报说未婚妻自杀了的时候，维尔玛·蒙泰西其实还活着。她在死之前至少还吃了两顿饭。可是谁也说不清她是在哪里吃的。甚至也没有人敢站出来哪怕是暗示一下，说在四月十日的黄昏曾看见她吃了一根冰棍。有可能在下个月的听证会上，这一神秘的事件就会有一个反转。但更大的可能是它将永远不为人知了。

来自罗马的连续报道

一九五五年九月十七日，十九日至三十日

《观察家报》，波哥大

那些在巴黎失踪的女人
是在加拉加斯吗？

珍妮·卡萨尔斯太太，一位富有的法国工厂主年轻优雅的妻子，晚上七点钟从裁缝店出来，身穿崭新的水貂皮大衣，浑身上下佩戴着价值一千五百万法郎的珠宝。在巴黎兴许算得上最奢华最热闹的圣奥诺雷市郊路上，她融入人群之中，要去和她的丈夫约会。她永远也赴不了约了。卡萨尔斯太太失踪了，没留下任何有关她去向的蛛丝马迹。绝望之余，警方抓住了不久以前卡萨尔斯太太私下向她的一个密友说过的一句话："我感觉自己就像是掉进了一个齿轮里面，出不来了。"这是一条不大寻常的线索。卡萨尔斯太太的生活习惯绝对正常，有着无可指摘的名声。然而在巴黎这样的城市里，每年会有十万人神秘失踪，在这里，什么事情都有可能发生。

加拉加斯，头号市场

卡萨尔斯太太一案在各家报纸上引发了一个时髦话题：贩卖白人女性。这是个经常被谈起的话题。警察也都对此深信不疑。所有关心这一话题的报纸都一致同意，说在南美洲，提起贩卖白人女性的最大市场，非加拉加斯莫属。

虽然相关数据十分惊人，要引起社会各界的警觉非常不容易：在最近几年时间里，有三万名女孩在巴黎被绑架，卖到全世界不计其数的歌舞餐厅和公共场所。资料表明，最主要的市场是北非和南美。

这种对人肉黑市的周期性披露由来已久，而这是法国舆论界第一次表露出深切的不安。今天下午，我参加了一场公共集会，参加者大多为各家各户的母亲们，要求法国政府更积极地介入这个问题。法国司法部门对大量案例的情况都有所了解。然而可悲的是，每当各家报纸触及这个话题，舆论就仿佛认为这只不过是报界的一个纯理论问题。现在情况有了变化。在国民议会，女众议员弗朗辛·勒费尔把所有的国际国内政事抛在一边，竭尽全力把这个问题摆到了桌面上。毫无疑问，贩卖白人女性的现象确实存在，它由强有力的帮派集团领导，代理人和买主遍布全世界，在所有大都市里都有它的生意在。特别是在巴黎。

两千美金可以买一个法国女人

警方开始对一些看上去无害而且十分诱人的广告实行严密监控："舒适而简单的工作，四万法郎，只限十八岁女性。"这个年龄段的女孩很难抵抗这样的诱惑。在很多情况下，这也的确是一份体面的工作。可如果碰见例外，那就很可怕了：申请工作的女孩一旦上了钩，签了卖身契，就被装上飞机运到北非，在那里像普通货物一样被卖掉。这是一桩利益翻倍的生意。

要说起这些组织代理机构的运作方法，简直就像一部剧情片。今年年初，在香榭丽舍大街上，晚上七点钟，一辆轿车在硕大的玻璃橱窗前停下。一名男子从车上下来，一把抓住一个女学生的胳膊，强行把她塞进了车里。从此以后便再也没有了这个女孩的消息。

然而，实际上，这帮人最初和人接触的时候倒不一定使用蛮力，而是用骗术。一家杂志描述过伊冯·文森特的例子。一个昏昏欲睡的星期天下午，家里只有她和一个女佣。她母亲出去看电影了。天黑下来的时候，一个相貌可亲的修女敲响了她家的门，告诉她一个坏消息：她妈妈出车祸了。修女带来的不仅是一个虚假的消息，还有一个险恶的用心。一辆轿车就停在她家门口，开车的当然是一个同谋。这是人们最后一次看见伊冯·文森特。

还有一次——这次没有提到真实的姓名——一个女孩和几位朋友在万赛讷森林玩了整整一下午后，准备去坐地铁。在过街等红灯的时候，一个盲人老妇请求她扶自己过街。没有人知道在大街的另一侧发生了什么，因为这一切发生在九月十八日下午六点一刻，而女孩到现在还没回到家中。警方完全有理由猜想，这两个女孩——就像近几年里失踪的三万个女孩一样——要么被说服，要么被迫，正在这个世界的某个地方从事皮肉生意。

这样的操作看起来十分简单：一旦这些女孩被说动，她们就会被送到北非或是南美。一个法国女孩，如果年轻漂亮又讨人喜欢，可以卖到五十万法郎，也就是说，将近两千美金。可付了钱的人会觉得有权从这件商品上榨取更多的利益，直至使投资翻上好几倍。女孩一旦被卷入这样的系统，能回家的可能性极小。帮派集团会对她穷追不舍至地球上任何一个角落。也有些女孩有足够的勇气和运气逃了出来。她们当中有一位名叫苏珊娜·塞尔蒙特，二十一岁，几个月前在电视上诉说了她那令人难以置信的历险。她是巴黎一家小小歌舞餐厅的歌手。一天晚上，幸运女神化成一个企业家的优雅形象出现在她的面前。她签下了一份在大马士革一家歌舞餐厅驻唱的合同，每晚收入两千法郎。到了那里女孩才知道原来要她做的不仅仅是唱歌那么简单。女孩十分镇静，通过某些人士和法国领事馆取得了联系，最终回到了自己的国家，国际警察以此案为起点层层剥茧，把好几个所谓的演艺界企业家送进了监狱。

只有一个出口商被捕……

这种生意外表包装得如此精致，行动代理人又是那样能干，以致警察很难打破他们那层结结实实的合法外衣。有时还真得要点儿运气，甚至是某种巧合，才能把像法国人弗朗西斯·拉班这种道貌岸然的家伙送进大牢里去。一天晚上，这家伙正和一名并非他妻子的女子在奥利机场准备飞往南美，一位侦探突然心血来潮，仔细检查了他们的证件。那名女子的证件是伪造的。

这个细节揭开了弗朗西斯·拉班的真面目。此人以大出口商的身份长住巴黎，他会定期收到来自委内瑞拉的大额美元支票。现在他被指控在数年时间里一直从事出口女孩的勾当。

　　那些指认加拉加斯为南美洲此类生意主要市场的报纸并没有举出很多具体实例。然而，一家民间杂志最近把拉班的案子同一位从巴黎被拐卖到委内瑞拉的女孩联系了起来。消息来源称，这位女孩签署的是一份酒吧女招待的合同。她断然拒绝"对客人要再殷勤一些"的要求。作为惩罚，她被送到离加拉加斯八百公里远的一处荒芜的庄园。在两位碰巧到那里的法国探险家的帮助下，她才得以脱逃。此刻在委内瑞拉，像这样的例子还会有多少呢？

　　　　　　　　　　　　　　　　　　　一九五七年一月十二日
　　　　　　　　　　　　　　　　　　　《精英》杂志，加拉加斯

"我曾到访匈牙利"

（节选）

亚诺什·卡达尔 [①]，匈牙利全国理事会主席，八月二十日在距布达佩斯一百三十二公里的乌伊佩斯特足球场上露面，与聚集在那里的六千位农民一起庆祝社会主义宪法颁布纪念日。我当时在场，与十月事件后到达匈牙利的第一个西方观察员代表团一起，跟卡达尔同在主席台上。

在过去十个月的时间里，布达佩斯都是一片禁区。从那里的机场起飞的最后一架西方国家飞机——于一九五六年十一月六日起飞——是一架奥地利的双引擎飞机，为《竞赛》杂志租用，以运出

[①] 亚诺什·卡达尔（János Kádár, 1912—1989），匈牙利政治家，十月事件后离开布达佩斯，在匈牙利东部建立了新的工农革命政府。

在布达佩斯的战斗中身受致命重伤的特派记者让·卡尔斯·佩德拉兹尼。从此，匈牙利关上了它的大门，直到十个月后才对我们重新开放，这是因为莫斯科世界青年联欢节筹备委员会施加了影响，从匈牙利政府争取到一份邀请，让一个由十八位观察员组成的代表团来到布达佩斯。团里有两个建筑师、一个德国律师、一个挪威国际象棋冠军，以记者身份前来的还有一位，是个比利时人，名叫毛里斯·迈尔，留着赤红的小胡子，可爱得要死，能喝啤酒，爱讲些傻乎乎的笑话，他的职业生涯始于西班牙内战，德国人占领期间他还在列日负过伤。他们中间我一个人都不认识。入境的时候，匈牙利海关用了三个小时检查我们的证件，然后，一位翻译员把我们集中在餐车里，做了个情况介绍，又致了简短的欢迎辞。接下来，翻译员给我们宣读了此后十五天的行程计划：参观博物馆，和青年组织共进午餐，观看体育表演，再就是在巴拉顿湖疗养一周。

毛里斯·迈尔代表大家对邀请我们访问匈牙利表示了感谢，不过他又表示我们对旅游体验不大感兴趣。我们想要的是另一些东西：想了解匈牙利究竟发生了什么事，要真实的，没有经过政治掩饰的，还想知道这个国家的现状。翻译员回答说，卡达尔政府会尽一切可能满足我们的要求。那是八月四日下午三点钟。当晚十点半，我们到达空无一人的布达佩斯火车站时，茫然不知所措却精力充沛的一群人正在车站等候我们，他们护卫了我们整整十五天，施展各种高招，就是不让我们对时局形成具体的概念。

我们还没卸完行李，那群人当中的一个——他自我介绍说是翻译员——便开始念一张名单，那上面有我们的名字和国籍，我们必须像小学生似的答"到"。接下来我们被请上了一辆大巴车。这里面有两个细节引起了我的注意：一个是我们这样一个小小的代表团，陪同人员数目惊人——总共十一个人；另一个是所有人都介绍说自己是翻译员，尽管他们大多数人只会讲匈牙利语。我们穿过城里灯火昏暗、空空荡荡的街道，下着小雨，街上显得凄凄切切的。没过多久，我们就到了自由大酒店——布达佩斯最高级的几家酒店之一，围坐在一张宴会桌旁，桌子很大，占满了整个餐厅。陪同人员当中有几位不大会使用刀叉。餐厅里四下都是镜子，上方是巨大的吊灯，家具上都包着红色长毛绒，陈设看上去挺新，装饰风格却很老派。

晚餐时，用匈牙利语致欢迎辞的是一位头发散乱、眼神里带着一丝浪漫的不屑的男子，他的话被同声传译为三种语言。欢迎辞不长，几句应景的话，接下来立即向我们宣布了几条具体规定。建议我们不要上街，护照要始终随身携带，不要同陌生人说话，每次离开酒店时要把钥匙交到前台，还要牢记"布达佩斯现在正实行战时管制，因此禁止拍照"。这时又来了七名翻译员，都无所事事地在餐桌旁转来转去，用匈牙利语交谈着什么，声音特别小，给我的印象是他们好像都很害怕。我不是唯一有这种感觉的人。过了没一会儿，毛里斯·迈尔朝我俯过身来，对我说："这些家伙都吓坏了。"

睡觉前，我们的护照被收走了。尽管旅途劳累，我却一点儿都不困，心情有些沮丧，便想从房间窗户看一眼城市的夜生活。拉科齐大街上灰暗破旧的楼房仿佛没有人居住。稀稀拉拉的路灯，小雨淅淅沥沥落在空旷的街道上，有轨电车叮叮当当地驶过，摩擦出蓝色的火星，一切都营造出一派凄凉景象。上床睡觉时我才发现，我这间房的内墙上还残留着弹痕。一想到这间悬挂着泛黄的幔帐、家具式样陈旧、到处弥漫着消毒水气味的客房在十月里也曾是一处街垒，我就难以入睡。我就这样度过了我在布达佩斯的第一夜。

买彩票的队伍比买面包的还长

到了早上，景色稍许明亮了一些。我准备绕开那些翻译员——他们十点钟以前是不会来的，我把钥匙往口袋里一塞，从楼梯走到了底层。我没坐电梯，因为电梯门正对着前台，要想出去又不被经理看见是不可能的。旋转玻璃门直通拉科齐大街。不光是我们这家酒店，大街上所有的楼房，从车站雕花的墙壁直到多瑙河岸边，都布满了脚手架。一条商业大街上，人们都在这种木头搭成的骨架后面晃来晃去，真是触目惊心。可这只持续了一眨眼的工夫，我刚走出酒店没两步，就有人把手搭在了我的肩膀上。是那群翻译员中的一个。他态度可亲，然而抓住我胳膊的手却一点儿也没放松，把我又带回到酒店里面。

代表团的其他人都按照预先的约定，十点钟下楼。最后一个下来的是毛里斯·迈尔。他走进餐厅的时候身穿漂漂亮亮的运动上衣，双臂张开，嘴里还唱着《世界民主青年进行曲》。他嘴里唱着歌，以一种夸张的热情，和翻译员们一一拥抱，这让他们有点儿不知所措，但也纷纷做出回应。接着他在我身旁坐了下来，把餐巾塞到下巴底下，用膝盖在桌子底下碰了碰我。

"我从昨晚起就这么觉得，"他从牙缝里挤出一句话，"这帮野蛮人，个个都带了枪。"

从这一刻起，我们都知道了自己的处境。我们的这群守护天使陪我们去参观博物馆，去游览历史遗迹，去参加官方的招待会，小心翼翼地防止我们接触大街上的老百姓。一天下午——应该是在布达佩斯的第四天下午，我们登上渔人堡俯瞰美丽的市容。离那里不远处有一座古老的教堂，在土耳其人入侵期间曾被改造成清真寺，现在里面还保留着不少阿拉伯风格的装饰。我们几个代表甩开了翻译员，进到了教堂里面。教堂很大，有点儿摇摇欲坠的感觉，窗户又小又高，几道夏日里黄灿灿的阳光从那里照射进来。靠前面的一排长椅上坐着一位身穿黑衣的老妇人，旁若无人地吃着香肠面包。片刻之后，两个翻译员走进了教堂。他们悄悄地跟在我们身后，走过殿堂，一言不发。但他们将那老妇人赶了出去。

到了第五天，这种局面实在让人忍无可忍了。我们都受够了参观什么名胜古迹，城市近在眼前，我们眼看着居民排队买面包、排队上有轨电车，一切却因为隔着大巴车的玻璃而变得遥不可及。吃完午饭，我拿定了主意。我到前台取了钥匙，说自己疲惫不堪，想睡上一个下午，然后坐电梯上了楼，但随即就顺着楼梯溜了下来。

在最近的车站，我漫无目的地上了一辆有轨电车。车里挤得满满当当，其他乘客都看着我，仿佛看着一个从外星球来的人。人们的目光里没有好奇，也没有惊讶，只有一种把自己裹得严严实实的不信任。我旁边是一位老妇人，头上老式的帽子装饰着人造水果，正读着一本匈牙利语版杰克·伦敦小说。我先是用英语，后来又用法语向她打招呼，可她看都没看我一眼。电车到达最近的车站，她就用胳膊肘在人群中拨开一条道下了车，而我觉得她本来不会在那一站下。她对我心怀恐惧。

司机用匈牙利语对我讲了句什么。我告诉他我听不懂，他又问我会不会讲德语。他是个胖乎乎的老头，酒糟鼻子，眼镜腿用铁丝绑着。我告诉他我会讲英语，他把一句话对我重复了好几遍，可我什么也没听懂。他看上去有点儿绝望。到了线路终点站，下车的时候，他从我身边经过，塞给我一张纸条，上面用英语写着："愿上帝拯救匈牙利。"

那震撼世界的事件过去已经快一年了，布达佩斯仍然像是一座临时搭建的城市。我看见大段大段的有轨电车线路还没有修复，仍然无法通行。衣衫褴褛、愁容不展的人群排着望不到头的队购买日用必需品。那些被摧毁、被抢劫一空的商场仍在重建中。

先前，尽管西方报纸吵吵嚷嚷地对发生在布达佩斯的事件做了不少渲染，但我总是以为损害不会有多大。在市中心，没有几栋楼的正面是完好无损的。后来我才得知，布达佩斯人民藏身其中，与苏联坦克进行了四天四夜的战斗。苏联军队——八万名军人接到命令，一定要粉碎抗议——采用了最简便却最有效的战术：把坦克开到大楼面前，直接把楼的正面轰平。人们的抵抗很英勇。连孩子们都来到街上，爬上坦克车，往里面扔燃烧瓶。官方的公报说，在这四天时间里，有五千人死亡，两万人受伤，然而受到破坏的规模使人不由猜想，遇难者的实际数量一定远超于此。苏联方面没有提供他们的伤亡数字。

当十一月五日的清晨降临的时候，这个城市满目疮痍。整个国家瘫痪了五个月。人们依靠苏联和其他人民民主共和国的供应列车才渡过了这一场劫难。现在，排队的队伍没那么长了，供应生活用品的商场也重新开张，然而，布达佩斯居民还得继续忍受这场灾难的后果。在彩票发行处（这是卡达尔政权重要的收入来源之一）和典当行（全部都是国营）门前，人们排起了长队，长度超过面包房门前的队伍。一名官员曾对我说，在这种制度下，彩票这东西其实是不可取的。"可我们又没有别的办法，"他又这样解释道，"每个星期六它能帮我们解决一点儿问题。"典当行也是一样。我在一家当铺门口看见一位妇女在排队，她推了辆婴儿车，里面装满了厨房用具。

无论是在政府机关还是老百姓中间，到处都充满了不信任和恐惧心理。有一部分匈牙利人一九四八年以前曾在国外生活，他们和子女都通晓各国语言。但要想让他们同外国人说话却不是一件容易的事情。他们会想，这种时候能进入布达佩斯的外国人都是政府正式邀请来的，所以他们不敢和这些外国人说话。所有的人，无论在大街上，在咖啡馆里，还是在玛格利丽岛宁静的花园里，都表现出对政府和政府客人的不信任。

政府方面也感受到了这种持续的不信任。在布达佩斯的墙壁上仍可见到这样的大字标语："隐藏的反革命分子们，在人民的力量面前颤抖吧。"还有一些标语指责纳吉·伊姆雷是十月事件的罪魁祸首。这也是官方的立场。此时纳吉·伊姆雷被迫流亡罗马尼亚，卡达尔政权则在墙壁上涂鸦，出版各种小册子，组织游行示威，都是为了反对他。可是所有我们能与之交谈的人——工人、职员、学生，甚至还有几个共产党员——都期望纳吉能够回归。黄昏时分，我来到了多瑙河边——这时我已经转遍了全城，面对着被德军炸毁的伊丽莎白大桥。那里有诗人裴多菲的雕像，隔着一个布满鲜花的小广场和大学遥遥相望。十个月前——十月二十八日，一群大学生穿过这个广场，高喊口号，要求苏联军队撤出匈牙利。一个学生举着匈牙利国旗攀上雕像，发表了长达两小时的演讲。当他从雕像上下来时，街道上已经挤满了布达佩斯城的男女老少，他们在秋日里落叶纷纷的树下高唱诗人裴多菲写的赞歌。抗议就这样开始了。

多瑙河下游距离玛格丽特岛一公里远的地方有个无产阶级聚集区，布达佩斯的工人们在这里出生，也在这里死亡。有几家酒吧大门紧闭，里面却热气腾腾，烟雾缭绕，顾客们用硕大的杯子喝着啤酒，讲起匈牙利语像是打机关枪。十月二十八日下午，这些人正聚集在这里，突然传来消息说，学生们已经开始行动了。于是大家放下啤酒杯，顺着多瑙河岸登上了诗人裴多菲广场，加入了行动。夜幕降临，我沿着这几家酒吧转了一圈，证实了一点：即使有政府的高压政策，即使有苏联军队的干涉，即使这个国家现在万籁俱寂，行动的种子仍在萌芽。当我走进一家酒吧时，那机关枪一般的谈话声突然变成了一片压抑的低语。谁都不说话了。然而，当人们沉默——不论是因为恐惧还是因为偏见——我有一个窍门，那就是去厕所里探查他们的真实想法。在那里我见到了一直在寻找的东西：在普天下的厕所里都会有的色情涂鸦之间，有好几处都提到了卡达尔的名字，这算是一种匿名的抗议吧，然而却显得格外意味深长。这几句标语正是匈牙利局势的有力见证："卡达尔，屠杀人民的刽子手""卡达尔，叛徒""卡达尔，苏联人的走狗"。

一九五七年十一月十五日

《当代》，加拉加斯

举世闻名的一年

一九五七国际年不是从一月一日开始的。它开始于九号星期三下午六点，伦敦。那时，国际政治中的天之骄子、世界上穿衣最得体的男人、英国首相安东尼·艾登爵士，最后一次以首相的身份打开了他唐宁街 10 号官邸的大门。安东尼·艾登爵士身穿黑色毛领大衣，手握只有在十分隆重的场合才戴的礼帽，刚刚出席了一次气氛热烈的内阁会议——这是他任期内，也是他政治生涯中最后一次内阁会议。那天下午，在不到两个小时的时间里，安东尼·艾登爵士做了有他那样的身高、受过他那样的教育、像他那样的重量级人物花两个小时所能做到的一切：和他的部长们吵翻了，最后一次拜会了伊丽莎白女王并递交辞呈，收拾好自己的箱子，离开了那座房子，回归自己的个人生活。

和其他人不同，打一生下来，安东尼·艾登爵士就把唐宁街 10

号记在了心头，刻在了掌纹中。在三十年的岁月里，他曾使欧洲各国的沙龙和地球上大大小小的外交机构为之倾倒，也曾在世界最重大的政治交易中发挥突出作用。他营造出举止优雅、道德高尚、既有严格的原则又有政治胆略的形象，在赢得尊重的同时，又把自己性格上的某些缺陷——随心所欲，思维混乱，以及在某些情况下会使他在做决定时过于仓促、过于执拗、一意孤行、触犯众怒的优柔寡断——通通在公众面前掩饰起来。三个月前，一九五六年十一月二日，安东尼·艾登爵士在面对法国武装进攻占领苏伊士运河的秘密邀请时表现得如此缺乏决断，以致做出的决定过于仓促，过于执拗，全然不顾他的阁僚、坎特伯雷大主教、新闻界，当然还有伦敦民众的反对（他们在特拉法加广场举行了本世纪以来规模最大的民众游行以示抗议）。正是因为他固执己见做出的独断轻率的决策，在一月九日这凄惨的两个小时里——这一回他倒是得到了阁僚和整个大不列颠王国绝大多数人的认同——他做出了一生中最重大的决定：辞职。

当晚，安东尼·艾登爵士在妻子克拉丽莎夫人（温斯顿·丘吉尔的侄女）的陪同下，乘坐一辆加长黑色轿车回到了自己在伦敦郊区的私宅，与此同时，一位和他身材一样高大、穿着也一样得体的男士从唐宁街11号搬进了10号。新任首相哈罗德·麦克米伦只走了十五米的路程，便担负起了大不列颠王国的棘手事务。

这一消息像一枚鱼雷般炸响全世界各大报纸的头版，然而，它传到大西洋彼岸加利福尼亚州洛杉矶的一所新教小教堂门前的时候，却成了一条没多大意义的流言。仅仅几个小时前，那里聚集了挨挨挤挤的四千人，为的是参加亨弗莱·鲍嘉的葬礼，他在一月六日星期天死于食道癌。"请相信我的话——"亨弗莱·鲍嘉有一回这样说，"在八岁到六十岁这个年龄段，我的粉丝比国内任何人的都要多，这也就是我拍每部电影都能挣到二十万美元的原因。"死前几个小时，这位电影里最得人心的匪徒、好莱坞心肠最软的杀手对他的终生好友法兰克·辛纳屈说了这样一句话："唯一进展得不错的是我在银行的存款数目。"

　　这位伟大的电影演员是这个一月里故去的第三位杰出人物：在这个月去世的还有智利女诗人加夫列拉·米斯特拉尔和意大利乐队指挥阿尔图罗·托斯卡尼尼——音乐史上最有名也是最富有的人物之一，与此同时，波兰人民投票表达了对瓦迪斯瓦夫·哥穆尔卡的信任，而法国的司机们在加油站前排起了长队。在苏伊士运河的冒险留给法国的只有普遍的失望和严重的燃料危机。在由限购而产生的交通乱象里，为数不多及时到来的事件中有这样一件——一月二十三日，兰尼埃三世和格蕾丝·凯利的摩纳哥小公主卡罗琳娜·路易莎·玛格丽特诞生，体重三公斤零二十五克。

二月里年度新闻落空

　　伦敦的年轻人在三十天时间里买空了一百万张《昼夜摇滚》的唱片——创下了继《第三个男人》以来的最高纪录，而就在这天早晨，英国伊丽莎白女王登上了飞往里斯本的飞机。对生性谨慎而颇有家长作风的葡萄牙总理奥利维拉·萨拉查的这次访问，政治动机实在令人难以琢磨，它被解释为英国女王想去与自己的丈夫，爱丁堡公爵菲利普亲王，会面的一个简单借口，他乘坐一艘满载男人的游艇在英国周边的大海里已经转了四个月了。在这一周时间里，各种消息变幻莫测，各种预测一再落空，各种期望都烂在了记者们心里，他们曾期待着发生一年中最大的情感风波：伊丽莎白女王和菲利普亲王分手。在干干净净、迷宫似的里斯本机场，爱丁堡公爵迟到了五分钟——这首先是因为他本不是英国人，而是希腊人，其次也是因为他得先去刮刮胡子，好亲吻自己的夫人——人们所期望的本可以成为一九五七年最大新闻的事件并没有发生。

不过，就在同一个二月里，碧姬·芭铎在慕尼黑狂欢节上把领口开到低得令人难以置信；法国总理居伊·摩勒先生飞越大西洋，为的是在苏伊士运河战争惨败后调和法国与美国的关系；而苏联也抛出了第一则令人意外的消息，声称这将是苏联最繁忙、最令人惊慌失措、也最高效的一年。下面这条令人意外的新闻是《真理报》当作二流消息发布的：苏联第六任外长德米特里·谢皮洛夫卸任，接替他的是世界外交官圈子里那个早熟的年轻新人，安德烈·葛罗米柯。

谢皮洛夫原任《真理报》总编，一九五六年六月被任命为外交部部长。他担任外长的经历创造了一个速度上的纪录：在他之前所有的外交部部长平均任期为八年，而谢皮洛夫只干了八个月。西方人不大看得懂克里姆林宫里的复杂棋局，他们完全有理由猜想，葛罗米柯也许只能待八天。

上午八点三十三分，在华盛顿变化莫测、浓雾弥漫、冷风袭人的春日，美国副总统理查德·尼克松先生开始了他为期十七天的非洲之旅。旅行的时节，三月，就这样开始了。几天前刚刚从澳大利亚飞回纽约的美国国务卿福斯特·杜勒斯先生长达一万五千公里的行程分为三段，至此他担任这一职务以来环绕地球飞行便达到十六圈：总计三十八万公里。美国总统艾森豪威尔将军也将在本周内乘坐"堪培拉号"铁甲舰前往恬静宜人的英属巴哈马群岛，在那里与英国首相哈罗德·麦克米伦会晤，后者将花费一晚上的时间飞越大西洋，去处理他的前任艾登先生遗留下的问题。

以色列女外长果尔达·梅厄也是与时间赛跑中的一员，她也做了一次创纪录的旅行：从特拉维夫到华盛顿，她打算在那里提醒福斯特·杜勒斯先生别忘了履行美国许下的诺言，"确保加沙地带不会被埃及军队重新占领，并确认美国不会容许关闭阿拉斯加海峡"。在这些令人眼花缭乱、绕全世界飞来飞去的旅行中，菲律宾总统马格赛赛先生登上了一架保养良好的新 C-47 飞机，起飞后几小时，飞机坠落地面，被熊熊大火吞噬。这场至今原因不明的事故（甚至是不是意外事故也没有弄清）是这个月里唯一由一个简单的发动机问题引起，却足以令世界历史翻转——当然也说不定是矫正——的意外事件。内斯托尔·马托先生，一位当时也在这架飞机上并奇迹般幸存的菲律宾知名人士透露，灾难的起因是飞机上发生的一次猛烈爆炸。在救援队徒劳地寻找马格赛赛总统的尸体，西方世界政坛纷纷把这一事故归于共产党人的谋害之时，收拾行李准备前往拿骚的艾森豪威尔总统因为在一扇打开的窗户前脱下外衣而受凉感冒了。与此同时，在非洲令人昏昏欲睡的春季，尼克松先生为了表示自己的国家与一群把脸涂得油光发亮、头上插着羽毛的乌干达人的友好相处，正用他当学生时练就的好牙口用力咀嚼着野生植物的种子。

佩德罗·因方特走了。留下了巴蒂斯塔

政治家们这一通不合时宜的旅行，都是为了理顺苏伊士运河冒险行动留下的一团乱麻。四个月过去了，尽管联合国的军队已经隔在了埃及和以色列之间，技术人员也已经开始把十一月份纳赛尔将军下令沉在运河里的船只清理出来，这些遗留问题仍然是西方的一件头疼事。虽然尼克松副总统去了非洲，将撒哈拉以南大陆原始部落的君主们供上的古怪食品该吃的吃，该喝的喝，但这并不妨碍他抓住机会在摩洛哥同号称阿拉伯世界三大顶梁柱之一的彩色电影之王穆莱·哈桑喝上一杯薄荷茶。哈罗德·麦克米伦先生从他的角度竭力劝说美国总统不要在东方的问题上太依赖联合国，总统听得很仔细，尽管他患了感冒，也尽管——这一点从外交礼仪上无法解释——在整个会谈期间他的耳朵里始终塞着棉花。

就在离他们这次会晤不远的地方，在巴蒂斯塔总统因为奥连特省的一些公共秩序问题开始睡不着觉的古巴，当年最流行的舞蹈，以及在三个月里就从巴黎到东京、从伦敦到布宜诺斯艾利斯，席卷

了全世界年轻人的音乐，在这里首次遇到了挫折：摇滚乐被哈瓦那的电视台禁播了。"这是一种——"禁播令这样说道，"不道德的、引人堕落的舞蹈，其音乐会使人们采用某些怪异的舞姿，实属伤风败俗。"不巧的是，这一周，在棕榈滩的一次聚会上，瑞典女演员安妮塔·艾克伯格和她的丈夫安东尼·斯蒂尔一起对古巴雕塑家约瑟夫·多夫罗尼大打出手，起因是这位雕塑家的一个全裸女子雕像，据说是以这位瑞典女演员为模特创作的。为维护道德尊严和良好风俗，女演员用带后跟的鞋猛踢了雕塑家几脚。同一周内，另一位瑞典女演员英格丽·褒曼吸引了全世界的关注，凭借在《真假公主——安娜塔西亚》中的表演，她被授予奥斯卡金像奖。这件事被解读为英格丽·褒曼同美国观众的某种和解，因为美国人八年来一直对她嫁给意大利导演罗伯托·罗西里尼这件事耿耿于怀。

南极旅行探险家理查德·伯德死后没几天，法国政治家爱德华·赫里欧也随之而去。法国甚至没工夫维持二十四小时的举哀时间，因为它正忙于阿尔及利亚战争，以及接待英国女王伊丽莎白的准备工作。

一位曾在墨西哥用仅剩的二十美元发表自己一篇演讲稿的年轻古巴律师，带领一群巴蒂斯塔总统的反对者在古巴登陆。这位律师名叫菲德尔·卡斯特罗，他的战略知识可远不止教科书上所说的那一套。巴蒂斯塔总统无法解释为什么他的军队始终没能把菲德尔·卡斯特罗从岛上赶走，于是便发表了一通慷慨激昂的演说表示"西线无战事"，可事实上，一直到了四月份，这种不安情绪仍在继续。

与政府为敌的人到处都是：月初，侦探们在哈瓦那大桥路 3125 号发现了一处新式武器的仓库；在这个国家的奥连特省，种种证据表明当地居民向菲德尔·卡斯特罗的手下提供了保护和帮助，且在迈阿密，在墨西哥城，在加勒比海造反地带的各个关键点上都是如此。不过，在地球上这一小块冲突不断的角落，尽管人们在任何时候对于政治上的纷争都不会无动于衷，一时间他们还是把古巴忘在了脑后，因为墨西哥歌唱家佩德罗·因方特在一起空难中身亡，使他们震惊到浑身发抖。

世纪丑闻落幕。"零"结局

在离这位大众偶像飞机失事地点一万一千公里远的地方，一出持久而复杂的大戏露出了喜剧的苗头：在威尼斯开庭审判的蒙泰西一案，涉及数位被告、证人、法官、律师、记者，外加一群纯粹为了看热闹乘坐贡多拉小艇前去的人，最后小事化了，变成毫无意义的凭空假说。家住塔利亚门托大街的平民女孩维尔玛·蒙泰西被害一案，曾被认为是世纪丑闻，看来也就将这样不了了之，直到永远。

与此同时，在春天的最后一缕寒风中，巴黎的居民们仿佛突然爆发了对君主制的热情，涌上街头向英国女王伊丽莎白表达敬意。女王乘坐她的私家"子爵号"越过拉芒什海峡，为的就是用法语对科蒂总统说一声，在苏伊士运河共同遭到失败之后，两国比以往任何时候都更加团结，走得更近。像热爱他们的科蒂总统一样热爱英国女王的法国人，尽管他们的看法完全相反，已经很久没有被要求在警戒线外面苦熬四个小时，等着对来访者表示欢迎了。这一回他们这样做了，在整整三天时间里，欢呼声掩盖住了总理居伊·摩勒先生正竭力弥补的可怕的法国经济危机。此时的奥利机场，英国女王下了飞机，却把自己的阳伞忘在了那里。

就在英国女王的敞篷汽车驶过香榭丽舍大街的时候，没有人胆大到敢暗示点儿什么，但私下里，某种担忧在巴黎的大街小巷不胫而走：那些无孔不入的阿尔及利亚叛军，一方面在他们的国家里抗击着伞兵部队，另一方面又在巴黎和警察玩起了捉迷藏的游戏，人们生怕他们会在王室车队经过的时候扔出一颗炸弹来。果真如此的话，那将成为这场无名地下战争中最惊心动魄的一笔，它三年前便已开始，哪怕现在已经是一九五七年了，全世界的人们依然看不到翘首以待的结果。

波哥大的人们身穿睡衣打倒了罗哈斯

五月十日凌晨四点，波哥大的老百姓涌上街头，其中许多人还穿着睡衣，庆祝古斯塔沃·罗哈斯·皮尼利亚将军的倒台，此人从一九五三年六月十三日起一直掌握着大权。从三天前的五月七日起，国家实际上已经陷入瘫痪，这是对总统玩弄花样召集国会、企图让自己再次连任的抗议。银行、商店和工厂都在七十二小时内大门紧闭，表示消极抗议，它们的行动也得到了全国上下各派力量的支持。五月十日凌晨四点，当欢庆罗哈斯·皮尼利亚倒台的人群挤满了哥伦比亚首都的大街小巷的时候，这一位还在圣卡洛斯宫里和一帮死心塌地追随他的人待在一起，他肯定还会问他们当中的某个人，城里面究竟发生了什么事。事实上，四个小时之后，上午八点钟，罗哈斯·皮尼利亚才提交辞呈，带着他的两百一十六个箱子坐飞机去了西班牙。同一天上午，另一个政府也倒台了：法国的居伊·摩勒政府，它坚持了十五个月，算得上是普恩加莱那届之后执政时间最长的一届了。尽管摩勒先生将倒台原因粉饰为"经济原因"，法国政治观察家们都心知肚明，此事另有原因：阿尔及利亚战争，它耗尽了国家的财力，是一九五七年双重危机的真实根由。

在罗马，詹姆斯·迪恩飞车俱乐部的青少年们常常以一百二十公里的时速开着不带刹车的汽车，以纪念这位在去年一次汽车事故中死去的演员。尽管由于家长们的请求，警方曾在五月介入制止，这帮人还是经常暗中聚会。他们倒是从来没人遇上过哪怕最轻微的事故，而法国女小说家弗朗索瓦丝·萨冈——她最烦别人叫她"法国文学的詹姆斯·迪恩"——倒是在巴黎近郊撞了车。这位四十个月前以其小说处女作《你好，忧愁》轰动循规蹈矩的法国资产阶级的二十二岁女作家，整整一周都处于生死边缘。一个月后她出院时，她的新书《一月后，一年后》也已付梓。这本书创造了一个畅销纪录：第一版赶在布尔热－莫努里先生主政的法国新政府倒台之前就已售罄。在这两个星期里，事情就这样一件赶一件，就连詹姆斯·迪恩的粉丝都纷纷决定走进理发店，一下子剃成了尤·伯连纳推行的光头。

他开过的最好玩的"玩笑"

六月里的一个上午，刘自然太太，一位普普通通的女人，来到美国驻台湾办事处门前，手里举着一块中英双语的标语牌，上称美军上士罗伯特·雷诺是杀人犯，并呼吁岛上的居民起来抗议宣布他无罪的法庭判决。[①] 几周前，被刘自然太太指控为杀人犯的罗伯特·雷诺上士的太太正在台北家中洗澡，突然，她发出一阵惊叫，因为，据她说，一个男子正从窗户缝里偷窥。雷诺太太的丈夫当时正在客厅里看报纸，立刻拿起左轮手枪冲到院子里，是为了——他后来在听证会上称——"在警察到来前将那人控制住"。第二天早晨，花园里出现一具尸体，正是被雷诺上士的左轮手枪射出的子弹杀死的。这具尸体便是刘自然太太的丈夫。由三名上士和三名上校组成的法庭对美军上士一案进行了审讯，他们的判决是："正当防卫。"

台湾的居民认为这起事件简直就是一场司法闹剧，事件引发了游行示威，这成了自蒋介石被共产党赶出大陆、得到华盛顿承认并在其财政和政治支持下定居该地以来，台湾地区和美国之间发生的第一起严重事件。刘自然太太的抗议在台湾掀起了反美高潮，中国总理周恩来对此做出了精准的判断。中国领导人坚信台湾地区和美国之间出了问题，便向蒋介石发出一项提议：他可以和他的军队、他的居民以及他拥有的九十二辆私家轿车一起留在台湾，但只能是

---

① 刘自然被美军上士雷诺枪杀案于 1957 年 3 月 20 日发生在台北，因美军事法庭宣判雷诺无罪，引发五·二四反美运动。原文中作者将死者姓名误记为其太太的名字。——译注

以毛泽东政府名下该岛行政长官的身份。蒋介石一定是把这个提议当作了一个玩笑，甚至没有给出答复。

赫鲁晓夫，美国电视里的明星

美国的电视观众刚刚在自家的电视屏幕上看罢有关台湾事件的新闻，上面就出现了一个剃得精光的脑袋，而且开始用俄语说出一大串不知所云的话，当然，片刻之后会有一个播音员把它翻译成英语。美国观众还不怎么认识的这位电视明星是在一九五七年引发最多话题的人——也是这一年的年度人物：尼基塔·赫鲁晓夫。尼基塔·赫鲁晓夫之所以能够在美国变成一个家喻户晓的人物，完全是苏联间谍机关精心准备的一场诡计。哥伦比亚广播公司经过一年的努力，终于获准在克里姆林宫赫鲁晓夫的办公桌前拍摄这段影片，他答应了美国记者提出的所有要求，只除去一项：不让他们给自己化妆。"这没有必要，"一位苏联官方发言人说道，"赫鲁晓夫先生每天都刮胡子，而且使用滑石粉。"美国人在自己家中就可以听到赫鲁晓夫开展他的裁军攻势，这场由此开始的运动持续了整整一年，毫无疑问，这也是一九五七年苏联外交与政治活动的实质所在。

从赫鲁晓夫的这次访谈开始，全世界不得不将注意力转向社会主义半球。在筹备庆祝革命胜利四十周年活动的过程中，这位深不可测的赫鲁晓夫先生——几乎没有一天不让西方世界听到他的声音——同时在内部问题和外交战线上大展宏图。仅在一天时间里，一次苏联共产党中央委员会的激烈会议之后，就有四位苏联最高层的重量级人物落马，他们是：莫洛托夫、马林科夫、谢皮洛夫和卡冈诺维奇。几天后，突尼斯总统布尔吉巴先生推翻了老态龙钟、思想僵化的君主，宣布成立世上最年轻的共和国；与此同时，四大强国的代表则聚集在伦敦讨论全世界裁军的基础。美方代表斯塔森先生不得不中途离会，赶去参加他儿子的婚礼。在婚礼上喝到第一杯威士忌的时候，他得到消息说裁军会议没有达成任何协议，不过，赫鲁晓夫先生放出一句最有杀伤力的话：苏联已经拥有了"绝对武器"，一种远距离导弹，其射程足以击中地球上的任何目标。此时，西方世界的注意力都集中在吉娜·劳洛勃丽吉达①迫在眉睫的分娩上，对这条消息不大相信。可它是千真万确的。从那一刻起，苏联的进攻优势终于被认定为不容置疑的现实。西方世界吞下这杯苦酒的方式是自我安慰：吉娜·劳洛勃丽吉达生下了一个健健康康的女婴，体重六磅零九十九克。

亚洲流感：高烧三十九摄氏度的世界

在新加坡的马来西亚大学，身材矮小、一头红发的约翰·A.哈尔教授冒着五月四日四十摄氏度的高温，正在他的显微镜前工作，内容是检测这天上午从香港送过来的一份微生物样本。五分钟后，惊愕不已的教授给英国海外航空公司打去电话，那边的人告诉他十五分钟后有一趟航班飞往伦敦。在这架飞机上，有哈尔教授给设

———————

① 吉娜·劳洛勃丽吉达（Gina Lollobrigida，1927—），意大利女演员，20世纪50、60年代欧洲最知名的女演员之一。

在伦敦的世界流感中心主任克里斯托弗·安德鲁斯紧急送去的一只被精心保护的玻璃试管。试管里装着一种特别怪异的微生物样本，是新加坡那位惊魂未定的研究员刚刚发现的，尽管他万分小心，那一年的疫情还是爆发了：亚洲流感。飞机在伦敦降落的时候，一艘四十八小时前从新加坡驶出的轮船上的海员中，好几个人开始打喷嚏。一小时后，他们浑身上下骨头酸疼，五小时后，都高烧到四十度。其中一人死亡。其余的人在台湾住院治疗，又传染给了医生、护士和其他病人。当伦敦的世界流感中心发出警告时，亚洲流感已经传到了欧洲。四个月后，查尔斯·卓别林最后一部影片《纽约王》在伦敦首映的那天晚上，这种病毒已经传遍了全世界。

这些天里，艾森豪威尔总统花了大量的精力操心这种微生物带来的危险。他还不得不下功夫研究中东"火药库"的问题，想出一些既能和阿拉伯世界保持良好关系，又不得罪欧洲盟友的解决办法，加上还得去揣摩那个阴晴不定的赫鲁晓夫先生的心思，最后他只剩下三天时间能在温暖的夏季去他位于新英格兰地区纳拉甘西特湾的度假地打高尔夫球。没等他从专机"哥伦拜恩三号"上下来，秘书哈格蒂就过来告诉他，在阿肯色州的小石城——那里的州长福布斯一向反对混合学校，即黑人学生上白人学校——现在局面已经变得难以收拾。这个问题一周前就出现了：州长福布斯反对美国最高法院的裁决结果，借口黑人学生的到来会在当地居民中引发骚乱，他动用阿肯色州国民警卫队封锁了中心中学的大门。居民中一小批从数量上来说微不足道的种族主义者聚集在学校门口，用激烈的言语甚至动作表示，他们认为福布斯的做法是正确的。作为暴力的反对者，艾森豪威尔总统用尽了各种办法，试图说服这个反叛州长。然而，在与总统会面之后，这一位仍然坚持自己的态度。艾森豪威尔将军的软弱表现在全世界引起广泛评论，其传播速度远远超过了亚洲流感。社会主义阵营充分利用了这一局面。"现在的白宫需要一个杜鲁门。"在美国，人们都这么说，尤其是在北方，那里的人们对前总统旺盛的精力和决断精神记忆犹新。眼见自己的权威遭到威胁，在严峻局势的逼迫下，艾森豪威尔总统在九月二十四日星期二中午十二点三十分向小石城派去一千名伞兵精英，执行最高法院的判决。当天下午三点十五分，问题得到了解决：在华盛顿紧急派出的士兵护送下，十五名黑人学生终于在中心中学和白人同学坐在了一起，没有任何意外情况发生。

斯普特尼克：全世界都在学习航天科学

九月二十一日，为了拍摄电影中的一个场景，索菲亚·罗兰在好莱坞穿上了嫁衣，而此时远在五千公里之外的一个墨西哥法院正在宣布她与意大利制片商卡罗·庞蒂喜结连理，后者则在洛杉矶和一个纽约企业家在电话里谈生意。这桩颇具未来派色彩，又有点儿像星际传奇故事的婚事在意大利没能引起期望中的注意。它在美国同样没有多大效应，没能引起棒球场上观众的什么兴趣。十月四日这天，纽约狂热的人群推推搡搡，为的是能在看台上找个位子观看他们本赛季最为期待的一场比赛，至于索菲亚·罗兰的婚事究竟是不是合法，早就被他们置之脑后了。与此同时，"在苏联的某个地方"，一位不知名的科学家按下了按钮：地球的第一颗人造卫星，"斯普特尼克一号"（俄语里的意思是"旅伴"）被送上天围绕地球转动。它的外壳用什么材料制成尚且不为人知，但可以耐受发射速度引起的极高温度；它重八十三点四千克，直径五十八厘米，附有四根天线，两个广播发射器。卫星被它那精确度令人难以想象、推进力也不容置疑的运载火箭送上九百千米高的轨道，以每小时两万八千八百千米的速度运行。从科学角度来说，这是人类历史上最重要的事件之一，由这一事件引发的宣传，让全世界各家报纸的读者在几天时间里都上了一次航天科学的全面强化班。"斯普特尼克一号"所不为人知的，除了它的材料外，就是它所使用的燃料和它被送上轨道的准确时间。苏联人保守这个秘密自有其道理：知道了它的发射时间，美国科学家们就能计算出它的准确发射地点。

"这玩意儿没多大意思。"在知道地球有了一颗苏联造的卫星后，一位美国军人这样说道。不过这个"没多大意思的玩意儿"在科学上有着不可估量的重要性，同时也证明了赫鲁晓夫所言不虚：他的国家拥有射程覆盖全球，可抵达任何一个目标的火箭。如果苏联人已经能够发射"斯普特尼克"，说明他们确实已经拥有了超级火箭，正如六个月前赫鲁晓夫对西方世界所威胁的那样。

克里斯汀·迪奥的最后一场牌局

有这么一个男人，他找到了一种办法，在参加报纸上航天科学强化班的同时又兼顾众多的事务：他就是服装设计师克里斯汀·迪奥，休年假之前在他位于巴黎蒙田大道的大厦每天工作十五个小时。十月十八日，克里斯汀·迪奥的工作告一段落，他乘车来到意大利蒙特卡提尼的一处温泉度假地，同行的是一个十七岁的年轻姑娘玛丽亚·科莱，以及他生意上最亲密的伙伴瑞蒙德·萨内克夫人。在他的七件行李当中，最要紧的是一只小手提箱，里面装着急救药品，以备这位在一九五七年赚得盆丰钵满的服装设计师应急之用。二十三号晚上十点三十五分，在和平饭店和几个朋友打了局牌之后，克里斯汀·迪奥觉得有点儿累，便回了房间。一小时后，萨内克夫人被某种预感从梦中惊醒，提上小药箱，一连三次去敲房间的门。一切都来不及了。十一点二十三分，一位下榻在同一饭店的法国医生身穿睡衣，证实了这个十一年前还什么也不会做、如今是世界上最有名也最富有的裁缝，已经死于衰竭。

在莫斯科，一群时装界的领军人物在六个月前就已下定决心，无论如何都要让苏联人民——他们的衣着实在太不像样了——穿得更好些，自此便一直等待着明年年初克里斯汀·迪奥的来访。他去世的消息传来时，苏联人民正为欢庆革命胜利四十周年做准备。与此同时，西方世界也做好了迎接一个更精彩的消息的准备。他们知道，苏联人发射第一颗"斯普特尼克"只是一次演习，作为他们十一月四号一次更大规模公开事件的免费样本展示。就在等候的过程中，仿佛是为了让全世界保持高度集中的注意力，苏联人给国防部长、柏林的攻克者、同时也是艾森豪威尔总统的私人朋友朱可夫元帅放了个不定期的长假。"我刚刚见过朱可夫——"这天晚上，赫鲁晓夫在土耳其驻莫斯科使馆的招待会上笑得喘不过气来，"我们正在给他找一个与他的能力相符的位置。"七十二小时后，在苏联庆祝革命胜利前夜的军歌声中，第二枚"斯普特尼克"——大小和重量都与一辆小轿车差不多——围绕地球转完了第一圈。

艾克失去了"先锋号"，但没有失去幽默感

先前已经有过充裕时间对第一颗卫星造成的动荡做出反应的美国，这回又用一种教科书式的机敏止住了再一次的打击：以一种有点儿像是官方的，但没有人为它的真实性负责的态度，发布了十月四号中午十二点将会有一枚苏联火箭抵达月球的新闻。这一宣传策略使得十月四号那天，当第一只生物——一只名叫莱卡的小母狗——正以每九十六分钟绕地球一圈的速度飞行时，西方世界只是略微有些失落，因为人们总觉得好像什么事都没发生一样。

十一月五日，艾森豪威尔总统身着庄重的灰色西服，在他位于白宫的玫瑰色办公室里接见了美国的智囊团。这次接见持续了整整一小时四十三分钟，大部分时间里都是第一个造出远距离火箭的人，德裔美国人沃纳·冯·布劳恩在讲话。一九三二年，冯·布劳恩刚满十八周岁，就被希特勒委任设计一种简易的火箭，也就是著名的 V-2 火箭的前身，斯普特尼克德高望重的老祖父。他是个充满激情的人，秃顶，

肚子圆圆的,和艾森豪威尔总统一样喜好匪帮小说。他说服美国总统,美国的防卫和进攻系统都大大优于苏联,具体来说是在对远距离火箭的掌握方面领先。但总统仍然不是很放心。短短几周后——正赶上英格丽·褒曼和罗伯托·罗西里尼协议结束了他们之间本来就不十分牢靠的婚姻关系——在华盛顿会见摩洛哥国王后,总统在从华盛顿机场返回的途中突然倒下。此时的巴黎,联邦调查局的一个特工小组正在研究繁复的夏乐宫的每一平方厘米,确保北大西洋公约组织的紧急会议期间没有人能躲在那里不计其数、面容苍白的雕像后面朝总统开枪。得知总统患病的消息,特工们都返回了华盛顿,并确信自己一定是白忙活了。艾森豪威尔总统身边围绕着美国最好的医生,做好了强支病体、无论如何要去参加北大西洋公约组织会议的准备,却又遭到了新的打击。这一次被打击的不是他的大脑,而是他的心脏,还有整个美国的心脏:美国那颗微不足道的卫星,一个已经在全世界报纸上亮相的隔热金属做的家伙,它那花费不菲的发射装置——"先锋号"火箭——在一股浓烟和阵阵失望中四分五裂,化作一场华丽的失败,然后徒然在卡纳维纳尔角乱石纵横的地面上凄凉地滚来滚去。几天后,艾森豪威尔总统凭借他面对打击从容不迫的能耐,面带重在参与的好脾气玩家式微笑,迈着尊尼获加式的坚实大步来到巴黎,宣布这一年的最后一次国际盛典,北大西洋公约组织会议开幕。

一九五八年一月三日

《当代》杂志,加拉加斯

拯救生命仅剩十二小时

这个星期六下午什么都不顺。加拉加斯已经热起来了。名人大街上，平日里从来不堵车的，这会儿汽车的鸣笛声、摩托车的突突声四下响起，路面在二月的烈日照耀下反着光，再加上一群群女人带着孩子牵着狗到处找不着阴凉地方，闹得人心烦意乱。这里面就有这么一位，下午三点半出了家门想在附近溜达溜达，结果没过多大一会儿就闷闷地回了家。她下个礼拜就要生产。以她现在这种状况，外面又吵又热的，让她头都疼了。她那跟着她一起去散步的十八个月大的大儿子一直哭个不停，因为一只玩具似的、自来熟的小狗，在他的右边脸颊上轻轻咬了一口。天快黑的时候，她给他抹了点儿红药水。孩子晚饭吃得还挺正常，然后就高高兴兴地上床睡觉去了。

住在埃玛楼宽敞顶层公寓里的安娜·德·纪廉太太这天晚上得

知自家的小狗在名人大街上咬了一个小孩。托尼这小家伙她太了解了，是她一手养大教大的，对人亲近无害。她当时便没把这事往心里去。星期天她丈夫下班回来，小狗带着一股不常见的狠劲迎了上去，没有摇晃尾巴，而是去撕咬他的裤子。有人上楼来告诉她，说就在这个星期，托尼在楼梯上想咬一个邻居。纪廉太太琢磨着恐怕是天太热了，让狗有点儿反常。她白天就把狗关在卧室里，省得它到邻居那里惹是生非。到了星期五，没有一点儿征兆，它突然想要咬她。睡觉前她把它关进了厨房里，想看看能不能找出什么好点儿的办法来。那头畜生挠着门嗥了一整夜。而第二天早上，来做家务的姑娘进厨房一看，狗浑身软塌塌的，一动不动，满嘴的碎牙和泡沫。它已经死了。

早晨六点，厨房里有条死狗

对加拉加斯大多数居民而言，三月一号只是又一个平凡的星期六。不过对于一些互相之间素昧平生、无所谓星期六不星期六、一大早醒来就想着如常度过，在加拉加斯、芝加哥、马拉开波、纽约甚至跨越加勒比海飞往迈阿密的一万两千英尺高空的货运飞机上的人来说，那天转而成了他们所经历过最跌宕起伏、忙碌紧张的苦命日之一。面对女佣发现的情况，纪廉夫妇急忙穿戴衣裳，没吃早饭就上了大街。丈夫跑到街角小店，在电话本上急急忙忙地翻了一通，给大学城的卫生学院打了个电话，他听人说过，如果发现有狗无缘无故地死亡，就是由那儿的人负责检查狗的大脑，看它是不是得了狂犬病。时间还太早，一位值班员用没睡醒的声音告诉他，要到七点半才会有人来上班。

纪廉太太要去的地方路更长也更复杂。首先，在这个时间的名人大街上，在她那些刚刚开始活动起来，心肠又好、人又勤快、此刻对她心里着急的事情一无所知的邻居们当中，她要赶快回想一下是谁在上个星期六告诉她，她的狗把一个小孩给咬了。快八点钟的时候，她在一家小店里碰见一个葡萄牙籍女用人，说她好像记得听一个邻居说过这件事。这是一条假线索。不过过了一会儿她又隐约听人说那个被狗咬了的小孩家离查瓜拉莫斯区的圣彼得教堂不远。九点钟，附近的卫生所来了辆小卡车，把狗的尸体拉走去做检查。十点钟，在把圣彼得教堂附近的几座楼房挨家挨户问了个遍，打听有谁知道一个被狗咬了的小孩的下落之后，纪廉太太总算又有了点儿线索。在大学城街上，几个正在修建楼房的意大利泥瓦工上星期听说过这件事。那个小孩的家离忧心忡忡的纪廉太太上午一寸一寸查过的地方只有一百米远：玛库托楼，8 号公寓。房门上有张钢琴教师的名片。于是她按下右手边的门铃按钮，向一个来自加利西亚的女佣打听一位姓雷威龙的先生是不是住在这里。

卡梅洛·马丁·雷威龙星期六没在家，像平常一样，他每周除了周日，一直在早上七点三十五分出门，把他停在楼门口的浅蓝色雪佛兰开到贝拉斯克斯大街的街角。他在那里的一家乳制品公司工作已经有四个年头了。雷威龙是加那利群岛人，三十二岁，不管什么人一见面就能感受到他的举止大方、彬彬有礼。这个星期六的上午没有任何事情会让他感到不安。他工作稳定，同事们对他评价很不错。结婚两年了，大儿子罗伯托已经十八个月，身体健健康康的，这周三家里又有了新喜事：老婆又给他添了个女儿。

雷威龙的职务是学术代表，每天大部分时间都在街上访问客户。他早上八点到研究室，解决那些最紧迫的问题，然后要到第二天同一时刻才会再回到这里。这一天，因为是星期六，他破例早上十一点回了研究室。五分钟后，有人打电话找他。

一个他从来没有听过的声音，一个心急如焚的女人的声音，只三言两语便把那宁静的一天变成了他有生以来最绝望的一个星期六。电话是纪廉太太打来的。狗的大脑已经检测过了，结果确凿无疑：阳性。孩子被狗咬已经是七天前的事了。这意味着此刻狂犬病毒已经在他的体内有了进一步发展，进入了潜伏期。他儿子的情况格外危险，因为被咬的地方在脸上，是最危险的部位。

雷威龙记得自己挂了电话以后的一系列行动就像是一场梦魇。十一点三十五分，医疗中心的罗德里格斯·富恩特斯医生给孩子做了检查，注射了一针狂犬病疫苗，可并不抱多大希望。狂犬病疫苗是委内瑞拉生产的，疗效可观，但要在注射后七天才能见效。在接下来的二十四小时里孩子仍面临因狂犬病发作死亡的危险，这种病和人类本身一样古老，然而目前的科学还没有发现能治愈它的有效手段。唯一的办法就是一面注射吗啡减轻可怕的剧痛，一面等候死神的降临。

罗德里格斯·富恩特斯医生把话说得很明白：注射疫苗很有可

能是无效的。只有一种解决办法，就是在二十四小时之内搞到三千单位美国产的抗狂犬病毒高免疫血清。和疫苗不同，它能从第一次注射时就开始起效。三千单位无论从体积还是从重量上都不比一盒香烟大。价钱也不超过三十玻利瓦尔。可他们去了加拉加斯多少家药房，得到的回答总是一样的："没货。"尽管这种产品首次出现在厂家目录上已经是一九四七年的事了，可有些医生甚至根本没听说过这种东西。雷威龙有十二个小时的时间来拯救儿子的性命。救命的药在五千公里之外的美国，而那边的各种办公机关都在准备下班，直到星期一才会开门。

十二点，维克托·萨乌美发出 SOS 求救信号

　　脾气随和的维克托·萨乌美中止了加拉加斯广播电视台《十二点秀》节目，发出一条紧急信息。"恳请各位听众——"他这样说道，"如手头有抗狂犬病毒高免疫血清注射剂，请立即打电话同我们联系。事关拯救一个十八个月大小男孩的生命。"此时，卡梅洛·雷威龙的兄弟也给他在马拉开波工作的朋友胡斯托·戈麦斯发去电报，心想说不定哪家石油公司会有这种药品。他的另一个兄弟也想起了住在纽约的一个朋友，罗伯特·海斯特，并在加拉加斯时间十二点零五分用英语给他发去了一份加急海底电报。纽约的冬天天气阴森森的，罗伯特·海斯特先生接到朋友一家的邀请，正准备离开这里到郊区去度周末。在他要关上办公室门的时候，全美电报公司的一个雇员在电话里给他念了刚刚收到的来自加拉加斯的电报。两个城

163

市间有半个小时的时差，对与时间赛跑的他们来说简直太有用了。

拉瓜伊拉一位正坐在电视机前吃午饭的电视观众从椅子上一跃而起，联系了他认识的一个医生。两分钟后，他要求与加拉加斯广播电台通话，这一信息在接下来的五分钟里推动了四场紧急通话的发生。卡梅洛·雷威龙家里没有电话，他带着孩子搬到了乡村俱乐部区莱库纳街37号他的一个兄弟家里。十二点三十二分，他在那里收到了来自拉瓜伊拉的消息：那座城市的卫生所说他们有。一辆带无线电装置的交通巡逻车随即赶到，它载着雷威龙，在中午乱作一团的交通状况下，以一百公里的时速闯了好几个红灯，用十二分钟赶到了那里。这十二分钟白赶了。一个说话慢腾腾的护士，在电风扇前昏昏欲睡，对他说是他们一不小心搞错了。

"高免疫血清我们这里没有，"她说，"但我们有不少狂犬病疫苗。"

这是电视上发出信息后得到的唯一一条真切的回应。真叫人不敢相信，偌大一个委内瑞拉，居然就找不到抗狂犬病病毒的血清。治疗雷威龙家的孩子时间紧迫，他时刻都面临着生命危险，而类似这样的情况随时都有可能发生。统计数字表明，被疯狗咬伤致死的案例每年都有发生。在加拉加斯，从一九五〇年到一九五二年间有超过五千只疯狗咬伤了八千人。在两千只被观察的宠物中，有五百只因被咬伤而感染。

在最近几个月里，卫生管理部门对频繁出现的狂犬病案例深感不安，加强了疫苗的接种工作。官方资料表明，每月有五百条狗接受注射。卫生学院院长布里塞尼奥·罗西博士是这一领域的国际权威，提出对疑似患病的狗一律采取十四天的严格隔离观察。其中有百分之十被确认感染。在欧洲和美国，狗和汽车一样，必须持有许可证。他们会给狗注射疫苗，还要在脖子上挂上一个铝牌，上面刻有免疫过期的日期。在加拉加斯，尽管布里塞尼奥·罗西博士做出了努力，但尚不存在这方面的规定。流浪狗在大街上互相撕咬、传染病毒，然后再传染到人身上。在这样的情况下，药店里居然买不到抗狂犬病病毒的血清，雷威龙为了救孩子一命不得不向素昧平生的人求助，简直令人难以置信。

"星期一就来不及了"

马拉开波的胡斯托·戈麦斯几乎和纽约的海斯特先生同时收到了求助电报。那一天，雷威龙一家只有一个成员还心平气和地吃了午饭：那就是孩子本人。到此刻为止，他表面看上去身体健康，没有任何问题。在医院里，孩子的母亲对发生了什么事一无所知。但她也有些不安，因为到了常规探视的时间，她的丈夫没有来。又过了一个小时，她的姐夫来了，装出一副若无其事的样子对她说，卡梅洛·雷威龙要过一会儿才能来。

在马拉开波，胡斯托·戈麦斯一连打了六个电话，总算有了一点儿这种药的线索。有一家石油公司一个月前为一个需要的员工从美国搞来了高免疫血清，现在还剩一千单位。剂量不够。不过，这种血清的剂量是根据人的体重和病情轻重而定的。对一个体重四十磅、被咬时间不超过二十四小时的孩子来说，一千单位是够用的。

雷威龙家的孩子体重三十五磅，不过他被狗咬已经是七天以前的事了，而且不是咬在腿上，是咬在了脸上。医生认为需要三千单位。在通常情况下，这是体重一百二十磅的成年人所需的剂量。一千单位血清此刻至关重要，那家石油公司决定将它无偿提供给他们，现在要做的是赶紧把药送到加拉加斯来。下午一点四十五分，胡斯托·戈麦斯打来电话，说他正赶往马拉开波的金谷机场，好把药瓶寄出。雷威龙的一个兄弟查询了这天下午到达迈克蒂亚机场的所有航班，得知五点十分将有一架从马拉开波飞过来的 L7 飞机落地。胡斯托·戈麦斯以八十公里的时速赶到机场，想找一位飞往加拉加斯的熟人，可惜没有找到。托运的药瓶已经上了飞机，一分钟都不能耽搁了，他便在机场买了张票亲自把药送了过来。

在纽约，海斯特先生没有关上自己办公室的门。他取消了周末计划，给芝加哥一位美国在这一领域最权威的人士打了个电话，得到了有关高免疫血清的所有必要信息。在那里想弄到血清也不容易。在美国，由于政府对狗的管控，狂犬病已经几近绝迹。很多年没有人患狂犬病的记录了。最近一年里，整个美国只有二十条动物罹患狂犬病的记录，而且具体说都发生在同墨西哥接壤的两个边境州：德克萨斯和亚利桑那。因为这种药没有销路，药店里通常也不备货。说不定在哪家制造血清的实验室里会有。但它们都是十二点下班。芝加哥那边又给海斯特先生打来电话，告诉了他在纽约什么地方可以找到高免疫血清。他买到了三千单位，可是直达加拉加斯的航班已经在一刻钟以前起飞了。下一班常规航班——德尔塔航空公司 751 航班——要到星期天晚上才起飞，星期一才能到达加拉加斯。无论如何，海斯特把药品托付给了机长，又给雷威龙发了个加急电报，告诉他种种细节，甚至包括德尔塔航空公司驻加拉加斯办事处的电话号码，558488，让他同他们的代理联系，星期一一大早在迈克蒂亚机场取药。只是到那时恐怕就来不及了。

卡梅洛·雷威龙气喘吁吁地走进乌尔达内塔大街上的泛美航空公司办事处时，已经损失了宝贵的两个小时。接待他的是票务部门的值班雇员卡洛斯·略伦特。这时已经是两点三十五分。卡洛斯·略伦特得知情况后，把事情当成了自己的事，立刻打定主意要让这些血清在十二个小时以内送到这里，不管从纽约还是迈阿密。他查了所有的飞行路线，把这件事向公司的调度经理罗杰·贾曼做了汇报。贾曼此时正在家中午休，本打算四点钟到拉瓜伊拉去。贾曼先生也把这件事当作自己的事来办，他打电话咨询了加拉加斯奥地利 PAA公司——位于贝约蒙特区科利玛尔大街上——的医生赫比格博士，在三分钟的英语对话里了解了高免疫血清的一切相关知识。赫比格博士是个典型的欧洲医生，平日里和秘书们都是用德语交流，在不知道雷威龙家孩子的个案之前，就很为加拉加斯狂犬病的问题担心。上个月他还接诊了两例被动物咬伤的患者。十五天前，一条狗死在了他的诊所门口。赫比格博士出于纯粹科学上的好奇心检查了那条狗，结果毫无疑问，它死于狂犬病。

贾曼先生给卡洛斯·略伦特打去电话，告诉他"想尽一切办法也要把血清送过来"。略伦特等的就是这句话。通过一条为遇险的飞机保留的专线，两点五十分，他给迈阿密、纽约和迈克蒂亚发去电报。略伦特能这样做是因为他对各路航班了如指掌。除了星期天以外，每天晚上都有一架货运飞机从迈阿密飞往加拉加斯，在第二天凌晨四点五十分到达迈克蒂亚机场。这是 339 号航班。还有一趟 207 号航班，每周三次——星期一、四、六——从纽约飞往加拉加斯，到达时间是次日早晨六点三十分。无论是在迈阿密还是在纽约，都有六个小时的时间去找血清。迈克蒂亚机场也收到了通知，随时准备行动。泛美航空公司的全体雇员都接到了指令，时刻关注这天下午从纽约和迈阿密传来的消息。一架飞往美国的货运飞机在一万两千英尺的高空收到了这条信息，随即把它转发给了加勒比地区的所有机场。一直要值班到下午四点的卡洛斯·略伦特信心满满，让雷威龙回家等候，他的指示只有一条：

"十点三十分给 718750 打个电话。那是我家的电话。"

在迈阿密，票务部当班职员 R.H. 斯特华德几乎立刻就在他办公室的电传打字机上收到了来自加拉加斯的消息。他一连打了几个电话给公司拉美部医务主任马丁·曼格尔斯博士，第三次才总算找到了他。曼格尔斯博士把这份责任担了下来。收到消息十分钟后，在纽约找到了一个一千单位的安瓿，可到了八点三十五分，想再找到剩余剂量的希望破灭了。在迈阿密，曼格尔斯博士能想到的办法都想过了，无奈之下他去了杰克逊纪念医院，医院立即联络了本地区所有医院。曼格尔斯博士守候在自己家中，到晚上七点，还是没有收到杰克逊医院的回复。再过两个半小时, 339 号航班就要起飞了。

去机场路上还得花二十分钟时间。

最后一分钟：一度半的高烧

卡洛斯·略伦特，二十八岁的委内瑞拉人，未婚，四点钟给拉斐尔·卡里略交了班，并且具体交代了一旦美国那边有海底电话打过来应该做什么。他开一辆五五年的绿黑相间的小车，在去洗车的时候他想到，在这个时间，在纽约和迈阿密，一整个系统正为了拯救雷威龙家孩子的性命运转着。他从洗车房给卡里略打了个电话，那边对他说没有任何消息。略伦特有点儿不放心。他开车回到和父母亲同住的位于佛罗里达区弗洛雷斯塔大街上的家中，没有半点儿胃口地吃了饭，心里一直在想过不了多久雷威龙就会打电话过来，而自己却不知道怎么回答他。然而，八点三十五分，卡里略从办公室打来电话，给他念了一份刚刚收到的海底电报：早晨六点半到达迈克蒂亚机场的 207 号航班将带来一千单位的高免疫血清。此时，雷威龙的一个兄弟接到了从马拉开波乘飞机赶来的胡斯托·戈麦斯，一路小跑带来了第一个一千单位的高免疫血清，当天下午就给孩子注射了。现在，除了有绝对把握从纽约送来的一千单位，还差一千单位。因为雷威龙没有留下任何电话号码，略伦特无法把这些消息告诉他，但是九点钟他从家里出去办点儿私事的时候，心里平静了许多。他给自己的母亲写了张字条：

雷威龙先生十点半会打电话过来。让他立即给 PAA 办公室的卡里略先生打电话。

出门前，他自己又给卡里略打了电话，告诉他十点十五分之后尽量不要占用这条线，免得雷威龙的电话过来的时候打不通。可这时的雷威龙觉得天都要塌了。注射第一剂血清后，孩子一点儿东西都不想吃。这天晚上他也不像平常那么活跃。他们让他上床睡觉的时候，他有点儿发烧。在极少数的病例中，抗狂犬病毒血清也会有一定的危险。卫生学院的布里塞尼奥·罗西博士一直拿不定主意是否要生产这种血清，原因就是接种者是否不必冒任何风险还没有确切的结论。常规疫苗的生产并不复杂：动物疫苗，是用鸡蛋培育的一种活性病毒，注射一剂即可保持三年免疫；人用疫苗则用羊羔的大脑培育。而血清的生产要复杂得多。雷威龙也知道这一点。当他发现孩子发烧时，他感到一切希望都破灭了。不过医生使他冷静了下来。他说这可能是一种自然反应。

雷威龙不想让这样的事情把自己压垮，十点二十五分的时候给略伦特的家里打了个电话。倘若他知道这时迈阿密那边还没有任何回音，他是不会打这个电话的。不过，八点半，杰克逊医院通知曼格尔斯博士说，经过闪电般的张罗奔走，他们已经从相邻的一个镇子搞到了五千单位血清。曼格尔斯博士亲自去拿到了这些安瓿，带着它们全速直奔飞机场，一架 DC-6-B 型飞机正准备开始夜航。第二天没有直飞加拉加斯的航班。如果曼格尔斯博士不能及时赶到，那就得等到星期一的晚上。那时就什么都来不及了。吉利斯机长是朝鲜战争的老兵，两个孩子的父亲，他亲手接过了这些安瓿和曼格尔斯博士亲笔书写的用药说明。他们紧紧地握了握手。飞机九点三十分起飞，而此时在加拉加斯，雷威龙家的孩子体温比正常高一点五度。曼格尔斯博士在机场冰冷的平台上目送飞机完美起飞，这才三步并作两步地沿楼梯跑向控制塔，口授了一份电报，通过专线发往加拉加斯。在乌尔达内塔大街一间孤零零的办公室里，外面的霓虹灯广告五光十色，卡里略看了看钟：十点二十分。他连伤感的时间都没有。几乎同时，电传机像抽筋一样跳动起来。卡里略逐字逐句地读着曼格尔斯博士发来的电报，一面在脑子里用公司内部密码翻译着："我们通过339号航班吉利斯机长送去五安瓿血清，货号26-16-596787，系从杰克逊纪念医院获得。如需更多血清请即与佐治亚州亚特兰大市立达制药厂联系。"卡里略一把撕下电传纸，飞跑到电话机前，拨了718750，略伦特住所的电话，可电话占线。这是卡梅洛·雷威龙在和略伦特的母亲通话。卡里略挂上了电话。一分钟后，雷威龙从佛罗里达大街一家商店拨通了卡里略的电话。沟通随即完成。

"喂——"卡里略招呼道。

带着精神紧张之后的平静，雷威龙问了句什么，连他自己也不记得了。卡里略逐字逐句地给他念了电报上的内容。飞机将在凌晨四点五十分到达。时间完全来得及。没有任何的迟误。电话里安静了片刻。"我不知道怎么感谢你们才好。"雷威龙对着电话线的另一头低声说了句。卡里略也不知该说些什么。他挂上电话，只觉得自己的两条腿支撑不住身体的重量。他被一种突然涌上心头的感动震撼着，好像刚刚得救的是自己的儿子。与此相反的是，孩子的母亲正平静地睡着：她对他们一家人这一天所经历的风波一无所知。现在她仍然被蒙在鼓里。

一九五八年三月十四日

《当代》杂志，加拉加斯

一九五八年六月六日：加拉加斯断水

如果明天下大雨，请把这篇报道当作一篇谎言。

但如果六月以前不下雨，请读……

萨穆埃尔·布尔卡特是一位德国工程师，独自一人住在加拉加斯圣贝纳迪诺大街上的一间顶层公寓里，听了早上七点钟的广播新闻之后，他便去了趟街角的小店，想买瓶矿泉水来刮刮胡子。这一天是一九五八年的六月六日。萨穆埃尔·布尔卡特到加拉加斯已经十年了，可这个星期一的早晨好像有点儿不对劲，安静得瘆人。邻近的乌尔达内塔大街那边也听不见汽车的噪音和摩托车的突突声。加拉加斯好像变成了一座鬼城。最近几天的燥热已经稍稍减退，可在碧蓝的高空里还是看不见云彩的踪影。庄园的小花园里，星星广场的绿地上，灌木丛都枯死了。大街上的树木在这个季节里本该繁花满枝，红黄交映，这时都只剩下光秃秃的树枝指向天空。

商店里，萨穆埃尔·布尔卡特不得不跟着排上了队，那里的两个葡萄牙店主和惊恐不安的顾客之间只有一个话题，四十天来不变的话题，只不过今天早晨它就像一颗炸弹般在收音机里和报纸上炸响了：加拉加斯无水可用了。前一天晚上国家卫生协会已经下达了通知，对蝴蝶水库十万立方的存水实行严格的控制供给。由于加拉加斯遭遇了七十九年以来最严酷的夏季，从今天早上开始，供水已经停止了。最后的存水要为最重要的用途做保障。二十四小时前政府已经采取了紧急措施，以保证居民免受饥渴之苦。为了维护公共秩序，政府还临时安排，组建了由大学生和专业人士组成的市民小分队，负责维持秩序。报纸的版面被压缩成四版用来传播官方指令，告诉民众应该如何行事才能渡过危机、避免恐慌。

有件事情是布尔卡特没有想到的：他的邻居们早上得用矿泉水煮咖啡，一个小时之内便已经把小店里的水抢购一空。想到接下来几天可能发生的情况，他决定给自己储备果汁。可葡萄牙人对他说，上面有规定，果汁和汽水要定量供应。在新命令下达之前，每位顾客每天只能购买一罐果汁和一瓶汽水。布尔卡特买了一罐橙汁，又买了瓶柠檬水回去刮胡子。等到刮的时候他才发现，柠檬水会和肥皂发生中和反应，根本不起泡沫。无奈之下他只好宣布自己也进入紧急状态，用果汁刮了胡子。

第一号灾情通报：有个太太在用水浇花园

作为德国人，萨穆埃尔·布尔卡特的脑袋当然也是四四方方的，再加上战争时期的经验，让他懂得怎么从新闻消息里计算出相应的提前量来。三个月前，具体说是在三月二十八日这天，他就是这样做的，那天他在报纸上看到了这样一条新闻："蝴蝶水库的存水仅够四十天之用。"

负责给加拉加斯城供水的蝴蝶水库正常库容是九百五十万立方。在这些日子里，尽管国家卫生协会一而再再而三地告诫人们要节约用水，库存水量还是降到了五百二十二万一千八百五十四立方。在一次非正式的采访中，一位气象学家说，六月以前将不会降雨。几周后，供水配额下降到了令人不安的程度——每天十三万立方，然而在居民中间还是没有引起足够的重视。

去上班的路上，萨穆埃尔·布尔卡特和一位邻居打了个招呼，这一位从早上八点钟起就一直坐在小花园里给草地浇水。有一回，他曾经提醒过她要节约用水。而她，裹着绣有红花的丝绸晨服，耸了耸肩。"都是那些报纸在胡说八道，想制造恐慌，"她回答道，"只要还有水，我就得浇我的花。"德国人心想是不是应该去报个警，要是在自己的国家他会这样做的，可在这里他不敢，因为他觉得委内瑞拉人的思维方式和他是完全不一样的。他一直觉得很奇怪，怎么委内瑞拉的货币是世界上唯一不标明面值的钱，想必一定是有它自己的逻辑，他一个德国人是弄不懂的。不仅如此，在发现尽管报纸在四月份就通告了库存水量每二十四小时下降十五万立方，一些公共喷泉——虽说不是最大的那些吧——还在一直喷水之后，他对这想法更是深信不疑了。一星期后，有消息称，图伊河谷源头，加拉加斯的生命源泉，正在进行人工增雨，政府还曾对此表示乐观。可到了四月底仍是滴雨未下。穷人区已经断了水。高档住宅区每天也只能供水一小时。萨穆埃尔·布尔卡特坐在办公室里无所事事，便找了个计算器，算出如果照这样持续下去，到五月二十二号就会有水。可能是报纸上登出来的数据有误，这回他算错了。到了五月底仍然是限量供水，可一些家庭主妇还坚持浇灌她们的草丛。他甚至还看见，在一处灌木掩映的花园中，在供水的那一个小时时间里，一个小小的喷泉在喷水。在他住的楼里，一位太太大言不惭地说，不管到了什么地步，她每天的澡总还是要洗的。每天早上，他都把能用得上的各种瓶瓶罐罐接上水。眼下，尽管不能说是毫无预兆，可突然之间所有的报纸都用大幅的版面登出了断水的消息。蝴蝶水库的存水量只够供应二十四小时了。习惯每天刮胡子的布尔卡特现在连刷牙的水都没有了。在去办公室的路上，他心想，就是在战争期间的大沙漠里，参与非洲军团大撤退的时候，自己也没有这么渴过。

大街上连老鼠都渴死了
政府要求大家保持冷静

　　十年里，布尔卡特这是头一回步行去上班，他的办公室离交通部只有咫尺之遥。他没敢开车，担心机器过热。然而并不是所有的

176

加拉加斯居民都像他这么小心翼翼。路过第一家加油站的时候，他看见那里排了一长串汽车，一群司机吵吵嚷嚷的，在和加油站老板争论着什么。他们都已经给油箱里加满了油，现在希望像往日里一样给他们加些水。可这根本没门儿。原因很简单，没有水可以给汽车加。乌尔达内塔大街现在变得有点儿让人认不出来了：上午九点钟，大街上的车不超过十辆。有几辆车因为机器过热，被主人扔在了马路中间。酒吧和餐馆都大门紧闭。金属卷帘门上挂出牌子："因缺水暂停营业"。这天早上有过通知，高峰时期公交车会维持正常运营。公交车站台上，从早上七点起队伍就排出几条街远。大街上其余的部分，包括人行道上都和平日里没什么两样，但大楼里没人上班了：人们都聚集在窗口。布尔卡特问他的一个委内瑞拉同事，大家趴在窗口干什么，同事回答说：

"他们在看缺水是什么样子。"

十二点，加拉加斯热浪滚滚。到了这时人们才开始不安起来。整个上午，总容量高达两万升的国家卫生协会水罐车都在给高档住宅区送水。加上石油公司出动了油罐车装水，共有三百辆车往首都运水。据官方测算，每辆车每天可以运七个来回。但有件出乎人们预料的事情妨碍了计划的执行：从上午十点起，进城的道路发生了拥堵。口渴难耐的居民，特别是穷人区的老百姓，见到水罐车便都一拥而上，后来动用了警力秩序才得以恢复。山丘地区的居民更是绝望，他们知道水罐车不会开到他们那里去，便纷纷下山来找水。大学小分队在小卡车上都装了喇叭，总算是安抚了他们的恐慌心理。

十二点半，总统通过唯一还在维持正常广播的国家电台发表了四分钟的讲话，要求居民保持冷静。紧接着，几位政界领袖、大学生阵线的一位主席和爱国联盟的主席也都发表了简短讲话。布尔卡特在五个月前见识过反对佩雷斯·希门尼斯的人民革命，他有经验：加拉加斯的老百姓守规矩是出了名的，他们对由广播、报纸、电视和各种传单组合而成的宣传攻势特别敏感。一点儿都不用怀疑，这样的人民在紧急状态下一定会好好配合的。因此，此刻他要操心的只是解决他自己的口渴问题。他从他上班的那栋老楼顺着楼梯走下来，在拐弯的地方看见一只死老鼠。他没有在意。这天下午，他把两点钟水罐车经过时分配给他的一升水一饮而尽，走到阳台上想透透气时，突然看见星星广场那边乱哄哄的。有许多看热闹的人在那儿围观一个可怕的场面——每一栋楼房里都有各种动物在往外跑，猫呀，狗呀，老鼠呀，被口渴折磨得发了疯，跑上街来想找点儿什么压压嗓子眼里的火。这天夜里十点钟，政府宣布实行宵禁。炙热的夜间，万籁俱寂，唯一能听见的就是那些出特别勤务的垃圾车：开始是在大街上，后来又进到各家各户里，把口渴致死的动物的尸体拉走。

逃往洛斯特克斯，许多人中暑死亡

这场干旱到达顶点四十八小时后，城市完全瘫痪了。美国政府从巴拿马派来一队飞机，上面满载着桶装水。委内瑞拉空军和在这个国家从业的各商贸公司都停止了它们的日常工作，转而从事运水的特别业务。迈克蒂亚和拉卡洛塔两处机场都关停了国际航运业务，专门致力于这项紧急工作。可等到终于把城市各区用水的分配工作搞清楚，由于天气太热，运来的水有三成已经蒸发掉了。在拉斯梅赛德斯和大萨瓦纳，六月七日夜间，警察查扣了好几辆偷偷卖水的黑车，他们把一升水卖到了二十个玻利瓦尔的价钱。在南圣奥古斯丁，居民们举报了两辆卖水黑车，并以一种堪称模范的方式处理了车上的水：把它分配给了村里的儿童。正是由于人民的良好纪律和团结意识，在六月八号这天夜里，没有出现一个因口渴死亡的案例。可是，从那天下午起，城里的大街小巷都泛出一股刺鼻的气味。到了夜间，这股气味愈发叫人难以忍受。八点钟的时候，萨穆埃尔·布尔卡特带了只空瓶子来到街角，规规矩矩地排了半个小时的队，从一辆童子军驾驶的水罐车上领到了自己的那一升水。他注意到一个细节：他那些过去一直没把这当成什么大事，似乎想把这场危机变成一场狂欢节游戏的邻居们，事到如今也开始认认真真地警觉起来了。这主要还是各种各样的流言蜚语的功劳。中午时分，那种古怪的气味传开的同时，一股扰乱人心的流言也传遍了整个地区。有人说因为可怕的干旱，附近的小山丘还有加拉加斯的各个公园都开始着火了。火势蔓延开来，人们束手无策，消防队也拿不出什么东西去灭火。第二天，国家广播电台宣布，各家报纸一律停刊。许多广播电台都停止了播音，人们能听到的只有国家广播电台一天三次的新闻简报，因此城市就只能靠流言过活了。消息通过电话传播，在大多数情况下，还都是些匿名电话。

下午的时候布尔卡特就听说许多人全家逃离了加拉加斯。因为没有交通工具，人们都是步行出走，主要的方向是马拉凯市。有传言说这天下午，在洛斯特克斯老公路上，一大群被吓破了胆的人试图逃离加拉加斯，结果中暑惨死；尸体暴露在光天化日之下，这股难闻的气味就是从那里飘过来的。布尔卡特觉得这种说法太离谱，可是他也注意到，起码在他的那片街区，恐惧已经开了头。

一辆大学生阵线的小卡车在水罐车旁停了下来。看热闹的人们一拥而上，想打听这些流言到底是真是假。一个学生爬上了车棚顶，答应按提问顺序回答所有的问题。他说，所谓在洛斯特克斯那边的公路上死了好多人的消息纯属捏造。此外，说这就是那种怪气味的来源实在荒唐。尸体是不可能在四五个小时的时间里就变质腐烂到这种程度的。他肯定地告诉大家森林和公园里都有人在巡逻，防止发生火灾。他还说现在公共秩序正常，居民们都在英勇地相互合作，再过几个小时就会从全国各地给加拉加斯运来充足的水，卫生条件就会得到保障。他请求大家用电话把这些消息传播出去，还警告说，那些耸人听闻的流言蜚语都是佩雷斯·希门尼斯的党羽们编造出来的。

一片寂静中，只差一分钟日子就到了尽头

六点四十五分，萨穆埃尔·布尔卡特拎着领到的一升水往回走，他想听听七点钟的国家广播电台新闻。半路上他碰见了那个四月份还在用水浇花园的邻居。她对国家卫生协会的怨气很大，怪它竟没预见到这种情况。布尔卡特心想，这人不负责任的态度真是无

药可治。

"事情坏就坏在您这种人身上，"他气愤地说，"国家卫生协会早就要求大家节约用水。您却根本没理会。现在我们大家都在承担后果。"

国家广播电台新闻节目里说的还是大学生们提供过的那些消息。布尔卡特明白，局势到了危急关头了。尽管当局竭力想避免人心涣散，但可以很明显地看出来，情况并不像当局所讲的那样令人放心。有一个很重要的方面被忽略了：经济。城市已经完全瘫痪。日常供给受到限制，再过几个小时，连食品都会短缺。这场危机来得太突然，人们的手头没有多少现金。商场、企业和银行都关门了。因为断了货源，街区的商店也纷纷关上了大门：仓库里都空空如也。布尔卡特关上收音机的时候心里明白，加拉加斯的好日子马上就要到头了。

晚上九点钟，四下里一片死寂，天气越来越热，叫人实在难以忍受。布尔卡特打开了门窗，然而，燥热的空气加上越来越难闻的气味，使他几乎窒息。他仔细计算了一下自己的那一升水，留下了五毫升明天刮胡子用。对他来说，这才是最要紧的一件事：每天都得刮胡子。吃下去的都是干巴巴的食品，这会儿渴劲上来了，浑身都不自在。他听从了国家广播电台的劝告，一口带咸味的东西都没吃，可他明白到了第二天身体一定会软绵绵的没力气。他脱光了衣裳，抿了一小口水，脸朝下趴在了热乎乎的床上，夜的寂静一下一下地冲击着他的双耳。不时远远地传来救护车的鸣笛声，打破戒严之夜的安睡。布尔卡特合上眼睛，梦见自己正坐在一条船舷漆着耀眼白色条纹的黑色轮船之上，船只缓缓驶进了汉堡港。轮船靠岸的时候，他听见码头上远远地传来了欢呼声。他突然惊醒，听见每一层楼上都传来杂乱的脚步声，人们匆匆涌上街头。一阵急雨，暖暖地带着清新的气息，打进了窗户里。过了好几秒钟他才意识到发生了什么事情：下大雨了。

一九五八年四月十一日

《当代》杂志，加拉加斯

写书人之不幸

写书这个行当类似于自杀。没有任何一个行业会需要花这么多时间、费这么大气力，还得在眼前利益上做出这么大的牺牲。我以为不会有很多读者在读完一本书之后琢磨琢磨，为了写这两百页，作者承受了何等的痛苦和家庭灾难，而他最终获得的报酬又是几何。而简单说来，这些不明底细的人应该知道，作家的收入只相当于购买者在书店为这本书所支付费用的百分之十。这么说吧，读者花二十比索买一本书，他为作者的生存只贡献了两个比索。其余部分被冒着风险把书印出来的出版商拿走了，当然还有发行商和书店老板。这事还有更不合理之处：只要想想那些最好的作家，他们写得不多，烟却抽得不少，因此很自然，他写一本两百页的书至少需要花两年的时间，外加两万九千两百支香烟。也就是说，仅抽烟这一项的开支就超过了写书的所得。因此，我的一个作家朋友对我这样说过："所有的出版商、发行商和书店老板都成了富人，而我们这些写书的人全都穷得叮当响。"

这问题在欠发达国家更为突出，因为书籍的买卖规模要小很多，但这并不是它们独有的问题。美国，可以说是成功作家的天堂，每一位仿佛中了彩票、平装本大卖而一夜致富的书籍作者背后，都有数以百计水平说得过去的作家不得不终身面对那百分之十的冰冷滴水之利。最近发生在美国的一个正当致富的精彩范例，是小说家杜鲁门·卡波特和他的《冷血》一书，这本书在头几个星期就为他赚到了五十万美元的版税，改编成电影时又让他得到了数额差不多的一笔。可即使到了人们把辉煌一时的杜鲁门·卡波特忘到脑后的那一天，作品依然会在书店里长盛不衰的阿尔贝·加缪，眼下却还得用笔名写些电影剧本维持生计，才能继续写他的书。他去世前几年获得诺贝尔奖带来的大约四万美元只能暂缓他的家庭之急，这笔钱在那时能买一幢带可供孩子们玩耍的花园的房子。尽管是无意之举，但做得更漂亮的是让-保罗·萨特的生意，他拒绝了诺贝尔奖，这一态度使他当之无愧地获得了特立独行的名声，作品销量因此大增。

许多作家都梦想遇到一位像古时候梅塞纳斯[①]那样的人，又有钱又大方，养活着许多艺术家让他们安心创作。现如今，像梅塞纳斯那样的人还是存在的，只是换了一副面孔。一些大财团，有时是

---

① 梅塞纳斯（Mecenas），古罗马奥古斯都大帝的朋友，曾利用这种关系保护过许多文学艺术家。

为了少交一点儿税，有时是为了消除他们在公众舆论中的大鳄形象，当然也有为数不多的时候是为了使自己的良心稍稍得到安宁，会投入不菲的款项来赞助艺术家们的工作。不过我们这些作家喜欢的是做自己喜欢做的事情，而且我们怀疑——这也许没有什么根据——赞助商会让我们以思想独立和言论自由作为交换条件，使我们做出一些很不情愿的承诺。对我来说，我喜欢写东西的时候没有任何的资助，这倒不光是因为我有被迫害妄想的毛病，更因为我一旦开始写作，就根本不知道写到最后会和谁的观点一致。如果写到最后我和赞助商的思想不一致，那就不能算公平交易，而作家们通常都处在精神冲突的矛盾之中，这样的可能性太大了。反过来如果两家仅是因为碰巧合拍了，那道德良心上又说不过去。

　　这种赞助制度是典型的家长制，它似乎是照搬了把作家看成是拿国家薪水的劳动者的工作协议。从原则上讲，这种解决方法是没有错的，因为它使作家免受中间商的盘剥。然而在延续至今，且谁也不知道还会持续多久的实践中，它带来的弊端比它想消除的不公正还要严重。不久前有这样一个例子，两个倒霉的苏联作家，不是因为作品烂，而是因为没能和他们的赞助人保持一致，便被送到西伯利亚去做苦役。这个例子表明了在一个还没成熟到足以认清我们这些作家屡教不改的真面目、政治主张甚至法律手段都会让我们备受束缚的制度下，从事写作行业要冒多大的风险。我个人认为，一个作家的义务只有一条，那就是把作品写好。无论身处何种制度之下，不顺从才是他的根本，别的方法是没有的，否则他极可能是一个盗贼，至少肯定是一个不怎么样的作家。

在一番令人忧伤的审视之后，最要紧的是问问自己，我们作家写作究竟是为了什么？答案越显得虚假就越真诚。其实身为一个作家和身为一个犹太人或黑人没有什么两样。有所成就固然很鼓舞人心，读者的青睐也能激励自己向前，但这些都只能算是附带的收益，因为一个好作家，即便穿的是破破烂烂的鞋子，即便写的书一本也卖不出去，他仍会笔耕不止。这是一种职业危害，它充分地解释了一种野蛮的社会现象：那么多男人和女人把自己搞得几乎要饿死，只为了去做一件说到底，在严格意义上，终究毫无用处的事。

一九六六年七月
《观察家报》，波哥大

此刻我什么题目都想不出来

在古巴革命之前，我对了解这个国家没有任何兴趣。我们这一代的拉美人提起哈瓦那，总觉得它是个美国佬常光顾的声名狼藉的妓院，那里的色情行业登峰造极，公开表演早早开启基督教世界之先河：花一个美元就可以看有血有肉的女人和男人在剧场的大床上真枪实弹地现场做爱。那是狂欢的天堂，响着魔鬼般的音乐，吟着花天酒地生活的密语，走路和穿衣都有自己的特色，文化放纵的欢乐特色影响着整个加勒比地区的日常生活。然而，一些了解得更全面的人知道，古巴曾是西班牙诸多殖民地中文化最发达的一处，甚至可以说是唯一真正有文化的一处。一方面，那里的外国佬水兵们会对着英雄雕像撒尿，共和国总统的手枪队会全副武装冲进法庭抢走公堂文书，另一方面，它的文学茶会和花节诗歌比赛传统则经久不衰。一方面有人卖着《滑稽周刊》这种已婚男人得背着太太在厕所里偷偷阅读的可疑杂志，另一方面又出版了拉丁美洲最精致的艺术和文学刊物。广播里的小说连播年复一年没完没了，使整个大陆的人们泪水涟涟，与此同时他们又拥有阿梅莉亚·佩莱斯谵妄般燃烧的向日葵和何塞·莱萨马·利马水星般深不可测的六韵步诗。诸如此类强烈的反差助长了人们对这个几近神秘的国度的误解，而难以理解它的现实：它那多灾多难的独立战争到现在还没有结束，时至一九五五年，它的政治时期当如何划分仍然是个不解之谜。

也就是在这一年，在巴黎，我第一次听到了菲德尔·卡斯特罗这个名字。我是从诗人尼古拉斯·纪廉口中听到这个名字的，那时，这位被无限期放逐的诗人正住在圣米歇尔旅店——在那条遍布廉价小旅馆的街道上还算是不太脏的一家，这条街上的房客有不少是像我们这样的拉丁美洲人和阿尔及利亚人，一面吃着过了保质期的奶酪和水煮的菜花，一面等着回国的船票。尼古拉斯·纪廉的房间和拉丁区的所有房间一样，四面墙上挂着褪了颜色的墙纸，两张毛都掉得差不多了的靠背椅，一个脸盆，一个便携式坐浴盆，一张可以睡下两个人、见证过一对悲惨塞内加尔情人的欢乐幸福和自杀身亡的单人床。不过时隔二十年，我已经无法回想起诗人在那个现实小房间里的形象，回忆中想象的他总是身处我从未见过的环境：午睡时间，在甘蔗园环绕的一座大房子的平台上，他摇着扇子坐在一张藤摇椅里，活脱脱一幅十九世纪古巴风情画场景。哪怕是在最难熬的冬天，尼古拉斯·纪廉在巴黎仍然保留着非常古巴式的习惯，鸡叫头遍就醒了（虽然并没有什么鸡叫），然后便就着咖啡看报纸，吹着仿佛是从榨糖厂的草丛吹来的风，伴着卡马圭喧闹清晨里的吉他声。接着他会打开阳台窗户，也和在卡马圭一样，用古巴土话把他从法语翻译过来的美洲新消息大声吼出来，把整条街道都从睡梦中吵醒。

当年美洲大陆的局势完全可以从前一年在巴拿马举行的美洲国家首脑会议的官方照片中看得一清二楚：在一大群身穿军装、佩戴战争勋章的人中间，难得能见到个把脸色苍白穿便服的人。就连那位德怀特·艾森豪威尔将军，虽说当了总统之后经常身穿邦德大街上最贵的衣服来掩饰从他心底散发出来的火药味，为了照那张历史性的照片，也套回了他那已经解了的"甲"。就这样，一天清晨，尼古拉斯·纪廉打开窗户，吼出了那条独一无二的消息：

"那家伙倒台了！"

沉睡的街道激动万分，因为我们每个人都以为倒台的是自己国家的那个家伙。阿根廷人以为是胡安·多明戈·庇隆，巴拉圭人以为是阿尔弗雷多·斯特罗斯纳，秘鲁人以为是曼努埃尔·奥德里亚，哥伦比亚人以为是古斯塔沃·罗哈斯·皮尼利亚，尼加拉瓜人以为是安纳斯塔西奥·索摩查，委内瑞拉人以为是马科斯·佩雷斯·希门尼斯，危地马拉人以为是卡斯蒂略·阿马斯，多米尼加人以为是拉斐尔·莱昂尼达斯·特鲁希略，古巴人以为是富尔亨西奥·巴蒂斯塔。实际上，那一次倒台的是庇隆。过了些日子，有一回谈起这件事情来，尼古拉斯·纪廉给我们描述了一幅满目疮痍的古巴图景。"我对将来唯一看好的，"他这样总结道，"就是一个经常在墨西哥那边晃来晃去的年轻人。"他停了停，目光像东方人那样深不可测，又说：

"他叫菲德尔·卡斯特罗。"

三年后，在加拉加斯，让人始料不及的是，这个名字竟能在这么短的时间里如此强势地跻身大陆上人们最关注的焦点之列。然而即便如此，也没有人会想到，拉丁美洲第一场社会主义革命正在马埃斯特腊山上掀起。我们当时都坚信革命会首先在委内瑞拉爆发，因为那里一场广泛的群众暴动只用了二十四小时，就推翻了马科斯·佩雷斯·希门尼斯将军那庞大的镇压机器。

在外人看来，那是一场难以置信的行动，因为它的策划极为简单，成果却迅速高效，横扫一切。它对民众发出的唯一呼吁是，在一九五八年一月二十三日中午十二点按响汽车喇叭，停下工作，走上街头，推翻暴政。就连有许多成员都参加了谋划的一家消息灵通的杂志编辑部也认为，这样的号召过于儿戏。然而，到了约定的时间，到处都同时响起了喇叭声，本来就拥堵不堪的城里发生了大规模的拥堵，一队队的学生和工人走上街头，用石块和瓶子对抗政府的军队。郊区的小山丘上分布着大大小小的农舍，五颜六色的，活像是圣诞节里摆放的耶稣诞生情景模型，大批的穷人此时从那里下来，把整个城市变成了战场。天黑下来的时候，在零零星星的枪声和凄厉的救护车笛声中，各家报纸的编辑部间流传着一个令人宽慰的消息：藏身在坦克中的佩雷斯·希门尼斯一家都躲进了大使馆避难。天亮前，天空陡然安静下来，紧接着就爆发出狂热人群的呐喊声、教堂的钟声、工厂的汽笛声和汽车的喇叭声，所有的窗口都传出了歌声，人们后来甚至有了种错觉，觉得这歌声一唱就是整整两年没有间断。佩雷斯·希门尼斯带着几个贴身随从，从他抢来的位子上逃了出来，打算乘坐一架军用飞机飞往圣多明各。飞机从中午起就停在拉卡洛塔机场预热着发动机，距离米拉弗洛雷斯总统府只有几公里的距离，逃命的独裁者被一小队出租车追赶着，只差几分钟没被追上，到了机场却谁也没有想到去给他找架梯子。佩雷斯·希门尼斯，像个戴着玳瑁边眼镜的身躯庞大的婴儿似的，被用绳子勉强吊进了机舱。这场演习的价钱有点儿昂贵，他把他的手提箱忘在了地面。这是只普普通通的黑皮手提箱，里面装着他藏起来的零花钱：一千三百万美元现金。

从那一天起，整个一九五八年，委内瑞拉是世界上最自由的国度。这看起来像一场真正的革命：每当政府感到有某种危险临近，就会立刻通过直接的渠道寻求人民的帮助，人民就会涌上街头反对任何复辟的企图。官方最拿不定主意的事情都交给公众决策，所有的国家大事在解决过程中都有以共产党为首的各政党的参与，而至少在最初几个月里，每个政党都明白是来自街道上的压力决定着自己力量的大小。如果说这没能成为拉丁美洲的第一场社会主义革命，那一定归因于那帮戴礼帽的家伙的拙劣操作，而绝不是由于社会条件不够有利。

在委内瑞拉政府和马埃斯特腊山之间存在着某种不加掩饰的契合。被派遣到加拉加斯的七·二六运动成员们利用一切可能的传媒手段在公众中进行宣传，开展大规模的募捐活动，他们为游击队提供援助的行动也得到了官方的支持。经历过反抗暴政战火考验的委内瑞拉大学生们通过邮局给哈瓦那的大学生寄去了女人的内裤。古巴的大学生们对这种透着洋洋自得的不礼貌的邮包假装毫不在意，而过了不到一年，当古巴革命获得胜利时，他们把这些邮包不加任何评论地又寄给了寄件人。委内瑞拉的各家报刊，更多是出于国家内部的压力而非其所有者的意志，纷纷成为马埃斯特腊山合法的喉舌。当时留给人们的印象是，古巴好像并不算另外一个国家，而是自由的委内瑞拉有待进一步解放的一部分。

　　一九五九年元旦是委内瑞拉史上为数不多的未在独裁暴政下庆祝的新年之一。已经在此前几个月欢庆的日子里结了婚的梅塞德斯和我，清晨回到我们位于贝纳迪诺区的公寓时，发现电梯坏了。我们爬上六楼，间或在楼梯转弯的地方休息一小会儿。我们刚进房间，就被一种奇怪的感觉震撼到了，仿佛一年前我们经历过的那个瞬间又重新来临：沉睡的街道上突然响起了人们的纵情欢呼声，教堂的钟声、工厂的汽笛声和汽车的喇叭声响彻云霄，每扇窗户里都飘出竖琴和四弦琴的琴声，飘出欢庆人民光荣胜利的霍罗波舞的交织歌声。仿佛时光已经倒流，仿佛马科斯·佩雷斯·希门尼斯第二次被打倒了。我们家里既没有电话也没有收音机，于是三步并作两步跑下楼梯，一面惊奇不已地想着我们在刚才的聚会上喝了什么样的酒才引发了这样的幻觉。晨曦中，一个在大街上匆匆跑过的人告诉了我们一个惊人相似的消息，使我们目瞪口呆：富尔亨西奥·巴蒂斯塔带着几个最亲近的随从，从他抢来的位子上逃出来，乘坐一架军用飞机飞往了圣多明各。

两星期后，我第一次来到了哈瓦那。机会来得比我预想的快了一些，而且是在我完全意想不到的情况下出现的。一月十八日，我正在收拾办公桌上的东西准备回家，一个七·二六运动的成员气喘吁吁地出现在杂志社空空荡荡的办公室里，问有没有哪位记者愿意当天晚上去趟古巴。有一架古巴飞机专门为此而来。普利尼奥·阿普莱约·门多萨和我是最坚定的古巴革命支持者，成了第一批被选定的人。我们勉强来得及回家取了个旅行包，由于一直习惯性地把委内瑞拉和古巴当成同一个国家，我连护照都忘了带。其实也并不需要：委内瑞拉的出入境官员比古巴人还古巴，说我随便出示一张能证明身份的随身文件就可以，而我身上唯一能找到的文件是一张洗衣店的发票。那官员在发票背面盖了章，笑得气都喘不上来，并祝我旅途愉快。

真正的麻烦出现在这之后，机长发现记者人数比飞机上的座位数要多，行李的重量也超过了可以接受的上限。当然，没有人愿意留下来，也没有人愿意牺牲掉自己的行李，机场的工作人员也已经决定放行这架超载的飞机。机长是一位上了年纪的人，神情严肃，留着花白的小胡子，身上穿了件旧时古巴空军带金色装饰的蓝呢子制服，毫不通融地僵持了几乎两个小时。最后还是我们中间的一位找到了一个绝佳的理由：

"别像胆小鬼似的，机长，"他说，"'格拉玛号'当年不也是超载吗。"

机长扫了他一眼，又看看我们大家，眼神中带着隐隐的愤怒。

"区别在于——"他说道，"我们中间没有任何一个人的名字叫菲德尔·卡斯特罗。"

但他已经被击中了要害。他把胳膊从柜台上方伸过去，一把扯下了放行的命令单，把它在手心里揉成一团。

"好吧——"他说了句，"我们就这么飞吧，不过我不会留下这架飞机超载的任何证据的。"

他把纸团塞进兜里，做了个手势，让我们跟他走。

在走向飞机的路上，我一是因为天生怕坐飞机，再则也是想了解了解古巴，弱弱地问了声：

"机长，您觉得我们能飞到吗？"

"也许能吧，"他这样回答我，"愿慈悲的科布雷圣母保佑我们。"

那是一架糟糕透顶的双引擎飞机。我们中间流传着这样的说法，说这架飞机曾被巴蒂斯塔政权空军的一个叛逃飞行员劫持到马埃斯特腊山，在山里日晒雨淋无人看管，直到那天被派往委内瑞拉寻找不要命的记者——我的不幸日。机舱很窄，通风也不好，座椅都是坏的，还有一股令人难以忍受的酸酸的铁锈味。每个乘客都各自找地方尽量舒服地安顿了下来，有的人就坐在窄窄的过道上，身边是行李和电影电视器材。我坐在一个角落里，面前是飞机尾部一个小小的舷窗，有点儿喘不上气来，不过看到同伴们都很镇静，我心里也多少受到了些鼓舞。突然，那些最镇静的人当中有一位凑到我耳边，咬紧牙关轻轻说了句："你真不错，一点儿都不害怕坐飞机。"
这句话一下子把我推进了恐惧的深渊，我才明白其实所有的人都和
我一样怕得够呛，只不过他们也和我一样用一副勇敢无畏的表情把
恐惧深深地藏了起来。

在对坐飞机的恐惧心理的中心部位有一个真空地带，就像是飓
风的风眼，处在这个位置的人们都无知无觉地听天由命，这也是唯
一能够支持我们飞下来而不被吓死的原因。在我无数次难以入眠的
夜间飞行里，在荒无人迹的大洋之上，只有当我在舷窗外看见那颗
孤苦伶仃的星星，我才能进入这样的化境。在加勒比海上空这次不
走运的夜间飞行中，从那架毫无生气的双引擎飞机上，我寻找那颗
星星的努力终究归于徒劳。飞机在一堆堆巨石般的乌云中穿行，风
向不定、电闪雷鸣，飞机摸索着向前飞行，只凭我们一颗颗恐惧的
心吊着一口气。天亮的时候我们遇上了大暴雨，飞机侧着机身飞行，
像一条随波逐流的帆船发出吱吱呀呀的响声，最后总算浑身颤抖地、
带着被泪水打湿的发动机，在卡马圭一个临时备降机场落了地。然
而，雨刚一停，四下里马上呈现出一派春意盎然的景象，空气像玻
璃一样透亮。最后的一段航程我们几乎是擦着香气扑鼻的甘蔗地飞
行，甚至能看见海水里游动着身带条纹的鱼和海底幻化出的花朵。
正午前我们的飞机降落在哈瓦那顶级富豪们的各种豪宅之中——哥
伦比亚坎波机场，后来更名为自由之城机场，在巴蒂斯塔当权时曾
是一处要塞，几天前卡米洛·西恩富戈斯才刚带领他那由一群惊讶
到张口结舌的农民组成的纵队进驻到这里。我们的第一印象说起来

有点儿喜剧色彩，因为出来迎接我们的是一群旧政权的空军，他们在最后一刻才决定投向革命。他们被集中在自己的军营里，胡须蓄得老长，乍看上去还真和老资格的革命军有几分相像。

对于我们这群此前一年都在加拉加斯度过的人来说，一九五九年初的哈瓦那那种热烈气氛和创世记式的无序算不上什么新鲜事。不过也有不同：在委内瑞拉，是若干个反对党派组成的联盟推动了城市起义，并获得了军队的广泛支持，最终推翻了实施暴政的一小撮人；而在古巴，则是从农村兴起一股排山倒海的巨浪，经过一场持久而艰难的战争，击垮了执行占领军任务的雇佣军。这个本质上的区别也许决定了两个国家不同的未来，在一月份那个阳光灿烂的中午就可以看出来。

为了向他的美国合伙人证明他仍然掌控着政权，以及他对未来怀有信心，巴蒂斯塔把哈瓦那变成了一个不真实的城市。一支支由刚招募来的农民组成的巡逻队——他们刚穿上鞋子没几天，身上还散发着美洲虎的气味，配上老掉牙的步枪和对他们的年龄来说还嫌太大的军装——在他们看着都头昏眼花的摩天大楼间巡逻，在令人眼花缭乱的汽车中穿行。还有一群群美国女人被大胡子的传奇故事所吸引，从新奥尔良乘轮船来到这里。在不久前刚刚落成的哈瓦那希尔顿酒店大门口，站着一位身穿缀满各种穗饰的制服、头上一顶插满羽毛的自制元帅帽、讲一口混杂着迈阿密口音的古巴土话的金发大汉，一丝不苟地履行着自己作为守门人的不幸职责。我们代表团里的一个记者，一个委内瑞拉黑人，被他一把揪住领子提到半空，扔到了大街中央。最后不得不由古巴记者出面和酒店经理一番交涉，我们这些来自世界各地的客人才能自由自在地、不加任何区别地进入酒店。就在第一天晚上，一小群口渴得不行的起义军小伙子走进了他们碰见的第一扇门，也就是哈瓦那里维拉酒店酒吧的大门。他们只想讨一杯水喝，可酒吧的领班用自己认为最得体的方式把他们赶回了大街上。我们这群记者拿出了当时一定相当像是为了收买人心的态度，又把他们请进了酒店，让他们和我们同坐。后来，古巴记者马里奥·库奇兰得知此事，向我们表达了他的羞耻与愤怒：

"这种事情只有来一场真正的革命才能解决，"他说，"我向你们发誓，我们一定会进行这样的革命的。"

一九七七年一月
《美洲之家杂志》，哈瓦那

桑迪诺阵线的突袭行动

对"猪猡之家"的袭击纪实

这个计划看起来仿佛一个过于简单的疯狂之举：首先在大白天里占领马那瓜的国民宫，仅用二十五个人把众议院的议员们扣为人质，再以此为交换条件要求释放所有的政治犯。国民宫是一座又老又难看的二层建筑，透着傲慢与雄伟占据了一整个街区，两侧有数不清的窗户，正面有许多石柱，像是在香蕉园里建起了一座帕特农神庙，正对着平坦的共和国广场。它的一楼是参议院，众议院在二楼，此外那里还是财政部、政府事务部、税务总署的办公地，因此是马那瓜官方建筑中开放程度最高、人员最密集的一座。所以，它的每个大门口总守着一名持长枪的警察，通往二楼的楼梯口还另有两名警察，而部长们和议员们的警卫就更多得数不清了。工作时间，在地下室、办公室再加上走廊里的官员和民众总人数不会低于三千。然而，桑迪诺民族解放阵线（FSLN）的领导层并不认为袭击这样一个官僚市场在本质上是一次过于简单的疯狂之举，而正相反，是一种教科书式的胡闹。事实上，早在一九七〇年，一个名叫埃登·帕斯托拉的老战士就设计并提出了这个计划，只是到了这个炎热的八月才被付诸实践，当时，美国的意图已经十分明显，要帮助索摩查继续留任在他血染的宝座上，直至一九八一年。

"那些把希望寄托在我身体状况上的人，你们别搞错了。"这个独裁者在结束了他最近的华盛顿之旅回来后这样说道，"别人还不如我呢。"还用他特有的傲慢口气又加了这么一句。接着是三笔借款得以公布，分别为四千万、五千万和六千万美元。最后是卡特总统，他写了封亲笔信给索摩查，举杯祝贺所谓的尼加拉瓜人权状况的改善。桑迪诺民族解放阵线全国委员会在明显高涨的民众情绪鼓舞下，认为必须做出紧急回应，于是下令把八年来屡次推迟的雪藏计划付诸实施。因为事关绑架国家议会的议员，他们为这次行动取了个代号，名为"猪猡行动"。换句话说，是对"猪猡之家"的袭击。

〇号，一号和二号

这次行动的责任落在了三名久经考验的成员肩上。第一位正是提出此次计划的人，他理所当然地成了行动的指挥者，此人本名埃登·帕斯托拉，听起来好像其祖国诗人鲁本·达里奥的一个笔名。他四十二岁，是个有二十年资历的老成员，极强的幽默感掩盖不住他指挥时的决断。他出生在一个保守家庭，在耶稣会学校上完中学后，到墨西哥瓜达拉哈拉大学学习了三年医科。三年的课程实际花了五年时间，因为中间他好几次中止了课程回国参加游击战争，每次都是被打垮后再回到医学院来。他最早的记忆是七岁时父亲被安纳斯塔西奥·索摩查·加西亚的国民卫队杀害的情景。作为这次行动的总指挥，根据 FSLN 的老规矩，他被命名〇号。

第二把手是乌戈·托雷斯·希门尼斯，一个三十岁的老游击队员，政治素养和军事素养同样出色。他曾经参加了一九七四年对索摩查一次亲属聚会的知名绑架行动，被缺席判处三十年监禁，从那时起，他一直在绝密状态下住在马那瓜。和在上次行动中一样，他被称为一号。

二号名叫朵拉·玛丽亚·特列斯，是突击队里唯一的女性，一位二十二岁的美丽姑娘，话语不多，喜欢沉思。她聪明异常，判断力极强，这些特质本来可以让她在人生道路上成就任何大事。她也在莱昂市学过三年医学。"可因为感到失望，我放弃了学业，"她说，"你花了那么大力气给营养不良的儿童治病，结果三个月之后这些孩子又回到医院，营养状况比以前更糟。"她来自北方的"卡洛斯·丰塞卡·阿马多尔"阵线，于一九七六年一月起从事地下活动。

不留长发不蓄胡须

组成突击队的还有另外二十三名小伙子。他们是桑迪诺民族解放阵线领导层从尼加拉瓜各地区的委员会中精心挑选出来的，都经过战火的考验，具有坚定的信念，不过最让人吃惊的是他们的年轻。不算帕斯托拉，突击队平均年龄二十岁，其中三名成员刚满十八。

在马那瓜的一处安全屋里，突击队的二十六个成员第一次集合，这时距预定的行动日期只剩下三天时间。除了前三号，他们之间都互不相识，对这次行动的性质也一无所知。他们只被告知这是一次需要冒巨大生命危险的大胆行动，他们全都接受了。

唯一进入过国民宫的人是〇号司令，那时他还是个孩子，陪妈妈进去交过税。二号朵拉·玛丽亚对众议院举行会议的蓝厅有点儿印象，她有一次在电视上见过这个地方。其余的人别说国民宫里头了，连它外面长什么样都没见过，多数人甚至没来过马那瓜。然而，三个头儿手里却有一张完美的地图，是由阵线的一位医生精心绘制的，行动开始几周前他们就已经对这座大楼的种种细节了如指掌，就像是在里面生活过半辈子一样。

选定的行动日期是八月二十二日星期二，因为这一天要进行国家预算讨论，保障了更多的参会人数。这天上午九点半，当侦察员确认这天众议院会议照常举行之后，二十三个年轻人被告知了这一计划的全部秘密，每个人都接到了具体任务。他们被分成六个小组，每组四人，通过一个复杂却又高效的机制，每个人都有了自己的编号，以此确定自己属于哪个小组以及在小组里的位置。

这个计划的精明之处在于，他们要化装成国民卫队陆军训练学校的巡逻队混进去。所以他们都穿上了橄榄绿的制服，是他们的地下裁缝店按不同尺寸制成的，脚上穿的军靴是星期六从多家商店买来的。队伍给每个人都发了一个野战包，里面有桑迪诺解放阵线红黑相间的领巾，两块负伤时使用的手帕，一支手电筒，防毒面具和眼镜，几个在紧急时刻储存饮用水的塑料袋，一小袋用来对付催泪弹的小苏打。突击队的总装备里还包括十根一米五长的尼龙绳，是用来捆绑人质的，以及三根带锁的铁链，用来从里面锁住国民宫的所有大门。他们没有携带医药用品，因为他们知道蓝厅里有医疗服务和急救药。末了，每个人都领到了武器，和国民卫队使用的没什么两样，因为几乎都是在战斗中缴获的。他们的全部装备包括：两支 Uzi 冲锋枪、一支 G3 式自动步枪、一支 M3 式冲锋枪、一挺 M2 大口径重机枪、二十支加蓝德步枪、一把勃朗宁手枪和五十枚手榴弹。每支枪配有三百发子弹。

唯一引起全体反对的是剪去长发、刮去胡须的要求，那是他们在战火中精心留下的。可问题是，国民卫队是不允许留长发蓄胡须的，只有军官才可以留小胡子。没法子，只能凑凑合合剃掉了，说凑合是因为桑迪诺民族解放阵线在最后关头没有信得过的理发师，只能互相之间你给我剃、我给你剃。至于朵拉·玛丽亚，一个女同伴三两下就把她那一头战时秀发剪掉，再戴上一顶黑贝雷帽，根本看不出她是个女人。

上午十一点五十分，众议院会议以它一贯的拖沓作风在蓝厅开始了。它由仅有的两个政党组成：索摩查的自由党，算是他的官方政党，还有保守党，一个其实也是效忠于他的装装样子的反对党。从正门入口的大玻璃门看去，右边是自由党的席位，左侧是保守党的席位，顶头一张长桌是主席台。每个党的席位后方有一个阳台，那是该党的旁听席，此外还有一处记者席，只是保守党的旁听席很长时间以来就一直关闭着，而自由党的旁听席一直开放，而且上面总是坐着许多雇来的党羽。那个星期二来的人比平日里多一些，另外记者席上还坐着二十多个记者。参加会议的共有六十七位众议员，其中有两位对桑迪诺民族解放阵线价值连城：路易斯·帕利埃斯·德瓦伊莱，安纳斯塔西奥的表兄弟，以及何塞·索摩查·阿夫雷格，独裁者同父异母兄弟何塞·索摩查将军的儿子。

头儿来了！

有关预算问题的辩论是十二点半开始的，也就在这个时候，两辆漆成国防绿的福特小卡车在国民宫的两个侧门口停了下来，车身上都蒙着绿帆布，后部摆着木凳。正如事先了解过的那样，每个门口都有一个持枪警察站岗，两个人都习惯了每天的值班，根本没有注意到这两辆卡车的绿色比国民卫队汽车的颜色要鲜亮许多。很快，伴随着果断坚决的口令声，每辆小卡车上下来了三组士兵。

第一个下来的是〇号司令，正对着东大门，另三组士兵紧随其后。最后一组由二号朵拉·玛丽亚率领。〇号刚一跳下地，便带着十足的威严大声喊道：

"闪开！头儿来了！"

门口的警察立刻闪到了一边，〇号留下一个人和他一起站岗。随后〇号带着他的部下沿宽敞的楼梯上到二楼，嘴里发出蛮不讲理的喊声（每当索摩查快到的时候，国民卫队总是这样喊的），他就这样来到了另外两个佩左轮手枪和警棍的警察所在的位置。〇号解除了其中一个的武装，二号也对另一个警察如法炮制，嘴里还是喊着那句令人丧胆的话："头儿来了！"

又有两个游击队员被安插在那里。这时，走廊里的人群已经听见了喊声，又看见武装卫兵的身影，纷纷四下逃散。在马那瓜，这几乎已经成为一种社会反应：索摩查走到哪里，哪里的人们就逃得一个不剩。

〇号负有进入蓝厅控制众议员的特殊使命，他知道，所有的自由党议员和不少保守党议员都带着枪。二号负责在玻璃大门处为这次行动做掩护，从那里可以向下控制大楼的主楼梯。他们已经预料到玻璃门两边会有两个佩左轮手枪的警察。下面铁栅栏的大门那儿也有两个带枪的警察，一个拿的是步枪，另一个是冲锋枪。其中一个是国民卫队的上尉。

〇号和二号带着自己的小组穿过惊慌失措的人群，冲到蓝厅门口，才意外发现两个警察中有一个拿着步枪。"头儿来了！"〇号又是大喝一声，缴下了他的枪。四号解除了另一个警察的武装。警察们这时才明白自己上了当，顺着楼梯逃到了大街上。这时，守在大门口的两个警察朝二号的人开火，这几位也立即回以密集的火力。国民卫队的上尉当场毙命，另外一个警察也受了伤。一时间大门口成了不设防的地方，不过二号留下了几个人，趴在那里守卫着。

所有人趴下

听到头几声枪响，守在侧门的桑迪诺的人按照事先的约定，赶走了被解除武装的警察，关了门，上了链子和锁，穿过惊恐万状、四散奔逃的人群，赶去支援他们的伙伴们。

此时，二号已经越过蓝厅，冲到了走廊尽头众议员们聚集的酒吧，用一把 M1 式卡宾枪推开门，随时准备开火，却只见到一群人趴在蓝色的地毯上挤成一团。这几个零散议员，刚一听见头几声枪响，就趴到了地下。他们的保镖以为真的碰见了国民卫队，没做抵抗就都投了降。

〇号用他那杆 G3 自动步枪的枪管推开蓝厅宽大的磨砂玻璃大门，面前是一个完全瘫痪的众议院：六十二个脸色苍白的男人表情僵硬，齐刷刷地看着厅门方向。〇号害怕被人认出来，因为这中间有好几位是他在耶稣会学校时的同学，便朝着天花板扫了一梭子弹，大喝一声：

"国民卫队！所有人趴下！"

所有众议员都在桌子后面趴了下来，除了帕利埃斯·德瓦伊莱，他正在主席台旁打电话，一下子僵成了一块石头。后来，这帮人解释了自己为什么会如此害怕：他们当时真的以为是国民卫队发动了推翻索摩查的政变，是来枪毙他们的。

在大楼东翼，到一号听见最初的枪声时，他的手下已经缴了二楼两个警察的枪，而他正朝走廊尽头的政府事务部冲去。和〇号的小组不一样，一号的小组向里冲的时候很讲究军事队列，沿路散开，各司其职。第三小组在三号领导下推开政府事务部大门的时候，楼里正好响起了○号扫射的枪声。他们在这个部的前厅遇到了国民卫队的一个上尉和一个中尉，这二位是部长的保镖，听见枪声正准备出门。可三号的小组根本没给他们开枪的机会。接着，三号的手下们推开尽头的门，发现自己来到了一间软包装潢的办公室，还开着冷气，只见写字台后面坐着一个人，一个五十二岁上下、枯瘦的高个子，不等他们发话便举起了双手。这是何塞·安东尼奥·莫拉，农学家，政府事务部部长，议院选定的索摩查继任者。他不知道自己是向什么人投的降，其实他腰里就别着一把勃朗宁手枪，衣兜里还有四个压满子弹的弹夹。一号这时已经跨过趴了一地的男男女女，来到了蓝厅的后门。与此同时，二号也押着酒吧里的那些众议员——都高举着双手——进了玻璃门。一开始，他们觉得大厅里似乎空空荡荡的，然后才反应过来，这是因为众议员们都在桌子后面的地下趴着。

这时外面响起了短暂的枪声。○号走出大厅，看见一支国民卫队的巡逻队正在一个上尉的指挥下，从楼的大门口向埋伏在蓝厅对面的游击队员射击。○号朝他们扔去一颗手榴弹，击退了他们的进攻。被铁链锁住大门的楼内一片沉寂，里面超过两千五百人脸朝下趴在地面，心里不断地打鼓。整个行动，正像事先预料的那样，持续了刚好三分钟。

主教们进来了

安纳斯塔西奥·索摩查·德瓦伊莱是这个压榨尼加拉瓜四十多年的家族的第四代，在自己的私家堡垒带空调的地下室里吃午饭的时候，他得知了这个消息。他当下的反应是下令不分青红皂白，对准国民宫开火。

火也开过了，可国民卫队的队伍仍然无法靠近大楼，因为桑迪诺阵线的各个小组已根据事先的安排守在大楼四面的窗口，用密集的火力将他们击退。其间有十五分钟的时间，一架直升机在上空盘旋，用机枪向各个窗口扫射，使编号六十二的游击队员的腿部受了伤。

在下令包围大楼二十分钟后，索摩查接到了国民宫里打来的第一通电话，来自他的表兄弟帕利埃斯·德瓦伊莱，他传达了桑迪诺民族解放阵线的第一个信息：停止射击，否则他们将每隔两小时处决一名人质，直至政府决定谈判。索摩查于是下令暂停攻击。

过了一会儿，帕利埃斯·德瓦伊莱又一次打来电话，告诉索摩查桑迪诺民族解放阵线提议由三位尼加拉瓜主教充当中间人，他们是：马那瓜大主教米格尔·奥万多·布拉沃阁下，早在一九七四年就在那次对索摩查家族集会的袭击中充当过中间人的角色，以及莱昂主教米格尔·萨拉萨尔·伊·埃斯皮诺萨阁下和格拉纳达主教列奥维希尔多·洛佩斯·费多里亚阁下。这三位此时恰巧都在马那瓜出席一个特别会议。索摩查接受了这个方案。

过了一会儿，桑迪诺阵线又提出在主教之外加上哥斯达黎加和巴拿马两国的大使。桑迪诺阵线方面把谈判的艰巨任务交给了性格坚忍、判断力极强的二号。下午两点四十五分，她把写着条件的信函交给了几位主教，完成了她的第一项使命，条件包括：立即释放所附名单上的政治犯；在所有广播电台播出战况通报和一份长篇政治宣言；把军队撤到国民宫三百米以外；立即接受医院行业公会罢工者的要求；支付一千万美金；保证突击队和被释放的政治犯安全前往巴拿马。谈判从星期二开始，持续了整整一夜，到星期三下午将近六点钟才告结束。在这段时间里，国民宫里进行了五轮谈判，其中一轮是在星期三凌晨三点进行的，实际上，在最初二十四小时里，好像看不到一丝双方达成一致的曙光。

在广播里宣读全部战况通报和一份桑迪诺民族解放阵线事先准备好的政治公报的要求，在索摩查看来是不可能接受的。可还有一项，他觉得连一点儿可能性都没有：释放名单上的全部政治犯。其实，这份名单故意列上了二十名已经死于狱中的桑迪诺派犯人，他们要么死于酷刑，要么已被速审速决，只是政府不认账而已。

索摩查的花招

索摩查向国民宫里发去三封无懈可击的回信，全部是用电动打字机打出来的，然而都没有签名，而且使用了非正式的文字措辞，充满各种模棱两可的话语。他没有提出任何的反提案，只是一味回避游击队员们提出的条件。从他的第一封信里就可以明显看出，他只是在尽量拖延时间，因为他确信二十五个年轻人是不可能把两千多名饱受焦虑、饥饿和困倦折磨的人质稳住太长时间的。因此，他星期二晚间九点的第一封回信傲慢地耍起了花招，要求给他二十四小时的时间好好考虑考虑。

然而，在他星期三早晨八点半的第二封回信里，他的傲慢变成了威胁，不过也接受了一些条件。原因显而易见：凌晨三点钟的时候，几位谈判代表在国民宫里转了一圈，他们觉得索摩查失算了。游击队员们已经主动疏散了为数不多的孕妇以及儿童，并通过红十字会移交了死者和伤员，楼里秩序井然，安静平和。普通雇员都在一楼的办公室里，很多人都在扶手椅上或是写字台上睡着了，还有些人随便想出个点子打发着时间。身着军装的小伙子们每四个小时过来巡察一番，看不出大家对他们有什么敌意，情况好像恰恰相反。几间办公室里的人们甚至为小伙子们煮了咖啡，不少人质表示了自己的好感和支持，还写下文字说不管发生什么情况都自愿留在那里充当人质。

那些价值连城的人质都聚集在蓝厅里，谈判代表们看到，那里的情况和一楼一样平静。没有一个众议员做出哪怕一点儿抵抗，解除他们武装的过程也没有遇到任何困难，而且随着时间的推移，可以感觉得到，他们对索摩查迟迟未能达成协议怨恨渐生。游击队员方面则看上去胸有成竹，表现出良好的教养，不过，他们的决心依然不可动摇。他们对索摩查第二封模棱两可的信给出了断然回答：如果两小时内没有收到最终答复，他们将开始处决人质。

这时，索摩查应该已经明白自己失算了，而且还要为发生民众暴动担忧——全国好几个地方已经开始有这种苗头了。于是，星期三下午一点半，他接受了这些条件中最令他痛苦的一项：通过全国所有的广播电台宣读桑迪诺民族解放阵线的政治文件。这次广播持续了两个半小时，到下午六点才结束。

无眠的四十五个小时

尽管没能达成任何协议，现实情况看来，索摩查从星期三中午开始就已经做好了投降的准备。事实上，那时马那瓜的犯人们就已经接到指令，收拾好自己的箱子准备出发。他们中间的大多数人是从看守那里得到这次行动的相关消息的，各个监狱里，都有不少的看守私下里向犯人们表示了同情。早在看到达成协议的曙光之前，内地的政治犯就开始向马那瓜转移了。

与此同时，巴拿马安全部门也向奥马尔·托里霍斯将军报告说，一名尼加拉瓜中层官员问他是否打算派一架飞机去接游击队员和被释放的犯人。托里霍斯同意了。几分钟后，他接到委内瑞拉总统卡洛斯·安德烈斯·佩雷斯的电话，这位总统对谈判的进展情况十分了解，明显表示出对桑迪诺派成员命运的关心，并希望同他的巴拿马同行协调解决运输问题。当天下午，巴拿马政府从巴拿马航空公司租了一架伊莱克特拉商用飞机，委内瑞拉则派出了一架巨型大力神运输机。两架飞机在巴拿马机场待命，准备等谈判一结束就马上起飞。

谈判在星期三下午四点结束，到了最后一刻，索摩查又试图强加给游击队员们一个新的条件，即限他们在三个小时内起飞出境，但遭到了拒绝，原因显而易见：他们不愿意夜间飞行。一千万美金最后被降到了五十万，但桑迪诺民族解放阵线决定不再讨价还价，首先是由于金钱只是一个次要的条件，其次，更本质的原因在于，在两天两夜不睡不眠、承受着高强度压力之后，突击队的队员们已经呈现出极度疲劳的危险信号。最早发现这些危险症状的正是〇号司令本人，他发现自己居然无法确定国民宫在马那瓜城市地图上的位置。稍后，一号向他承认自己已经开始出现幻觉：他觉得自己听见共和国广场上有虚幻的火车隆隆驶过。最后，〇号看见二号已经开始打瞌睡，有那么一瞬间，她差点儿让卡宾枪从手中滑落。于是他明白了，这场戏该闭幕了，这次分秒必争的行动已经持续了四十五个小时。

告别与欢庆

星期四上午九点半，二十六名桑迪诺阵线成员、五位谈判代表以及四个人质离开了国民宫，前往机场。带走的人质都是最重要的人物：路易斯·帕利埃斯·德瓦伊莱、何塞·索摩查、何塞·安东尼奥·莫拉和众议员爱德华多·查莫罗。与此同时，来自全国各地的六十名政治犯也齐集在从巴拿马飞来的两架飞机上，几个小时后，他们都将在那里寻求避难。当然，缺席的那二十位永远也不可能被解救了。

桑迪诺阵线成员的最后一项条件是，在目光所及的范围内不许有任何军人，在去往机场的路上不能有任何交通工具。这些条件一条也没能履行，因为政府往大街小巷都派出了国民卫队，防止人们举行同情此次行动的示威游行。但这一切都是徒劳。那辆校车所经之处都响起了暴风雨般的欢呼声，人们涌上街头欢庆胜利，汽车和摩托车排成了越来越壮大和热情的一队，紧随着那辆校车一直开到机场。面对欢欣鼓舞的民众，爱德华多·查莫罗众议员显出万分的惊愕。这时，坐在他身边的一号指挥员带着放松的幽默对他说：

"您都看见了：这才是唯一用金钱买不到的东西。"

一九七八年九月

《选择》，波哥大

封锁下的古巴人

封锁的第一夜，古巴共拥有轿车四十八万两千五百六十辆、电冰箱三十四万三千三百台、收音机五十四万九千七百台、电视机三十万三千五百台、电熨斗三十五万两千九百台、电风扇二十八万六千四百台、全自动洗衣机四万一千八百台、手表三百五十一万只、火车机车六十三台以及商船十二条。除了手表是瑞士货以外，其余全部都是美国制造。

看起来，古巴老百姓还要过上一段时间才能觉察到这些致命的数字对他们的生活意味着什么。从生产的角度，古巴突然发现自己并不是一个"别国"，而只是美国统治下一个倾销产品的半岛。制糖工业和雪茄产业完全依赖于美国大公司，除此之外，岛上所有的消费品也都是美国制造，区别只是有些是在美国本土制造，有些则是在古巴生产。哈瓦那以及其他两三个内地城市会给人一种富足惬意的错觉，可城市里的一切，从牙刷到海边大道上二十层高、砌着玻璃幕墙的酒店，都是别人的。为了维持日常生活的运转，古巴从美国进口近三万种有用无用的商品。甚至可以说，这个梦幻般的市场的主要顾客其实就是游客自己，他们从西棕榈滩乘坐渡轮，或者从新奥尔良坐海上列车来到这里，也心甘情愿地免税购买产自祖国的东西。就说本地产的木瓜吧，这克里斯托弗·哥伦布第一次航行时在古巴发现的水果，摆在带冷气的商店里出售时总会挂上巴哈马群岛种植园的黄色标签。再说人工饲养的鸡下的鸡蛋，它死气沉沉的蛋黄和那股药房的味道一向为家庭主妇们所诟病，蛋壳上明明打着北卡罗来纳州农户的印记，有些精明的商人用溶剂一洗，再抹上鸡屎，就可以当成本地的土鸡蛋卖出好价钱。

这里没有一个消费领域不依赖美国。少量制作方法简单的产品，工厂因为要利用廉价的劳动力而开设在古巴，使用的机器都是些二手货，在原生产地早已过时。最优秀的技术人员都是美国人，为数不多的几位古巴技术人员中的大部分还被他们外国老板光辉灿烂的许愿所吸引，跟他们去了美国。古巴也没有零配件储备，因为对古巴那一点点似有似无的企业来说，在这方面它们一直高枕无忧：零配件就在九十海里以外的地方，只要打一个电话，再复杂的零配件也可以搭下一个航班送过来，既不用交税也不用过海关。

在如此的依赖之下，城里的居民们却仍在毫无节制地消费着，哪怕封锁已经成为一个残酷的现实。甚至有不少时刻准备为革命牺牲生命的古巴人——其中有一些已经真的为此牺牲了——消费起来仍然像孩子一样任性。更为糟糕的是，革命采取的最初几项措施立即提高了最贫困阶层的购买力，那时的他们对幸福的认识无非就是一种购物的喜悦。许许多多人半辈子甚至一辈子的梦想一下子变成了现实。问题是，市场上的东西卖光了，又得不到及时的补充，更有一些商品很多年都无法得到补充，这样一来，一个月前还令人眼花缭乱的商场，现在只无可救药地剩下一副空空的骨架。

在最初的岁月里，古巴成了一个随意发挥、秩序混乱的国度。因为缺乏一种新的道德规范——还得等上好些年，这种道德才能在民众的意识中形成——在总体上算是紧急的态势之下，加勒比式的大男子主义就有了存在的理由。一方面，不可遏止的新鲜感和自治精神使得民族情感无比高昂，另一方面，受创应激反应的威胁又真真切切地迫在眉睫，于是很多人把这两件事情混为一谈，好像以为就连没有牛奶供应这一类的事情都可以用枪杆子来解决。古巴给外国游客的印象就是花天酒地，这自然在古巴人的生活和精神中有着现实的基础，然而它不过是灾难降临催生的一种单纯的醉生梦死态度。我第二次回到哈瓦那时已经是一九六一年初，当时我的身份是拉丁社的流动记者，第一印象是这个国家表面看起来没多大变化，但社会紧张程度却进一步增加了。我是在三月里一个阳光明媚的下午从圣地亚哥飞到哈瓦那的，透过飞机舷窗，我看见了这个没有河流的国度奇迹般的田野、尘土飞扬的村庄、若隐若现的港湾，而在整个旅途中都能察觉到战争的迹象。医院的房顶上画了大大的白圈红十字，为的是在可预期的轰炸中逃过一劫。学校、教堂和养老院也画了类似的标志。在圣地亚哥和卡马圭的民用机场里能看见用卡车帆布伪装起来的二战时期的高射炮，海岸线边则有原本供休闲游览的快艇巡逻以防登陆。到处都可以看见最近遭受破坏的痕迹：被从迈阿密飞过来的飞机扔下的燃烧弹烧焦的甘蔗田，被内部反对势力炸毁的工厂的废墟，在冲突地区临时搭建的军营里，首批与革命为敌的小组已经开始行动，他们不但拥有现代装备，还有极强的后勤资源。哈瓦那机场为了让大家忽略浓烈的战时氛围，显然花了不少力气，主楼的楼顶有一条横贯两端的大幅标语："古巴，美洲的自由国土"。从前的大胡子士兵不见了，执勤的是一群身穿橄榄绿军服的年轻民兵，其中还有几个女民兵，手里的武器还是出自独裁时期老掉牙的军火库。那时他们也没有别的武器可用。革命政府顶着美国的反对和压力购得的第一批军火由一艘法国船——"勒库布尔号"——运载，于三月四日自比利时抵达，这艘装载着七百吨枪支弹药的船在哈瓦那港的码头上发生了爆炸，而且显然是人为的。这次袭击还造成了七十五名码头工人死亡，另有二百人受伤，不过没有人宣布对此事负责，而古巴政府把它归罪于中央情报局。在遇难者的葬礼上，菲德尔·卡斯特罗喊出了日后变成新古巴标志性格言的那句话："无祖国，毋宁死。"我第一次看见这句话是在圣地亚哥的大街上，在去卡马圭机场尘土飞扬的高速路上又看见它被用大字刷在美国航空公司和卖牙膏的大幅广告上，紧接着又在哈瓦那机场看见它被写在硬纸片上贴在纪念品商店的玻璃橱窗里，贴在候机大厅里，贴在值机柜台上，在理发店里它被用铅白写在镜子上，在出租车里被用口红写在车窗玻璃上。这个愤怒的口号的社会饱和度如此之高，乃至它随时随地都在你眼前闪现，从榨糖厂的储存罐到官方文件的结尾处，报纸、广播和电视上无情地天天讲、月月讲，直至它成为古巴生活最本质的一部分。

在哈瓦那，节日的气氛正浓。光彩照人的女子在阳台上浅吟低唱，海上飞翔着羽毛华贵的鸟儿，到处都飘扬着音乐声，然而在欢乐的背后，却能感觉到这种注定要消失的生活方式花样翻新的反抗，它正竭尽全力想战胜另一种全新的生活方式，后者虽然还带着稚气，但能激励人前行，有着摧毁一切的力量。这座城市仍是一座娱乐的殿堂，连药房里都在卖彩票，银光闪闪的庞大汽车甚至无法在殖民地时期街道的街角拐弯，可人们的外表和行为都在发生巨大的变化。所有沉积在社会底层的东西都浮上了表面，一股浓浓的、热气蒸腾的人的熔岩流喷发了出来，不加控制地流向解放了的城市的沟沟坎坎，每一个角落都在以一种令人眼花缭乱的方式被感染。最明显的是现在在公共场所穷人也可以大大方方地坐在富人的座位上了。他们涌进豪华酒店的大厅，在维达多区的露天咖啡馆里用手指头抓东西吃，也躺在西波涅区老牌私家会馆波光粼粼的游泳池旁晒太阳。哈瓦那希尔顿酒店现在改了个名字，叫自由哈瓦那酒店，先前那个凶巴巴的金发守门人也被换成了殷勤可亲的民兵，整日里对一帮农民说不用害怕，可以进来看看，还教给他们哪边是进去的门，哪边是出来的门，说哪怕就这样满身大汗地进到冷气开放的大厅里也不会得肺结核的。一位来自卢亚诺的合法公民，深褐色皮肤，身材瘦削，身穿一件画着各种各样蝴蝶的衬衫，脚蹬一双安达卢西亚舞者那种带后跟的漆皮鞋，在想从里维拉酒店的玻璃转门进去时走错了方向，而这时不巧正好有位体态丰满、盛装打扮的欧洲外交官夫人要从门里出来。一时间乱作一团，跟在后面的丈夫竭力想往一边推动旋转门，几位惊慌失措的民兵则同时把门推向相反的方向。一时间，一个黑人男子和一个白人女子被挤在了本来只容得下一个人的狭小玻璃牢笼里，直到最后旋转门重新转动起来，女士晕头转向、满脸通红，甚至不等丈夫，便一头钻进早就开着车门等她的加长轿车立刻离开了。那位黑人到最后也不知道发生了什么事，同样晕头转向、浑身发抖。

"妈的！"他嘟囔了一句，"还有点儿花香味！"

这类磕磕碰碰的事情时有发生。也可以理解，因为在一年的时间里，城乡老百姓的购买力都有了显著提高。电费、电话费、交通费和其他一些公共服务费用都降到了非常人性化的水平。酒店和餐馆的价格，包括乘坐各种交通工具的价格都大大降低，无论是乡下人进城还是城里人下乡，这样的旅行都有人专门组织，而且大多数情况下还是免费的。此外，失业率大幅下降，工资也上涨了，城市改革减轻了人们交房租的烦恼，上学包括学习用品也都是免费的。巴拉德罗长达二十里①的象牙白色海滩，从前只归一个主人所有，能去享受的只有富人中的富人，现在无条件向所有人开放，

---

① 西班牙里，一里约合 5572.7 米。

甚至也包括那些富人。古巴人和加勒比地区所有的人一样，一向认为挣钱就是为了花的，现在是他们正有史以来第一次把这种观念付诸实践。

我以为，很少有人能觉察到物资匮乏是如何悄悄地、却无可挽回地侵入到了我们的生活之中。甚至到了吉隆滩登陆事件①发生之后，赌场还在照常营业，周围仍然有一些没找到游客的妓女逛来逛去，等候某个在轮盘赌上碰巧走了大运的家伙出来，免得这一晚上走空。很显然，随着情况的变化，这些孤独的小燕子们也都走了背字，收费也越来越低了。可即便如此，哈瓦那和关塔那摩的夜晚依然漫长而无眠。出租房里欢快的音乐声通宵达旦地响着。这些旧日生活的残余维系着一种正常而富足的假象，无论是夜间发生的爆炸，还是不断传来的卑鄙入侵的流言，甚至是迫在眉睫的战争，都不能把它们消除，只是很久以来这早已不是生活的真实一面了。

有几回过了午夜，餐馆里的肉卖完了，可我们并不在意，因为说不定还有鸡可以吃。又有几回香蕉卖完了，我们还是不在意，因为说不定还可以吃白薯。附近会所里的乐师们，还有那些恬不知耻的妓院老板们，都对着一杯啤酒准备晚上大赚一笔，他们也都和我们一样心不在焉地消磨着每天的日子。

在大型商场里，已经开始有人排队，黑市也刚刚兴起，活跃异常地开始把工业品控制在自己手中，可是没有人去认真考虑这种现

---

① 即"猪湾事件"，1961 年 4 月美国雇佣军入侵古巴，反被古巴军民击退。

象的发生是因为物质的匮乏，而恰恰相反，人们认为这都是因为钱太多了。就在那个时期，有人看完电影需要一片阿司匹林，可我们一连跑了三家药店都没买到。最后在第四家药店买到时，药剂师神色自若地告诉我们说三个月以来阿司匹林一直缺货。其实不光是阿司匹林，很多生活必需品早就缺货了，可就是谁也不去想总有一天会完全断货的。在美国宣布对古巴实行完全贸易禁运后差不多一年光景，生活依然如故，但这种不变更多的不是在现实生活中，而是在人们的思想层面上。

我对禁运的认知来得有点儿突然，同时还有那么点儿诗意，在一生中，我对事物的认识大抵都是如此。在拉丁社加了一夜的班之后，我独自一人迷迷糊糊地出去想找点儿吃的。天快亮了。海面很平静，海天相接的地平线那里已经露出一道橙黄。我走在空荡荡的大街中央，带着股咸味的风从海滨大道那边扑面而来，老城区那些石砌的拱廊被腐蚀得湿漉漉的，我想在那下面找一家还开着门的店吃点儿东西。最后总算找到一家小饭馆，卷闸门已经拉了下来，可还没有上锁，我想把那卷闸门拉上去好进去，因为里面还亮着灯，有个男人正在柜台旁边擦杯子。刚想试试，就觉得身后一声脆响，毫无疑问是步枪上膛的声音，还有一个女人的声音，甜甜的但十分果决。

"不许动，伙计，"女人说，"举起手来。"

那仿佛是晨曦中的一道幻象。女人的面容很美，头发在脑后梳成马尾的形状，身上一件男式军用衬衣在海风吹拂下有点儿湿漉漉的。她显然受到了惊吓，但脚跟分开稳稳地站在地面，手里像军人一样端着步枪。

"我饿了。"我说。

也许是我话说得十分可信，总之她这下明白了我并不是想强闯进店里去，她的怀疑立刻变成了同情。

"时间太晚了。"她说。

"恰恰相反，"我反驳道，"应该是太早了。我是想吃早饭。"

于是她隔着玻璃朝里面打了个手势，让那个男人给我弄点儿吃的，其实离开门营业还差两个小时呢。我点了火腿煎蛋、牛奶咖啡、黄油面包和一杯随便什么果汁。男人的回答精确得令人生疑，他说鸡蛋和火腿已经断货一个星期了，牛奶三天前就没了，他能给我上的只有一杯黑咖啡和不带黄油的面包，如果不够的话还有头天晚上剩的通心粉可以热一下。我觉得奇怪，便问他吃的东西都出了什么事，一定是我这话问得太天真，这回轮到他觉得奇怪了。

"没什么，"他对我说，"只不过是这个国家见了鬼了。"

他并非我一开始想象的那样，是革命的敌人。相反，他是他们一家十一口人里唯一一个留下来的，其余的全都逃到迈阿密去了。他决定留下来，这一留就是一辈子，不过他从事的这个行业使他可以猜出未来，而且依据比一个深更半夜在大街上乱逛的记者要真切得多。他想再过不到三个月这家小饭馆就得关张，因为没什么可卖的了，可他觉得没多大关系，因为他对自己的未来已经有很明确的安排。

果不其然，一九六二年三月十二日，禁运开始之日已经过去了三百二十二天，食品供应实行了严格的配给制度。每个成年人每月可以领到三磅肉、一磅鱼、一磅鸡肉、六磅大米、两磅油、一磅半菜豆、四盎司黄油和五个鸡蛋。这个配额是经过计算的，让每个古巴人每天能摄入正常数量的卡路里。儿童另有专门配给，此外，所有十四岁以下的儿童每天有一升牛奶。后来缺的东西越来越多，铁钉呀，洗衣粉呀，灯泡呀，还有很多的家庭必需日用品，上面需要做的不是制定一大堆规定，而是要赶紧弄到这些东西。最让人敬佩的是看着这种由敌人强加而来的匮乏在何种程度上磨炼了全社会的士气。就在实行配给制度的同一年，爆发了所谓的导弹危机，英国历史学家休·托马斯把它定义为人类有史以来最严重的危机。在一个月的时间里，古巴的大多数人民都时刻保持高度警惕，坚守自己的战斗岗位，时刻准备用手中的猎枪去迎击原子弹，直到安然度过险境。在这足以使任何一个基础稳固的经济体乱了阵脚的全民总动员中，工业产值获得了异常的增长，工厂里再也没有人旷工，许多平日里可能根本无法克服的障碍也都一一安然度过。纽约一位女接线员有一次对她的古巴同行说，在美国，他们大家都对可能发生的事情万分恐惧。

　　"可是我们这边大家都很平静，"古巴这边的女接线员这样回答说，"反正真被原子弹炸死的话，一点儿也不疼。"

　　那时的国家生产出的鞋子足够每个古巴居民每年购买一双，是通过中小学和工厂来分配的。只有到了一九六三年的八月份，等到所有的商店都因为没有东西可卖关了门，这才规定了服装的配给办法。一开始的规定是每人可以买九件衣服，其中有男式裤子、男女内衣和其他一些纺织品，但实行了不到一年时间就增加到了每人十五件。

那一年人们度过了革命胜利后第一个没有烤乳猪也没有果仁糖的圣诞节，玩具也是按人头分发的。不过，正是因为有了这种分配方法，这也成了古巴历史上第一次不加区分地让每个孩子都至少有了一件玩具的圣诞节。尽管有苏联的密集援助，尽管有中国的援助——在那个时代也是同样的慷慨大方——尽管有各个社会主义国家和拉丁美洲国家无数技术人员的帮助，禁运仍是一个不容回避的现实，影响到日常生活的方方面面，推动着古巴历史不可逆转地朝着新的方向发展。古巴和世界上其他地区的联系降到了最低限度，航空公司原本一天五班飞往迈阿密、一周两班飞往纽约的航班，从十月危机起被迫中止。拉丁美洲飞往古巴的航班本来就不多，随着这些国家和古巴断绝外交、经贸关系也渐渐被取消，只剩下每周一班从墨西哥飞来的航班，在很多年的时间里它成了古巴联系美洲其余部分的脐带，但也成了美国煽动暴乱、进行间谍活动的渗透渠道。古巴航空公司旗下的机群已经被压缩为几架史诗级的英国制造的布里斯托，也是唯一和英国制造商签订了保障常规维护特别条约的机型，正是依靠它们古巴航空公司才得以维持飞越北极到达布拉格的杂技表演般的航班。从加拉加斯寄封信到古巴，不到一千公里的距离，得绕过半个地球才能寄到哈瓦那。从古巴给世界上别的国家打电话，也必须经由迈阿密或是纽约，在美国情报机关的控制下才可进行，所用的还是那种史前的海底电缆，有一次还被一艘古巴船挂断了，因为那艘船离开哈瓦那湾的时候忘了收锚，一直拖着它航行。古巴唯一的能源来自苏联油船从一万两千公里以外的波罗的海港口运来的每年五百万吨石油，每五十三个小时有一艘油轮到达。美国中央情报局载有各种间谍设备的"牛津号"舰船，在好多年的时间里一直在古巴领海巡弋，以监督确保没有任何一个资本主义国家——极少一些特别勇敢的国家除外——违背美国的意志。在全世界看来，这是一场精心策划的挑衅。到了夜间，从哈瓦那的海滨大道和圣地亚哥高处的街区，都能看见那艘舰船的影子，挑衅似的停泊在古巴领海以内的水域。

也许没有多少古巴人能记得，在三个世纪以前的加勒比海对岸，西印度群岛卡塔赫纳城的居民也曾遭受过同样的命运。海军上将弗农率领一百二十艘装备精良的英国舰船，将那个城市层层围困，他带来的三万精锐之师中的许多人都是从英国在美洲的殖民地招募来的，那块地方后来被叫作美利坚合众国。这些殖民地后来的解放者乔治·华盛顿有个哥哥，当年就在这支进攻部队的参谋部任职。西印度群岛的卡塔赫纳城当年有两件东西闻名于世，一是它的军事堡垒，二是它下水道里数量惊人的老鼠。尽管城里的居民们最后不得不以树皮和座凳上的皮面为食，这座城最终还是用不可战胜的凶猛精神抵抗住了围困。几个月后，英国人终于为被围困居民勇敢战斗的精神所折服，再加上饱受黄热病、痢疾和炎热天气的折磨，只好狼狈撤退。而城里的居民们反倒完完整整，健健康康，只是此时他们已经把最后一只老鼠都吃掉了。

很多古巴人当然都知道这个历史典故。但它在历史上太罕见了，他们不会想到这种事情还会再次发生。在一切悬而未决的一九四六年元旦，谁也想不到，这种毫无心肝、钢铁一般的封锁造就的难熬的日子还在后面，等它发展到顶峰时，在很多人家和几乎所有的公共机构里，连饮用水都成了问题。

一九七八年十一月至十二月

《选择》，波哥大

诺贝尔奖之幽灵

　　每年到了这几天，就会有一个幽灵把一帮伟大的作家搞得心神不宁：它就是诺贝尔文学奖。豪尔赫·路易斯·博尔赫斯，最伟大的作家之一，也是出现频率最高的候选人之一，在一次接受报纸采访时就曾对这由各种预测造成的两个月的焦虑发出抗议。这是不可避免的：作为最有艺术品位的西班牙语作家，在每年一次的预测中要想把博尔赫斯排除在外，哪怕就当是发发慈悲，都是不可能的。可糟糕的是，最终的结果并不取决于候选者自身的素质，甚至也不取决于诸神的公正，而是取决于瑞典学院的院士们深不可测的意愿。

　　在我的记忆中，没有哪一次是猜准了的。一般情况下，最为吃惊的正是获奖者本人。一九六九年，当爱尔兰剧作家塞缪尔·贝克特从电话里得知自己获奖的消息时，他大声惊叫："上帝啊，太糟糕了！"一九七一年，巴勃罗·聂鲁达在消息发布三天前就从瑞典学院得知了这则绝密消息，当时他正在巴黎出任智利驻法大使。第二天晚上，他在那里邀请了几个朋友一起吃晚饭，我们中间没有一个人明了这顿饭的由头，直到消息在下午的报纸上公布。"不管什么东西，不写在纸上，我是从来不会相信的。"聂鲁达后来这样对我解释说，满脸是灿烂的微笑。又过了些日子，我们正在蒙巴纳斯大道上一家吵吵闹闹的餐馆里吃饭，他突然想起四十八小时后授奖仪式就要在斯德哥尔摩举行，可他的演讲稿还没写。于是他把菜单翻了个面，不顾周围人声鼎沸，用他一贯的自然神态和平日里写诗的绿墨水，当场写就了他那篇绝妙的加冕辞。

在作家和评论家中流传最广的说法是，瑞典学院的院士们在五月里积雪开始融化的时候达成一致，然后在温暖的夏日里研读进入最终评选名单作家的作品。到了十月份，在南方太阳的烘烤下，他们做出裁决。另外还有一种传言，说豪尔赫·路易斯·博尔赫斯在一九七六年的五月已经被选定，然而在十一月的最终投票中没有当选。那一年的文学奖最终被授予杰出而压抑的作家索尔·贝娄，他在最后一刻被仓促选出，尽管当年其他门类的获奖者也全部都是美国人。

真实情况是，那一年的九月二十二日——就在投票一个月之前——博尔赫斯做了件与他精湛的文学创作毫不相干的事：他在一个庄严的场合拜访了奥古斯托·皮诺切特将军。"能受到您的接见我万分荣幸，总统先生，"在那次倒霉的演说中他这样说道，"在阿根廷、智利和乌拉圭，自由与秩序正在被拯救。"他完全是自顾自地继续说道。他的结束语异常冷漠："这一切发生在一个无政府主义的、被共产主义侵蚀破坏了的大陆上。"不难想象，接二连三说出那么多的荒唐话只有一种可能，那就是拿皮诺切特寻开心。可瑞典人不懂布宜诺斯艾利斯人的幽默感。从那时起，博尔赫斯这个名字便从各种预测中消失了。现在，在这番不公正的制裁之后，他的名字重又出现，不过对我们这样既是他贪婪的读者又是他政治上的对手的人来说，最希望看到的还是他最终能从一年一度的焦虑中解脱出来。

他最具威胁的两个竞争对手是两位英语作家。第一位在前几年并没有引起太大轰动，不过现在受到《新闻周刊》杂志的特别推崇，在八月十八日这期的封面上被称为小说大师——他们这样说很有道理。他的全名叫维迪亚达·苏莱普拉萨德·奈保尔，今年四十七岁，出生在离这里不远的特立尼达岛，父亲是印度人，母亲是加勒比地区人，被一些素以严苛著称的评论家认为是当今最伟大的英语作家。另一位候选人是格雷厄姆·格林，比博尔赫斯小五岁，著作成就极丰，也和博尔赫斯一样，这顶桂冠在其迟暮之年才姗姗来迟。

一九七二年的秋天，在伦敦，奈保尔好像并没有意识到自己是个加勒比作家。在一次朋友聚会上我如此提醒了他，他还有点儿茫然不知所措；想了一会儿，他忧郁的面庞上浮现出一丝笑容。"有道理。"[①] 他这样对我说。而出生在伯克汉姆斯特德的格雷厄姆·格林，当一个记者问他是否意识到自己是一个拉丁美洲小说家时，他一点

---

① 原文为英语。

儿都没犹豫。"当然了，"他答道，"我为这一点感到非常高兴，因为拉丁美洲有当今最优秀的一批小说家，比如豪尔赫·路易斯·博尔赫斯。"几年前，在一起东拉西扯的时候，我对格雷厄姆·格林当面表示过，像他这样一位作家，著作如此丰富又有极强的原创性，却没有被授予诺贝尔奖，我感到困惑而且不悦。

"他们永远也不会给我这个奖的，"他对我讲这句话的时候神情特别认真，"因为他们认为我不是一个严肃的作家。"

瑞典学院只负责颁发文学奖[①]，它在一七八六年成立时并没有多大奢望，只是想做得像法兰西学院那样就行。那时谁也想不到，随着时间的流逝，它会拥有世上至高无上的封圣大权。它由学院自己从瑞典文学界最杰出人物中推举出的十八位资深终身成员组成，包括两位哲学家、两位历史学家、三位北欧语言专家，其中只有一位女性。可它的大男子主义症候还不止于此：在八十年的颁奖历史上，获奖的女士只有六名，而男士则有六十九人。今年的授奖将会是一个由奇数做出的决定，因为十五天前，就在刚刚过去的九月三日，林德罗斯·斯滕教授，最具声望的院士之一，去世了。

这一机构如何操作、如何达成共识、决定选谁的标准究竟如何，是我们这个时代保守得最严实的秘密之一。它的评判不可预测，自相矛盾，甚至完全不受各种预测的干扰，而其决定是秘密进行、一

---

① 诺贝尔奖的其余四个奖项为：物理奖和化学奖，由皇家科学院颁发；生理学或医学奖，由卡罗林斯卡学院的诺贝尔委员会颁发；和平奖，由挪威议会的诺贝尔委员会颁发。
(2018 年西班牙语原版脚注)

致对外、不容申辩的。倘若不是如此庄重严肃，甚至可以想象它是在顽皮之心的鼓舞下故意和那些预测开玩笑。这实在是和死神绝无仅有的相像。

另外一个保守得很好的秘密是，在什么地方投资一笔钱才能获得如此丰厚的红利。阿尔弗雷德·诺贝尔（重音应该在"Nobel"的"o"而不是"e"上）在一八九五年创立这个奖项时的资金是九百二十万美金，它的利息在每年十一月十五日前被分到五名获奖人手中。因此，随着每年收益的不同，奖金总额也是个变量。一九〇一年第一次授奖时，每位获奖者得到了三万零一百六十瑞典克朗。到了一九七九年，这一年的利息丰厚，每位获得了十六万克朗（合两百四十八万比塞塔）。

有些爱搬弄是非的人说这笔钱是投资在南非的金矿里，因此，诺贝尔奖是靠黑奴的鲜血滋润的。瑞典学院从未对此做过公开的澄清，也未对这种侮辱做出过回应，其实它完全可以替自己辩护一下说这笔钱的管控者并不是自己，而是瑞典银行。而所有的银行，听听名字就可以知道，是不讲什么良心的。

第三个谜团是在瑞典学院内部哪一种政治标准占主导地位。有好几次，它的授奖对象让人猜想这些院士们是自由派的理想主义者。它遭受过的最大的、也是最体面的一次挫折发生在一九三八年，当时希特勒禁止德国人接受这个奖，理由很可笑：因为它的倡导者是个犹太人。本来要得到诺贝尔化学奖的里夏德·库恩不得不拒绝领奖。不管是出于自信也好，谨慎也罢，在二战期间没有颁发任何诺贝尔奖项。然而，欧洲刚刚从巨大的破坏中痊愈，瑞典学院就做出了兴许是它唯一一次可悲的肮脏交易：把诺贝尔文学奖授予了温斯顿·丘吉尔爵士，仅仅因为他是那个时代最负盛名的人，给他别的奖项又不可能，更别说诺贝尔和平奖了。

和瑞典学院相处得最艰难的应该是苏联。一九五八年，获奖的是非常杰出的鲍里斯·帕斯捷尔纳克，他拒绝了领奖，原因是担心被禁止返回自己的国家。苏联政府把此次授奖看成是一种挑衅。然而到了一九六五年，获奖的是苏联作家中官方色彩最浓的米哈伊尔·肖洛霍夫，苏联当局却对此报以热烈的赞扬。与此相反，当这个奖项五年以后被授予最著名的持不同政见者亚历山大·索尔仁尼琴的时候，苏联政府却暴跳如雷地指责诺贝尔奖是帝国主义的工具。不过话又说回来，我可以确信，在巴勃罗·聂鲁达获奖时，他收到的最热烈的祝贺就来自苏联，有几封祝贺信来自相当高层的领导。"对我们来说，"一个苏联朋友微笑着对我说，"当诺贝尔奖被授予一个我们喜欢的作家时，它就是好的，反过来它就是不好的。"这样的解释一定不像表面看上去的那么简单。其实在我们每一个人的内心深处，都有着同样的判断标准。

瑞典学院里唯一一位能用西班牙语流畅阅读的是诗人亚瑟·伦德克维斯特。是他了解我们作家的著作，提出候选人并为他们进行秘密的战斗。尽管本人很不愿意，但这还是让他变成了一个遥不可及的谜一样的神灵，从某种意义上说我们的文学作品在世界范围的命运就取决于他。不过在现实生活中，他是一位充满童心的老人，有着带些拉丁式的幽默感，住的房子很简朴，让人很难想象他可以决定任何人的命运。

几年前，在这座房子里吃了一顿典型的瑞典晚餐——温啤酒就凉肉——之后，伦德克维斯特邀请我们到他的书房喝咖啡。我被眼前的景象震惊了。那里有数量难以置信的西班牙语写成的书，良莠混杂，几乎所有的书上都有作者的题词，其中有还活着的、已经垂垂老矣的和在等候中死去的。我向诗人提出想看几篇题词，他带着一种同谋共犯似的微笑同意了。大多数题词都写得极为亲切，有几篇则直击心灵，搞得我写题词的时候感觉好像连仅仅签个名字都会显得冒失。这复杂的人心啊，真是见鬼！

一九八〇年十月八日

《国家报》，马德里

无线心灵感应

一天晚上，一位著名法国神经科专家、全职研究员对我说，他发现了人类大脑的一种功能，似乎十分重要。问题只有一个：他没能弄清楚这个发现到底能派什么用处。我怀着真诚的愿望问他，这种功能可不可以控制预感呀、预知梦呀或者传递思想什么的。他对我的唯一回应是用怜悯的眼神看了我一眼。

这样的眼神我在十八年前曾经看到过一次，当时我对墨西哥大学我一个非常要好的、也是研究人类大脑的朋友提出了一个类似的问题。从那时起，我的看法就是，心灵感应和它的种种手法并不是巫师们玩的把戏——那些不相信它的人们总是这样以为的——而是人机体的简单本能，科学鄙视它是因为对其缺乏了解，正像当年人们相信大地是平的而鄙视地圆说一样。如果我没记错的话，我那个朋友承认，在人的大脑中，作用已经被完全认知的区域只占很小一部分，但他不承认，在剩下的那些未知部分，会有一小块地方能预知未来。

我和他开过几个心灵感应的玩笑，有几次还特别明显，不过他始终认为一切纯属巧合。一天晚上，我给他打电话邀请他到我家来吃晚饭，后来才发现厨房里的东西不够用。于是我又给他打了个电话，要他带一瓶葡萄酒过来，那酒的牌子不太常见，还让他再带段腊肠过来。梅塞德斯从厨房里喊了声让他再带块洗盘子的肥皂来，可这时他已经出了家门了。不过，挂电话的时候，我有种特别清晰的感觉，觉得由于某种无法解释的奇迹，这信息他收到了。于是我把这在一张纸上写了下来，免得到时候我那朋友不相信。接下来，完全是为了增加点儿诗意，我又加了一句，最好能再带枝玫瑰花来。过了一会儿，他和他太太来了，带着我们要的东西，也包括我们家里常用的那个牌子的肥皂。"碰巧超市开着门，我们就决定给你们带点儿东西过来。"他们这样对我们说道，口气就像是在找借口。只差那朵玫瑰花。自那一天起，我和我的朋友之间便开始了一场不同的对话，这对话至今还没有结束。我最后一次见到他是在六个月以前，他正专心致志地研究人的意识是存在于脑子里的哪个部位。

正是因为有了这样的谜存在，生命常常出乎我们意料之外，而且因此变得更加美丽。在尤利乌斯·恺撒遇刺的前夜，他的妻子卡尔普尼亚惊恐地发现，虽然没刮一丝风，也没有一点儿动静，所有的窗户一下子全被打开了。许多个世纪以后，小说家桑顿·维尔德把这样一句话加在了恺撒头上，这句话既没在他的战争回忆录里、也没在普鲁塔克和苏埃托尼乌斯魅力无穷的编年史里出现过，却把帝王身上人的本性做了个再好不过的诠释："我统治着这么多的人，可我却被鸟儿和雷声统治。"人类的历史——从年轻的约瑟在埃及为法老释梦时起——一直充满了这一类神奇的东西。我认识一对双胞胎，长得一模一样，他们会在不同城市的同一时间感到同一颗牙在疼，而当他们在一起的时候，又都会感到其中一个人的思想能影响另一个人的思想。许多年以前，我在加勒比海沿岸一个郊区结识了一位江湖医生，他对自己的本事相当自负，只要你把一头牲口长什么样、现在在什么地方告诉他，他就能给这头牲口治病。我亲眼看见：那江湖医生隔着好几里路不知念了句什么咒语，一头被感染奶牛身上溃烂地方的蛆虫便纷纷落到地面。不过在当今的历史上，把这种本领认真运用的例子我只记得一个。那是美国海军干的，他们无法和航行在北极冰盖下面的潜水艇联系，便决定试试应用心灵感应。他们用两个很相像的人，让他们一个待在华盛顿、另一个在潜艇上，试图建立一个系统让他们俩交换思想。试验当然是以失败告终，因为心灵感应是自发的、不可预测的，它不接受任何系统化的做法。这也是它的一种自我保护。一切的预报，无论是一大早的预感还是诺查丹马斯的《百诗集》，都是打娘胎里就编码成形的，只有满足了条件它才能听得懂指令。否则，它就会进入预先设定的自毁程序。

我把这件事讲得这么活灵活现，是因为要说起预知这门科学，在我认识的人里面，最了不起的智者要属我的外祖母。她是一个老派的天主教徒，所以对所有试图预测未来的法子都怀有深深的憎恶，认为它们都是拙劣的把戏。用纸牌也好，看掌纹也好，招灵术也好，全是一路货色。可同时她又精于自己的那一套占卜法。我至今还记得她在我们阿拉卡塔卡那座大房子的厨房里的样子，香气扑鼻的面包从烤炉里取出来的时候，她就会专注地观察上面的各种秘密符号。

有一回，她在剩下的面粉上看见有个09，便翻江倒海地折腾了半天，终于买了一张09号的彩票。没有中奖。不过，一星期后她摸彩赢了个蒸汽咖啡壶，那张票是我外祖父买的，买完就忘在了上个星期穿过的外套口袋里。正好是09号。我的外祖父生了十七个儿子，那时把这样的私生子叫作"自然子"——好像婚内生的都是人造的似的——我外祖母对他们视如己出。他们都分散在沿海各地，可外祖母每天吃早饭的时候都会提到他们每一个人，她会一一通报他们每个人的身体状况和生意往来情形，就好像她和他们之间保持着一种秘密的即时通讯似的。那是个可怕的电报时代，总是在你最意想不到的时候送来，像一阵恐怖的风钻进屋里。电报从一只手传到另一只手里，谁也没有胆量打开，直到最后有人想出一个绝妙的法子，让家里的小孩打开它，好像小孩子的天真无邪就能去掉坏消息带来的霉运。

在我们家就发生过一次这样的事情，头昏脑涨的大人们决定把电报放在炉子旁边不去撕开它，等外祖父回来再说。外祖母却神情淡定面不改色。"是普鲁登西亚·伊瓜兰发来的，告诉我们说她要回来，"她说，"昨天夜里我做了个梦，梦见她已经在回来的路上了。"

等外祖父回到家里的时候，他根本就不需要拆开电报了。他是和普鲁登西亚·伊瓜兰一起回来的，他碰巧在火车站遇见了她，当时她穿了件画着各种小鸟的外衣，手里还捧着一大把鲜花，坚信外祖父会在那里接她，因为有那份神奇的电报在就错不了。

外祖母活到快一百岁才死，她本人一次也没中过彩票。她后来双目失明了，在最后的日子里一直说着胡话，谁也不可能听懂。只要收音机开着，她睡觉的时候就不肯脱衣裳，因为每天晚上不管我们怎么跟她解释，说那播音员没在我们家屋里，她都以为我们在骗她，因为无论如何她都不肯相信，那么一个魔鬼一样的机器，能让人听见别人在另一个遥远的城市里说的话。

一九八〇年十一月二十五日

《国家报》，马德里

世上最古老的新行当

巴黎的秋天突然就降临了，今年它来得很晚，一股冰冷的风吹来，树上最后的金黄树叶飘落一地。咖啡馆的露天座位中午就纷纷打烊，河里的水波也变得浑浊起来，艳阳高照的夏天比往年要长一点儿，此刻也只剩下不时袭上心头的回忆。就好像几个月的时间都浓缩在这短短几个小时里一晃而过。天黑得早了，阴沉沉的，不过谁也没有真心为此伤怀，因为这种雾蒙蒙的天气在巴黎是自然天成，有了这雾的陪伴，巴黎人才觉得更惬意。

在皮加勒区的小街巷里从事皮肉生意的女子中，最漂亮的是一位光彩照人的金发女郎，如果不是站在这种地方，她恐怕会被认作哪位电影明星。她身穿一套黑外衣配黑长裤，这是眼下最受追捧的时尚，冷风吹过来的时候，她又披上一件水貂皮领子的大衣。她正站在杜佩雷大街街口一家酒店对面等着再挣两百法郎的时候，一辆汽车突然在她面前停了下来。驾驶座上另一位衣着华丽的美貌女子从正面向她开了七枪。这天夜里，等警察抓住凶手时，各家报纸上关于这件市郊凶案的消息已是铺天盖地，因为有两处新闻要点使它与众不同。实际上，遇害者和加害者都既非金发又非女郎，他们是两个男人，都来自巴西。

这则消息只不过把欧洲早已尽人皆知的事情摆到了桌面上：现在的大城市里，站街成了男人的行当，生意最好、开价最高、衣着最华丽的都是来自拉丁美洲男扮女装的小伙子。根据报纸上的资料，法国两百名男扮女装的街头工作者当中，至少有半数来自巴西。而在西班牙、英国、瑞士或是联邦德国，因为生意好像更好做一些，人数也更多一些，来源国也更多样化一些。各个国家的情况略有不同，但是在所有的国家，这种世上最古老也是最保守的行当都有了本质上的变化。

大概二十年前我第一次来到欧洲，那时的这种行业算是一个繁荣昌盛、秩序井然的产业。我对妓院的看法偏向于田园诗式的加勒比风，宽敞的院落里人们翩翩起舞，巴旦杏树上挂满五彩缤纷的花环，音乐声中，母鸡东一下西一下地啄食着什么，野味十足的美貌混血女郎从事皮肉生意与其说是为了挣钱，还不如说是为了给自己寻开心，有时甚至身陷情网不能自拔最后为情自杀。有时候，你和她们在一起，倒未必是因为闲得没事干——这是我老妈经常说的话——而是想感受一下她们睡着以后的呼吸声。早餐比家里的还要家常和温柔，无精打采的巴旦杏树下，真正的欢乐从上午十一点才开始。

对于受到如此人性化教育的我，面对欧洲女性严谨的商业意识难免会有点儿沮丧。在日内瓦，她们总在湖边转悠，唯一能把她们同良家妇女区别开来的是她们手里一把张开的花伞，无论雨天还是晴天，也不管是白天还是黑夜，仿佛成了她们那种职业的烙印。在罗马，能听见她们在博尔盖塞别墅区的树林里吹口哨，乍听上去像是鸟儿在鸣叫，而在伦敦，她们则隐没在浓雾中，必须得点亮手中的灯火才能让别人看见她们的踪影，倒有点儿像指引航船的灯塔。在巴黎，这些被那帮上不了台面的诗人和三十年代烂电影美化了的女人最是冷酷无情。不过，在香榭丽舍大街上为那些夜不能寐的人开着的酒吧里，人们也能突然发现她们人性的一面：每当皮条客们对当晚的账目不满而变得蛮不讲理的时候，她们会哭得像女友一样伤心。按说这些从事如此残酷行当的女子都是久经沙场，看到她们心里有柔软的一面也真叫人费解。几年之后，受好奇心驱使，我结识了一位做皮条客的男子并问他，是用了何种铁腕手段才能使这群彪悍无比的女人如此服服帖帖，他冷冷地答了句："用爱呗。"我没敢再往下问，生怕越问越糊涂了。

　　异装者对这个充斥着剥削与死亡的世界的入侵只能使它变得更加肮脏。倘若说这引发了一场什么革命的话，那就是让两个职业并行不悖合二为一：一个是卖淫，另一个就是做自己的皮条客。他们很自立，也很凶悍。有些由于风险太大而被女性放弃的夜间地盘，现在则被他们强势占领。然而在大部分城市里，他们都对女人和她们的皮条客施以沉重的打击，正在逐个征服欧洲最繁华大街的街角。

许许多多的拉丁美洲人正在参与到这场男性主义的升华中来，这既不会让我们丢脸，也不能给我们增光。这只不过是我们这个社会动荡的又一证明，倒也不值得我们过分大惊小怪，毕竟还有更多的事情需要我们操心。

当然，他们中间的大部分都是同性恋者。他们有用硅胶充填而成的完美胸部，更有一些人实现了他们的黄金美梦，通过大胆的手术一劳永逸变成了异性。但是还有许多人没有这样去做，而是用他们借来的，甚至是抢来的武器去讨生活——因为这是种不光彩却有效的方式。有的人有家有口，白天里也有份慈善性的工作，可一到了晚上，孩子们睡着以后，他就换上老婆星期天才穿的衣裳走上街头。还有一些是决定用这种方法完成学业的穷学生。如果运气好的话，那些最老练的一晚上可以挣到五百美元。这样的话——用我太太的话来说，她此刻就在我的身旁——比写作还要强。

一九八〇年十二月二日

《国家报》，马德里

是的，怀念之情一如既往

这是诗歌在全世界范围内的一次胜利。在这个胜利者永远是那些打得最凶的人、得到最多选票的人、踢进最多球的人、最富有的男人和最漂亮的女人的世纪，一个用一生来歌唱爱的男人之死能在全世界引起如此轰动，这本身就很鼓舞人心。这是那些永远也无法获胜的人们发自内心的崇拜。

在四十八个小时里人们谈论的没有别的内容。三代人——我们、我们的儿女还有我们年龄稍大一些的孙辈——第一次觉得我们出于同一个原因正一起经历着同一个灾难。电视台的记者们在大街上问一位八十岁的太太最喜欢约翰·列侬的哪一首歌，她好像一下子变回了十五岁，答道：《幸福是一支温暖的枪》。"一个正在看这个节目的男孩说："他所有的歌我都喜欢。"我的小儿子问一个和他同龄的女孩，他们为什么要杀死列侬，女孩就像已经八十岁一样答道："因为这个世界就要完蛋了"。

　　事情正是如此：你和你的儿子女儿们唯一同享的怀旧之情就来自披头士乐队的歌。当然，每个人拥有如此心情的原因各不相同，心中的痛苦也都不一样，诗歌总是这样的。我永远也不会忘记一九六三年那个值得回味的日子，那是在墨西哥，我第一次有意识地听披头士乐队的歌。从那一刻起，我发现整个宇宙都充满了他们的声音。在我们圣安赫尔的家中，几乎连坐的地方都没有，家里唯有两张唱片：一张是德彪西的前奏曲选辑，另一张就是披头士乐队发行的第一张唱片。在整座城市中，不管什么时候，都能听见人群发出的喊声："Help, I need somebody."①那时，有人又一次把一个古老命题摆到了桌面上，说最优秀的音乐家名字都是以字母 B 打头的：巴赫、贝多芬、勃拉姆斯，还有巴托克。也有一位旧病复发，放出蠢话，要求把莫扎特也加进去。阿尔瓦罗·穆蒂斯，有着音乐界博学人士的通病，对交响乐的喜好到了无可救药的程度，坚持要再加上布鲁克纳。另外还有一位想再次挑起一场支持柏辽兹的战斗。我接过了这个挑战，因为我实在无法克服自己觉得那家伙就是个 "oiseau de malheur"，一只不祥之鸟的迷信念头。而就从那时起，我一直努力要把披头士乐队加进去。埃米利奥·加西亚·里埃拉的意见和我一样，他是一个电影评论家兼电影史家，头脑不是一般清醒，简直有些超自然的意思——特别是在喝下第二杯酒之后，他在那几天里对我说

---

① 本句为披头士歌曲《Help!》第一句歌词，歌词大意为：救命，我需要某个人。

过："我在听披头士乐队的歌的时候，心里总是有点儿害怕，害怕自己在有生之年再也无法忘记他们了。"这是我认识的人中唯一能如此清醒，意识到了自己正在亲历一种怀旧之情的诞生的一个。有人走进卡洛斯·富恩特斯的书房，看见他正在打字机上写作，用的是一只手的一根手指头，这是他一贯的做派，身边烟雾缭绕，放着披头士乐队的歌，音量还开到了最大，世界上的所有恐怖事都与他无关。

事情总是如此，从前我们总是在想自己离幸福太遥远了，可现在我们的想法却完全相反。这正是怀念的花招，它把那些痛苦的时刻提取出来涂上别的颜色，再把它们放回已经不觉得痛苦的地方。就像那些老相片，它们表面似乎都蒙着一层幸福的光芒，从中我们只会惊奇地看到该年轻的时候我们也曾经年轻过，而且那上面不光有我们在，还有房子呀，背景里的树木呀，甚至还有我们当年曾经坐过的椅子。有一回，在战争间歇的夜晚，切·格瓦拉曾经对和他一起围坐在火堆旁的人们说过，怀念之情起于饮食。这话没错，但只适用于人饿着肚子的时候。我却以为，它始于音乐。实际上，从我们生下来那一刻起，我们的过去就在一点点离我们而去，可这一点只有在一张唱片放完时我们才能感觉得到。

这天下午，我坐在一扇飘着雪的阴沉沉的窗前思索着这一切，我已经活了五十多岁了，对自己是何许人却还是不甚了了，也没搞明白自己在这里究竟想干什么，而且仿佛感觉自打我来到这个世界上起到披头士乐队开始唱歌，这时段中间的世界没有任何变化。所有的变化都是在那个时刻发生的。男人们留起了长发和胡须，女人们学会了自然地脱光衣服，人们的衣着和恋爱的方式都有了改变，开始了性解放，也开始为了梦幻而吸食毒品。那是炮声隆隆的越战年月，也是大学生的反叛年月。可需要特别指出的是，也正是在那个年月里，父母和儿女艰难地学习起了新的相处方式，在先前几个世纪的时间里似乎毫无可能的两代人之间的对话就此开始了。

这一切的标志——站在披头士乐队前列的——正是约翰·列侬。他荒诞的死给我们留下了一个充满美丽景象的全新世界。在他最美的歌曲之一《天上的露西》里，有着一匹报纸做成的马，还有一条镜子做成的领带。《爱莲娜·瑞格碧》里——伴着巴洛克式大提琴顽固的低声部——一个忧伤的女孩在刚举行完婚礼的教堂前厅捡拾着米粒。《所有孤独的人，他们都来自何方？》是个没有答案的问题。我们看到麦肯锡神父写着没有人听的布道辞，走出墓园时拍去手上的灰尘，一个女孩在走进家门前摘下自己的脸藏进门旁的瓮里，等出门的时候再重新戴上。这些人物告诉我们，约翰·列侬是个超现实主义者——这个词今天被人们用来随便称呼一切他们觉得怪怪的东西，就像他们这样称呼卡夫卡一样，其实他们未必能读得懂他的作品。而对其他一些人来说，他是一个更加完美的世界里的梦想家，他让我们明白所谓的老人不是上了岁数的人，而是没能及时赶上儿女们那趟火车的人。

一九八〇年十二月十六日

《国家报》，马德里

大年夜的恐怖故事

　　快中午的时候，我们到达了阿雷佐，花了两个多小时也没能找到作家米格尔·奥特罗·席尔瓦在托斯卡纳田园诗般的乡间买下的那座中世纪城堡。这是八月初的一个星期日，烈日炎炎，人声嘈杂，街上到处都挤满了游客，想找到个能打听点儿事的人太难了。在屡试无果之后，我们回到车上，沿着一条没有路标的小路出了城，一位牧鹅的老妇人清楚地告诉了我们城堡在什么地方。分手前，她问我们是不是要在那儿过夜，我们回答说——这也是我们事先就计划好的——我们只在那里吃顿中午饭。"那还差不多，"她说，"因为那座房子里尽闹些吓人事。"我和太太对这种大白天闹鬼的事情本来就不相信，对老妇人轻信鬼神的说法一笑置之。可是孩子们全都因为能认识一个实打实的幽灵而兴奋不已。

　　米格尔·奥特罗·席尔瓦除了是一位好作家外，也是一个出色的东道主和严格的美食家，为我们准备了一顿终生难忘的午餐。因为时间不早了，我们也没来得及在吃饭前参观城堡的内部，不过从外面来看它没有任何恐怖的地方，等到我们在夏日露台上坐下来吃午饭顺便鸟瞰城市全貌的时候，那一点点不安也都烟消云散了。真难以想象，在这些一座接一座盖着房屋的小丘上，总共住了不到九万人，却出了多少名垂青史的人物，比如发明了一种记录歌声的字符的圭多·阿雷佐，再比如了不起的瓦萨里和满嘴脏话的阿雷蒂诺，还有儒略二世和梅塞纳斯本尊，各自时代艺术和文学的两位伟大教父。可米格尔·奥特罗·席尔瓦却带着他那一贯的幽默感对我们说，历史上那些高高的统计数字根本不足以表现阿雷佐最出色的一面。"最最重要的人物——"他说，"要数路德维可。"他就这么说到了他，连姓都省略了：路德维可，艺术和战争方面的大人物，一手建成了这座给自己带来不幸的城堡。

整个午餐时间，米格尔·奥特罗·席尔瓦都在给我们讲路德维可的事情。他给我们讲了他无穷的力量，不幸的爱情，还有他可怕的死亡。他告诉我们，路德维可上一刻还和他的女人在床上缠绵，突然就一时心智迷乱，用匕首杀死了她，接着又放出家养的一群恶犬把自己撕咬成碎片。他还很严肃地向我们保证，一到半夜，路德维可的幽灵就会在黑暗的城堡里游荡，想要逃离他爱的炼狱，以获得片刻的安宁。不过，现在是大白天，我们肚子吃得饱饱的，心里满满都是快乐，只当作这些话是米格尔·奥特罗·席尔瓦说的又一个逗客人开心的玩笑。

实际上，这座城堡很大，阴森森的，这一点在午觉之后我们便有所领教。它的上面两层和其中的八十二间房间，经过历代房主之手已经有了不小的变化。米格尔·奥特罗·席尔瓦重新装修了一层，又让人造了一间现代化的卧室，带有大理石地面，桑拿房、健身房各种设施一应俱全，还有种满鲜花的露台，就是我们刚才吃饭的地方。"这都是从加拉加斯运来的，为的是让路德维可找不着路。"他这样告诉我们。我倒是听说过，世上唯一能让幽灵迷失方向的只有时间的迷宫。

第二层几乎没怎么动过。这曾是使用得最多的一层，然而现在只是一间接一间毫无特色的屋子，里面堆放着各个时代弃置不用的家具。最顶层也是最荒凉的一层，不过这里却原模原样地保存了一个房间，仿佛时间忘了从这里经过。这是路德维可的卧室。那真是神奇的一刻。这里有一张带帷幔的大床，帘幔上用金丝刺绣着图案，装饰着金银绦带的床罩上还留有溅落的被害情人的鲜血。壁炉里炉灰冰冷，剩下的最后一根木柴也已经石化，立柜里武器都挂得牢牢的，还有一幅沉思的骑士的油画画像，应该是当年佛罗伦萨某些大师的作品，只不过他们都没有运气超越自己的时代。不过给我留下最深刻印象的是，不知为什么，房间里弥漫着一股新鲜草莓的气味。

托斯卡纳夏日的白天很长，不慌不忙的，一直到晚上九点钟还能看见远处的地平线。参观完城堡内部，米格尔·奥特罗·席尔瓦又带我们去圣弗朗西斯科教堂参观皮耶罗·德拉·弗朗切斯卡的壁画；然后我们又坐在广场的葡萄架下喝着咖啡相谈甚欢，入夜后有微风吹来的广场更美了，等我们回到城堡想取行李的时候，发现晚餐已经摆上了桌子。于是我们又留下来吃了晚饭。吃晚饭的时候，孩子们在厨房里点了几支火把，到上面黑黢黢的楼层探险。从餐桌这里能听见他们在楼梯上沉重的脚步声，活像一群脱缰的野马，加上一扇扇房门被打开的阴森的吱嘎声，还有他们在废弃房间里快活地大声呼唤路德维可的声音。孩子们突发奇想，提出了留下来过夜的坏主意。米格尔·奥特罗·席尔瓦愉快地站在孩子们一边，搞得我们也没有勇气对他们说不。

　　和我担心的正好相反，我们这一觉睡得还不错；我和我太太睡在一层的一间卧房里，孩子们就在隔壁房间。就在我快要入睡时，我听见客厅那边的座钟敲了十二下，我突然想起了那个牧鹅的老妇人。可那天我们都太累了，很快就进入了沉沉的梦乡，一觉醒来已经是早上七点多钟，窗外阳光灿烂。梅塞德斯在我身旁睡得无忧无虑。"真是蠢透了，"我对自己说道，"这都什么年代了，还有人相信幽灵什么的。"说完我才发现——恐惧猛地袭来——我们并不是在头天晚上睡下的房间里，而是在路德维可的房间里，就在他那张沾满鲜血的大床上。在我们睡着的时候，有人给我们换了房间。

一九八〇年十二月三十日
《国家报》，马德里

神奇的加勒比

苏里南——并不是所有人都知道它——是加勒比海上的一个独立国家，直到不久之前它还是荷兰的殖民地。它占地十六万三千八百二十平方公里，三十八万四千多的人口来自四面八方：有印度人、本土印第安人、印度尼西亚人、非洲人、华人和欧洲人。它的首都帕拉马里博——在西班牙语里我们会把倒数第二个音节重读，可当地人是重读倒数第三个音节——是一个嘈杂而凄凉的城市，不太像美洲城市，倒更有几分亚洲城市的风采。城里除了官方语言荷兰语之外，人们还讲其他四种语言，外加数也数不清的当地方言。居民们有六种宗教信仰：印度教、天主教、伊斯兰教、摩拉维亚教、荷兰新教和路德派新教。眼下这个国家处于一个由青年军官组成的政权统治之下，外界对这个政权知之甚少，连邻国也是如此，如果不是因为一班每星期从阿姆斯特丹飞往加拉加斯的航班在这里经停，谁也不会想起它来。

我很小时就听到过这个国家的名字，倒不是听过它苏里南这个名字——那会儿它还叫荷属圭亚那——而是因为它离法属圭亚那很近，而在后者的首都，卡宴，直到不久前还存在着一个无论在活人还是死人圈子里都臭名昭著的囚犯流放地，叫作魔鬼岛。能从那里逃出来的人极少，不管是心狠手辣的罪犯，还是理想主义的政治家，一旦逃出生天便流散在安的列斯群岛数也数不清的大小岛屿间，直到能返回欧洲，或是在委内瑞拉或哥伦比亚的加勒比海沿岸改换身份定居下来。这些人当中名气最大的要属小说《蝴蝶》的作者亨利·沙里埃，他后来在加拉加斯靠开饭馆兼做其他一些来路不明的生意发了财，几年前他死去的时候，正处在他那转瞬即逝的文学荣耀的顶峰，不过这种荣耀也半是实至名归，半有沽名钓誉之嫌。其实这一荣耀更应归于另一个从那里逃出来的人，一个法国人，对魔鬼岛上恐怖景象的描述比《蝴蝶》这本书要早得多，只是他的名字如今没有出现在任何一个国家的文学史当中，百科全书上也见不到他的名字。他叫勒内·贝尔伯努瓦，先前在法国当记者，出于今天任何一个记者都不可能想得起来的个中原因被判无期徒刑，后来他在美国获得避难权，又得以继续他的记者生涯，最后以高龄体面地死在美国。

有一些逃犯就隐居在哥伦比亚加勒比海岸边我出生的小镇上。那是香蕉热的年代，人们点雪茄烟都不是用火柴而是五比索的钞票。有好几个逃犯被当地居民同化，成了受人尊敬的公民，区别是和当地人相比说起话来有点儿困难，并且对自己的过去讳莫如深。他们中间有一位叫罗杰·昌达尔的，刚来的时候只会一门手艺，那就是不用麻药给人拔牙，却莫名其妙地在一夜之间成了巨富。他不时举行巴比伦式豪华淫靡的盛大聚会——在这样一个令人难以置信的镇子里，巴比伦真是没什么可羡慕的——常常喝得酩酊大醉，死去活来的时候嘴里还要高声喊叫："我是这个世界上最富有的人。"[①] 胡言乱语之中他有时会透出几分慈善家的傲慢——这可是他不为众人所知的一面，他还给教堂捐赠了一尊真人大小的石膏圣像，那次安放仪式变成了一场持续三天的欢乐庆典。某个星期二，三个秘密警察坐十一点的火车来到这里，一下车就直奔他家。昌达尔没在家，但警察还是当着他在当地娶的老婆的面进行了详细搜查。一直到他们想打开卧室里的大衣柜之前，夫人都没有丝毫反抗。几位警察打碎了大穿衣镜，在玻璃和木板之间搜出了藏在那里的一百万美元假钞。自此再也没有人知道罗杰·昌达尔的下落。后来坊间传说，那一百万美元的假钞就是装在那尊石膏圣像里运到国内的，可当时在海关没有一个人想到去检查一下。

所有这些事情都是在一九五七年的圣诞节前突然重现在我的记忆中的，当时我乘坐的航班要在帕拉马里博做一个小时的停留。机场只有一条压平了的土跑道和一间用棕榈叶搭起来的小屋。小屋中间的柱子上安着一台只有在牛仔电影里才看得到的那种电话，上面有个摇柄，得使劲摇很多下才能接通。天气热得让人吃不消，静止

---

① 原文为法语。

的空气里全是灰尘，还有一种沉睡中的鳄鱼的气味，你要是从外地来，一闻见这个气味就知道是到了加勒比了。靠着电话杆有张椅子，上面坐着一位美丽、年轻又身材结实的黑人姑娘，头上缠了一条非洲一些国家的妇女常用的花花绿绿的头巾。她怀着孕，看样子快生了，静静地以一种我只在加勒比地区看见过的方法抽着雪茄：带火的那头叼在嘴里，烟从另外一头吐出来，活像是一艘船上的烟囱。这是整个机场里唯一一个大活人。

一刻钟以后，一辆老掉牙的吉普车伴随着一阵热气腾腾的尘土雾驶来，下来一个身穿短裤、头戴软木凉帽的黑人，手里拿着几张纸来给飞机办手续。他一面办理手续，一面大声用荷兰语打着电话。十二个小时之前，我还在里斯本临海的一个阳台上，临着葡萄牙无边无际的大洋，看着一群一群的海鸥钻进港口的小酒馆里躲避冰冷的寒风。而此时此刻，欧洲这片古老的土地上到处白雪皑皑，每天的日照时间不超过五个小时，无法想象世上还有像我们刚刚降落之处这样艳阳高照、空气里飘着腐烂的番石榴气味的地方。不过，在那次的经历中，唯一能在脑海里保留到现在，而且被我原模原样记着的，就只有那个安静漂亮的黑人姑娘，她大腿上放了只篮子，里面装着一块一块的姜根，是打算卖给乘客的。

现在，我又一次从里斯本飞往加拉加斯，又一次经停帕拉马里博，第一个印象就是我们是不是飞错城市了。如今的航站楼是一座明亮的大楼，有着大块的落地玻璃窗，大厅里开放着的冷气似有似无，浮动着像是给孩子们喂的药水的气味，同时一遍遍地播放着世界各地的公共场所都在播放的那种罐头音乐。楼里有各种奢侈品的免税店，和日本的一样品种繁多、货源充足，还有一家人头攒动、吵吵嚷嚷的咖啡厅，这个国家的七个人种、六种宗教以及数不清的语言全都混杂其间。这样的变化哪里像是只隔了二十年，简直就像是过了好几个世纪。

我的老师胡安·博什，除了别的许多成就之外，还写了一本有关加勒比地区的鸿篇巨制，有一次他曾私下对我说起，我们这个神奇的世界就像种甚至能从水泥下面一次次冒出头来的顽强植物，它可以被轧烂被碾碎，却仍能在原地再次绽放出花朵。当我从帕拉马里博机场随便找了一扇门走出去的时候，眼前的情景使我对他的这番话有了更深刻的理解。我看见一排老妇人坐在那里，一个个都面无表情，清一色的黑人，每个人头上都缠着花花绿绿的头巾，每个人都把雪茄烟点着的那头叼在嘴里抽着。她们卖的是水果和当地的手工艺品，却没有一个人去卖点儿力气招徕顾客。她们当中只有一位年龄不算太大的在卖姜根。我立刻认出了她。因为不知道怎么和她搭话，也不知道这次碰见她应该做些什么，我买了她一小把姜根。买的时候，我想起了上一次见到她的时候她的状况，便直接问了她一句您儿子好吗。她连看也没看我一眼。"不是儿子，是个女儿，"她说，"二十二岁了，刚给我生了第一个外孙子。"

一九八一年一月六日

《国家报》，马德里

让诗歌成为孩子们力所能及的事情

去年，某文学老师通知我一个好朋友的小女儿，她的期末考试题目将会和《百年孤独》有关。自然，小姑娘被吓坏了，不光是因为她没读过这本书，还因为她另有好几门更难对付的课程要兼顾。幸亏她的父亲接受过比较系统的文学培养，对诗歌的理解感受也优于常人，为她制订了一个水平相当高的强化培训计划，以保证姑娘后来去考试时这方面的知识比她的老师还要强出许多。不过，老师向她提出了一个完全出乎她意料的问题：《百年孤独》这本书的书名里出现了一个反着印刷的字母，这是为什么？老师指的是布宜诺斯艾利斯发行的那一版，封面由画家维森特·罗霍设计，确实有一个字母是反着的，那是他受到绝对独立的灵感启示设计出来的。小姑娘当然回答不出这个问题。我把这件事告诉维森特·罗霍的时候，他说换了他也一样回答不出来。

就在同一年，我的儿子贡萨洛需要回答一份文学方面的问答卷，一份在伦敦出的入学试卷。有一道题是这样的，问《没有人给他写信的上校》中的那只公鸡有何象征意义。贡萨洛对自己家里的风格太了解了，抵挡不住和那位身在远方的学者开个玩笑的诱惑，回答道："那是只金蛋孵出来的公鸡。"后来我们得知，得到最高分的学生是这样按老师的讲解回答的：上校的公鸡象征着深受压迫的人民的力量。我知道以后，又一次为自己在政治上的好运气而兴奋，因为其实我一开始为这本书设计的结局是上校拧断了那只公鸡的脖子，用它煮了一锅汤以示不满，只不过到了最后一刻我又改变了主意。

好多年以来，我一直在搜集糟糕的文学课老师误人子弟的例子。我认识一位心肠极好的老师，在他眼里，胖胖的、贪得无厌、没有心肝的祖母从纯真的埃伦蒂拉身上榨取钱财索债，象征了资本主义的贪婪。一位天主教教会老师告诉学生，美人儿蕾梅黛丝升天这个情节是圣母玛利亚灵肉升天的一种诗意移植。另一位老师用了整整一节课的时间讲解赫伯特，我一篇短篇小说里一个大把撒钱、替所有人排忧解难的人物。"这是一种对上帝的美妙比喻。"老师这样说。真正让我大吃一惊的是巴塞罗那的两位评论家，他们发现，《族长的秋天》这本书和贝洛·巴托克的《第三钢琴协奏曲》在结构上完全相同。这给我带来了极大的快乐，因为我一向崇拜贝洛·巴托克，特别是他的这首钢琴协奏曲，可到现在我也没能弄懂那两位评论家所说的相同指的是什么。哈瓦那人文学院的一位文学老师花了好多时间分析《百年孤独》，最后他得出结论——这结论让人喜忧参半——说这部小说没有提出任何解决问题的办法。凡此种种，都让我确信一点：这一类的解读技巧从长远来看最终都会成为一种新的虚构创作，有时甚至会沦为胡诌。

我应该是属于那种非常天真的读者，因为我从来没想过，小说家们除了字面的意思之外还想表达什么别的言外之意。当弗朗茨·卡夫卡说格里高尔·萨姆沙早晨一觉醒来变成了一只巨大的虫子时，我并不觉得这有什么象征意义，我唯一好奇的是他到底变成了什么样的生物。我相信，在某个时代，地毯是真的可以飞起来的，而某些瓶子里也真的曾经装进过被囚禁的精灵。我相信，巴兰的驴子是说过话的——就像圣经里说的那样，唯一遗憾的是没能把它的声音录下来。我也相信约书亚用他的号角吹倒了耶利哥的城墙，唯一可惜的是没有人把那摧毁一切的音乐记录下来。最后，我相信玻璃硕士——塞万提斯书里的——真的是玻璃做的，就像他自己在发疯的时候所认为的那样；我也真的相信那个欢乐的现实，巨人高康大一泡尿浇在了巴黎的大教堂上 [①]。还有，我更相信，诸如此类的奇迹还在继续发生，如果我们看不见它们，大半都怪那帮糟糕透顶的文学老师往我们脑子里塞进了太多蒙昧主义的唯理性论。

我对教师这个职业深怀敬意，更准确地说是怀有一种敬爱，而正因为如此，看到他们成为某种教育体系的牺牲品、被迫说一些蠢话时，我总是感到很痛心。一个令我终身难以忘怀的人就是从我五

[①] 出自法国文艺复兴时期小说家拉伯雷创作的长篇小说《巨人传》，作品讲述了巨人国王高康大及其儿子庞大固埃的故事。

岁起教我阅读的女教师。她是个美丽聪慧的姑娘，从不希求做超出自己能力范围的事，她是那样年轻，随着时光的流逝，甚至变得比我还要年轻。是她在课堂上给我们读了人生中听到的最初的诗歌，它们被我深深地记在脑海里永世难忘。我以同样感恩的心情记起了我中学的文学课老师，他是一个简朴而谨慎的人，引领我们在文学的迷宫中穿行而从不矫揉造作地过度解读。这种方法使我们这些学生能更自由、更个人化地体会诗歌的奇妙之处。总之，一堂文学课应该只是对阅读的良好引导。任何其他的企望都只会让孩子们感到害怕。这就是我作为过来人的看法。

一九八一年一月二十七日

《国家报》，马德里

生命之河

唯一能让我想重新当一遍孩子的事情，就是乘上一条船，顺着马格达莱纳河再去游览一番。那些当年没有做过这件事的人，根本无法想象那是一种什么样的情景。我曾经一年两次——一次去，一次回——做这样的旅行，中学六年加上大学两年期间一直如此，每次从生活中学到的都比在学校里学到的更多更好。在水量充沛的季节，从巴兰基亚走到萨尔加港逆流而上的旅行要花上五天时间，到达后再从那里坐火车到波哥大。在旱季，也是出行最频繁、最开心的季节，这段旅程有时长达三个星期。

火车从萨尔加港开出，整整一天都顺着怪石嶙峋的山梁向上爬行。在最陡峭的路段，它会向下溜上一小段，再一鼓作气冲上去，像一条巨龙一样气喘吁吁。有时候为了减轻火车的载重，还会让乘客下车步行爬到下一个山梁上。沿途的村庄都是冷冰冰、凄凉凉的，一辈子靠兜售讨生活的女商贩们沿着车窗叫卖黄澄澄的整只大烧鸡，她们卖的奶酪土豆吃起来有一股医院伙食的味道。火车到达波哥大是下午六点钟，正赶上这个城市进入它最难过的时刻。城市死气沉沉、寒风刺骨，有轨电车吭当吭当地在拐弯时擦出一溜火星，混杂着油烟的雨水下个不停。男人们上下一身黑衣，戴着黑色的帽子，个个都像是有什么急事似的行色匆匆，街上一个女人都看不见。可我们得在那里待上一年时间，装作学习的样子，其实心里都只盼着十二月快快来到，这样我们就又可以去马格达莱纳河上航行了。

那个时代的轮船都是三层的，有两根大烟囱，夜间开过去的时候就像一个灯火通明的小镇子，在身后留下一缕细细的音乐，也给沿岸村庄的人们留下种种缥缈的幻想。和密西西比河上的轮船不同，我们这些轮船的推进轮不是在船的侧舷，而是在船尾，在世界上任何地方我都没再看见过这样的轮船。轮船的名字起得直截了当、朗朗上口："大西洋号""麦德林号""卡罗船长号""大卫·阿朗戈号"。船长们就像康拉德笔下的人物一样，有点儿不讲理，却都是些好心肠，吃起东西来像野人一样，从来都不会在远远的舱房里独自睡觉。船员都自称"水手"，这有点儿牵强，好像他们是在海上航行一样。可到了巴兰基亚的酒馆和妓院里，和真正在海上航行的水手混在一起时，他们有个绝对不会弄混的名字：开汽船的。

白天里轮船走得很慢，能看到各种稀奇古怪的东西，我们这些乘客会坐在顶层甲板上消磨时光。岸边的鳄鱼像一段段树干，全都张着大嘴，等着有什么东西落入口中好饱餐一顿。轮船过处，尾浪惊起一群群鹭鸶直上长空，河旁的沼泽里有大群的野鸭，鱼儿成群结队地游过，几只海牛正忙着照顾它们的小宝宝，吼叫声就像是在广阔的河岸上唱歌。有时你的午觉会被一阵令人作呕的奇臭打搅，那是一头淹死的奶牛被泡涨的尸体，一动不动地顺着水流漂下来，肚子上还孤零零地站立着一只秃鹫。在整个旅程中，每天早上你都会被猴群和鹦鹉的喧闹声吵醒。

现如今，要是你说在飞机上认识了一个人，会显得相当稀罕。在马格达莱纳河的轮船上，所有的乘客最后都变得像一家人，因为我们大家都约好每年乘同一班船。埃尔哈赤一家在卡拉马尔上船；佩尼亚一家和德尔托罗一家——他们都是鳄鱼人的老乡——在帕拉图上船；埃斯托尔尼诺斯一家和比尼亚斯一家在马甘格上船；比利亚法内斯一家在埃尔班科上船。随着旅程的推进，场面也越来越热闹。我们的生活就这样和一站又一站的村镇联系在了一起，时间短暂却令人难忘，许多人的命运也就此永远交织在一起。维森特·埃斯库德罗是个医科大学生，未曾收到邀请便去参加了加马拉的一次婚礼舞会，没得到允许就和镇子上最美的女子跳了舞，结果被她的丈夫开枪打死。也有相反的例子，佩德罗·巴勃罗·纪廉在巴兰卡韦梅哈醉醺醺地和他喜欢上的第一个女孩结了婚，直到现在还和她过得十分恩爱，他们生了九个孩子。还有那难得一遇的何塞·帕伦西亚，他是个天生的音乐家，有一次跑到特内里费参加鼓手大赛赢了一头奶牛，当场卖了五十个比索——在那年头这可是一笔不小的财富。有时候轮船会搁浅在某处沙梁上，一停就是十五天。谁都不会着急上火，因为可以继续狂欢，船长会给你开个证明，再盖上他朋友的印戳，这样你晚到学校就有了正当的理由。

一九四八年的一个夜晚，那是我最后一次乘船旅行，我们被岸边一阵撕心裂肺的凄惨叫声惊醒。鼎鼎有名的克利马科·孔德·阿韦略船长下令打开探照灯寻找叫声的来源。是一只母海牛被困在了一棵倒下大树的树枝间。"开汽船的"纷纷跳下水去，用绞盘上的绳索捆住它，把它拖了出来。那是只神奇的动物，看着就叫人心疼，有将近四米长，皮肤白白光光的，身体像女人一样，有着慈母般大大的乳头，一双忧伤的大眼睛像人一样流着泪。那是我第一次从孔德·阿韦略船长嘴里听说，如果再这样杀害河里的动物，这世界就要完蛋了，他不允许从他的船上开枪。"谁要是想杀人，给我回家杀去，"他这样喊道，"别在我的船上干这种事。"可谁也没有理睬他的话。十三年后——一九六一年一月十九日这天，一个在墨西哥的朋友给我打来电话，告诉我"大卫·阿朗戈号"轮船在马甘格港着了火，烧成了一堆灰烬。挂上电话时，我心里突然涌上一种恐惧的感觉，觉得就在那一天，我的青年时代结束了，那条我们日思夜想的河也已经见鬼去了。

它的的确确是见鬼去了。马格达莱纳河已经死去，河水里有了毒，它怀抱里的动物也全都灭绝了。一群记者提出了这个问题，从那时起，政府也开始大谈河流的恢复问题，但这一切都只不过是一场消遣人心的闹剧。只有经过四代人，也就是说整整一个世纪持续不断的强化努力，马格达莱纳河的复原才会成为可能。

林地复育说起来好像很容易，但这实际上意味着要在马格达莱纳河两岸种植 59,110,000 棵树木。我想把这个数字换个方式再说一遍：五千九百一十一万棵树。可是最大的问题并不在于种还是不种这些树，而是这么多的树要种在哪里。因为河流沿岸能用的土地几乎全是私有家产，要把这些树都种下去需要占据这些土地的九成。试问，有多少业主舍得让出他们九成的土地用来种树，放弃自己眼下百分之九十的收入呢？

此外，不光是马格达莱纳河受到了污染，它所有的支流也都一样。它们连上了沿岸城镇乡村的下水道，把工农业垃圾连同动物和人类制造的排泄物和垃圾都冲积下来，再汇入全国性秽物聚集地——庞大肮脏的灰烬之口。去年十一月，在托凯马，两名游击队员为逃脱军队的追捕跳进波哥大河，他们逃过了追兵，却险些因在水中感染送了性命。马格达莱纳河沿岸，特别是下游的居民，很久以来连纯净水都不敢用不敢喝，活蹦乱跳的鱼都不敢吃了。用一些妇女的话来说，他们能接收到的只有纯净的屎。

这项工程是巨大的，不过恐怕也是能想到的最好办法了。几年前一个哥伦比亚与荷兰的联合委员会就提出了一个需要做些什么的完整规划，这个三十卷的规划眼下正在水文气象研究所的档案库里睡大觉。组织这项浩大工程的副主任海若·穆里约是一个来自安蒂奥基亚省的年轻人，他把自己的前半生献给了这项工程的研究，研究工作还没做完，他就献出了剩下的后半生：淹死在了寄托着他毕生梦想的河流中。与之相反的是，在最近这些年里，没有一个总统候选人愿意冒被淹死在这条河里的风险。马格达莱纳河沿岸村镇的居民们——再过几天他们就要随着"海螺号"的航行站在国家意愿的最前列——应该知道这一点，并且记住，从翁达到灰烬之口，有足够的选票选出共和国总统。

一九八一年三月二十五日

《国家报》，马德里

我心中的玛丽亚

大约两年前，我给墨西哥电影导演海梅·翁贝托·埃莫西约讲了我生活中的一件真事，希望他能把它拍成电影，可当时我觉得他并没有太上心。然而，两个月后，他突然毫无预兆地跑来对我说，脚本的初稿已经成形了，下面我们要做的就是一起把终稿定下来。在构建主人公的性格特征之前，我们先商定了能把他们诠释得最好的两个演员：玛丽亚·罗霍和埃克托尔·博尼利亚。此外，这样做还有一个好处，就是可以指望他们俩和我们一起撰写某些对白台词，甚至可以留下一些桥段让他们在拍摄过程中用自己的语言即兴发挥。

这段故事里我唯一落到实处用笔写下来的就是——自许多年前在巴塞罗那从别人那儿听说它起——一个作业本上几条零散的笔记和一个初步拟定的名字："不，我只是来打个电话"。然而到了检查脚本的时候，我们都觉得这个名字不太合适，于是又临时给它起了一个："我的爱人玛丽亚"。再后来，海梅·翁贝托·埃莫西约才最终给它定了这个名字："我心中的玛丽亚"。这是最适合这段故事的影片名，它不仅与剧情吻合，而且风格一致。

电影的拍摄是大家齐心协力完成的。创作者、演员和技术人员勠力同心，手头唯一的一笔流动资金是韦拉克鲁斯大学提供的两百万比索——也就是说，大约八万美元，用电影界的话来说连买甜点都不够。电影用十六毫米彩色胶片拍摄，历经九十三天的高强度工作完成，而且是在酷热难当的波尔塔雷斯区——在我心目中最具特色的墨西哥城城区。我对这个区太了解了，因为二十多年前，我在这个区一家印刷厂的装订车间工作过，每个星期总有至少一天，下班后我会和那些手艺精湛的师傅、也都是我最要好的朋友们一起到街区的小酒馆里痛饮一番，喝到恨不得把店中灯里面的酒精都倒出来喝光的地步。我们都觉得这里简直是《我心中的玛丽亚》天造地设的取景地。我看了刚杀青的电影，很高兴地证实了我们并没有搞错。它棒极了，温柔的同时又残酷无情，从放映厅出来时，我感觉自己被一股怀旧之情深深震撼。

女主人公玛丽亚在现实生活里是一个二十五岁上下的姑娘，刚嫁给一个公共事业的职员。一天下午，大雨倾盆，她独自开车行驶在一条空空荡荡的公路上，车突然抛锚了。对往来车辆打手势求助整整一个小时都是徒劳，最后终于有一辆大巴车的司机对她起了恻隐之心。其实车带不了她走多远，但足够让玛丽亚找到一个有电话的地方，好打给她丈夫叫他来接她。她做梦也想不到，那辆坐满了一群无精打采的女人的包租汽车竟就此揭开了她本不该遭遇的荒唐一幕，由此彻底改变了她的人生。

天黑了下来，雨还在下个不停，大巴开进了某个自然公园中间一座阴森森大楼的院子里。那群女人中间一个带队的用对小孩子说话的口气命令她们下了车，仿佛她们是一群小学女生。只不过她们其实是一群面容憔悴、心不在焉的成年女子，走起路来不像这个世界的人。玛丽亚是最后一个下的车，她现在倒不操心什么下雨不下雨的了，反正从里到外都湿透了。带队的女人把她们这群人交给了出来迎接的几个人，便又上车走了。直到此时，玛丽亚还没有察觉到，那三十二个安安静静的女人其实都是从别的城市送过来的病人，自己来到的地方是个疯人院。

在大楼里，玛丽亚从队里走出来，问一位女工作人员哪里可以打电话。正在引导病人的一个女护士让她回到队伍里，并甜甜地对她说："在这边，美女，这边有电话。"玛丽亚和其他女人一起沿着一条暗暗的走廊走着，直到走进一间集体寝室，护士们开始为她们分配床铺。她们给玛丽亚也分了一张床。玛丽亚看见她们搞错了，觉得挺好玩，便对一个护士解释说自己的汽车在公路上抛锚了，她只是需要给丈夫打个电话。护士假装很用心地听完她的话，又把她带回她的床跟前，想说几句好话让她安静下来。

"知道知道，美女，"她对玛丽亚说，"只要你表现好，给谁打电话都没问题。可现在不行，明天再说吧。"

玛丽亚突然明白自己马上就要落入一个致命的陷阱，便飞一般地从寝室逃了出去。没等她跑到大门口，一个壮汉警卫便一把扭住了她，在另外两名警卫的帮助下给她套上了拘束衣。又过了一会儿，因为她不停地叫喊，他们给她注射了一针镇静剂。第二天，鉴于她一直坚持反抗，他们又把她送进了狂暴病人室，用高压冰水水枪冲得她精疲力竭。

　　午夜过后，玛丽亚的丈夫确认她没在任何一个熟人家里，便报警说她失踪了。第二天，她开的那辆汽车——此时已被小偷拆了个七零八落扔在那里——被发现了。两个星期后，警察宣布结案，给出的好心解释是玛丽亚厌倦了短暂的婚姻生活，和别人私奔了。

　　那时，玛丽亚仍然没能适应疗养院里的生活，不过已经温顺了许多。她仍然拒绝参加女病人们的户外游戏，但也没人再强迫她这样去做。毕竟，医生们都说，一开始都是这样的，不过迟早她们都会融入团体生活中去。在被幽禁了快三个月的时候，玛丽亚终于获得了一位外来访客的信任，那人答应给她的丈夫传个消息。

　　紧接着的星期六，玛丽亚的丈夫来探望了她。在接待室里，疗养院的院长用非常令人信服的话语向他介绍了玛丽亚的现状，还告诉他怎样才能帮助她恢复健康。院长提醒他，病人最痴迷的念头就是打电话，还教他在探望时应该采用什么方式，才能避免病人再一次陷入狂躁发作。就像人们常说的那样，最重要的就在于顺势而为。

　　他果真是一字不差地遵照医嘱行事，可第一次的探访还是糟得不能再糟了。玛丽亚不顾一切地要跟丈夫离开这里，最后人们不得不再一次用拘束衣制服了她。不过，在之后的探访中，她一次比一次显得更温顺，于是丈夫每个星期六都去探访她，每次都给她带一磅巧克力糖去，最后医生们发话了，对他说这礼物对玛丽亚不太合适，因为她的体重在不断增加。从此，他就只给她带玫瑰花。

一九八一年五月五日
《国家报》，马德里

如同受难的鬼魂

我第一次听人讲起那个老花匠的故事是在好多年以前了。老花匠是在维西亚庄园里自杀身亡的，那是一处掩映在大树中的漂亮房子，位于哈瓦那郊区，作家欧内斯特·海明威的大部分时间就是在那里度过的。打那时起，我就一而再再而三地听人讲起过这个故事，而且每次都说法不一。流传最广的版本是这样的：因为老花匠坚持违背他的意志修剪树木，海明威决定解雇他，于是他才下决心走了极端。人们期望海明威会在自己的回忆录里——如果他写了回忆录的话——或者在他死后发表的某一篇文章里说出真相。但是，看来他没有这样做。

所有的不同版本在一点上都是一致的，那就是早在海明威买下这座房子之前，老花匠就在这里工作，而且他的失踪很突然，且没有任何合理的解释。四天之后，根据猛禽们准确无误的指引，人们在一口井的井底发现了他的尸体，那口井是挖出来给海明威和他当时的大美女妻子玛莎·盖尔霍恩提供饮用水的。但是，曾对海明威在哈瓦那的生活做过细致研究的古巴作家诺贝托·富恩特斯不久前公布了另一个不同的说法，它也许更符合这次有争议的死亡事件的真相。这座房子原先的总管告诉他说，发现死尸的那口井并不是供应饮用水的，而是游泳池水的来源。总管还说，他们经常会往井里撒一些消毒药片，虽然从数量上恐怕不足以消除一具完整尸体的毒素。不管怎么说吧，后一种版本推翻了最初的说法，因为按照那种太过文学演绎的说法，整整三天时间里，海明威夫妇一直在喝泡着死人的水。人们还传说作家说过这样一句话："我们感到的唯一不同就是水变甜了。"

有许许多多吸引人的故事——书面的也好，口头的也罢——就是这样永久流传下来的，与其说是留在记忆中，不如说是留在了人们的心底，我们每个人的生活中都充满了诸如此类的故事，这个就是其中之一。也许这就是所谓文学中那些受难的鬼魂吧。这里面有一些是诗歌的臻品，你一见不忘，不会去追问究竟是什么人创作了它们；也有一些是我们随耳听来的，至于到底是听谁说的我们也没想到去弄个究竟，时间一长，连我们自己也搞不清楚究竟是不是做梦梦见的。所有这些故事里，毫无疑问最美的、也是最出名的一个要数那个刚出生不久的小耗子的故事，它第一次跑到洞外面去时碰见了一只蝙蝠，便惊奇万分地跑了回去，一面高叫着："妈妈，我看见天使了。"另一个故事也是从真实生活中来，却大大超过了一般的虚构创作，它说的是一九七二年十二月二十二日这天清晨，一个马那瓜的无线电爱好者试图和世界上任意一个地方取得联系，想告诉人们这个城市已经被一次地震从世界地图上完全抹去了。在忙了一个小时，发现仪表盘上传来的依然只有咝咝的声音时，一个更现实主义的朋友用一句话说服他放弃了努力。"没用的，"那朋友说，"全世界到处都一样。"还有一个故事，和上面这个一样真实，讲的是巴黎交响乐团的遭遇——差不多十年前，他们遇到了一件连弗朗茨·卡夫卡都意想不到的事，差点儿就此解散完蛋：指定给他们用以排练的楼房里只有一部水压电梯，一次只能上四个人，八十名乐师从早上八点开始上楼，四个小时后，当所有人都上了楼，又到了该下楼吃中午饭的时候了。

在众多读第一遍就会觉得精彩至极，之后一有机会便会反复回味的故事中，按我的品味来说，排在第一位的应该是 W.W. 雅各布斯的《猴爪》。我记忆中能称得上完美的故事只有两篇：这算一篇，还有一篇是爱伦·坡的《瓦尔德马尔病例中的事实》。只不过对于后者的作者，我们连他内衣的质量都一清二楚，对前者的创作者则知之甚少。在我认识的博学之士中，也没有几个能说得出来他名字里的两个缩写字母到底代表着什么，除非去查一下百科全书，我也是刚刚查到：威廉·魏玛克。他生于伦敦，一九四三年也死于伦敦，死时年方八十，他留下一部共十八卷的作品全集——尽管百科全书里没有提到——在图书馆里能占据六十四厘米的位置，然而他全部的荣耀都来自那篇只占了五页纸的大师级杰作。

最后，我多想记起来——而且我知道，再过几天就会有某位仁慈的读者来告诉我——是哪些作家曾创作了这样两篇故事，它们彻底激发了我青年时代的文学激情。第一篇讲的是一个绝望的人从十楼跳下，直落向大街，在坠落的过程中他透过窗户逐一看见了一家家邻居的私密生活，有家庭里的小悲剧，有偷情，也有短暂的幸福时光，都是你在公共楼梯间里根本看不到的事情，因此，就在他的身体撞上街道水泥地面的那一瞬间，他对这个世界的观念有了彻底的改变，结论是他越过那道伪门①永远放弃的生活还是值得一过的。另一篇故事讲的是两个探险家在雪地里迷了路，在度过了三个痛苦的日夜后，他们终于找到了一间废弃的小茅屋。又是三天过去，其中的一位死去了。幸存的那一位在离小屋一百来米远的雪地里挖了个坑，把尸体埋了下去。谁知到了第二天，当他从宁静的梦境中醒来时，他发现同伴又回到了茅屋里，确实是死了，而且冻得硬邦邦的，像个正式来访的客人一样对着他的床坐着。他又把尸体埋了，而且埋得更远，可到了第二天早上，尸体又坐在了他的床对面。最后他疯掉了。人们从他写到那天为止的日记里知道了他的真实故事。对这个谜一样的事件的解释多种多样，其中有一种看上去最为可信：这个幸存者被孤独折磨得太厉害，正是他自己在梦魇中把清醒时埋葬的尸体挖了出来。

我觉得在一生中给我留下最深刻印象、最荒唐同时也最彰显人

① 指自杀。

性的故事，是有人在一九四七年对里卡多·穆尼奥斯·苏伊讲过的那个，当时他正在西班牙托雷多省的奥卡尼亚监狱坐牢。那是一个内战开始头几天就在阿维拉监狱被枪决的共和派俘虏的真实故事。行刑队在一个冰冷的早晨把他从牢房里提出来，他们得一起走过一片白雪覆盖的原野才能到达刑场。国民卫队的人身穿御寒的大衣，戴着手套，头上还戴着三角帽，可即便裹得严严实实的，在穿过那片冰封的荒原时他们仍冻得瑟瑟发抖。那个可怜的俘虏，只穿了件绽开线的呢子夹克衫，唯有不断搓一搓自己冻僵的身体，一面大声抱怨天太冷了。到了后来，行刑队的指挥官实在受不了这样的抱怨，大声呵斥道：

"他妈的，大冷天的别装什么烈士了。你想想我们几个吧，待会儿还得走回去呢。"

一九八一年五月十二日

《国家报》，马德里

再谈文学与现实

我们这个毫无节制的现实给文学提出的一个很严肃的问题就是
词汇的贫乏。当我们谈到河流的时候，一个欧洲读者能想象到的最
多无非是两千七百九十公里长的多瑙河。如果不给他描绘一下，很
难让他想象五千五百公里长的亚马孙河是个什么样子：站在帕拉州
的首府贝伦根本看不到对岸，河面比波罗的海还要宽。当我们写下
"风暴"这个词的时候，欧洲人会想到电闪雷鸣，但很难让他们理
解我们想表达的这种现象的含义。"下雨"这个词也是一样。在安
第斯山脉，有的风暴可以持续五个月之久，一个叫萨维耶·马尔米
耶的法国人是这样向他的同胞描述的："对于那些没见识过这样风暴
的人来说，他们完全想象不出它们发生时的威力有多大。一连几个
小时，一个接一个的闪电就像是血流的瀑布，大气在持续不断的雷
声里颤抖，爆炸声在广袤的大山深处隆隆回响。"他的这些描述当

然算不上什么了不起的杰作，但足以让那些最不轻信人言的欧洲人害怕得浑身发抖。

这一来就有必要创建一套新的词语体系来适应我们这个现实的规模。能说明这种必要性的例子不胜枚举。荷兰探险家 F. W. 尤普·德·格拉夫在本世纪初到过亚马孙河的上游地区，说他曾遇到一条沸腾的小溪，五分钟就可以把鸡蛋煮熟，还说他到过一个地方，在那里不能高声说话，因为会立刻降下倾盆大雨。在哥伦比亚加勒比海沿岸的一个地方，我曾看见一个人对着一头耳朵里长了虫子的奶牛念咒语，又亲眼看见那些虫子一条条死去掉落下来。那人还说，只要把牲口的长相告诉他，再给他说说这头牲口在什么地方，也可以远距离做这种治疗。一九〇二年五月八日，马提尼克岛上的培雷火山爆发，几分钟里就摧毁了圣皮埃尔港，把那里的三万居民全都埋在了熔岩之下。只除过一人：卢德格尔·西尔巴里，他是那里的唯一一个犯人，当初为了不让他脱逃，专门为他建造了一座坚不可摧的单人牢房，正是这牢房保护了他免遭劫难。

就说在墨西哥吧，要想表现这个国家不可思议的现实，可得写出好多卷厚厚的书来。我在这里住了二十多年了，还可以一连几个小时——就像我过去好多次做过的那样——观察一只瓦罐里的豆子怎样蹦蹦跳跳。好心肠的当地人给我解释说，那些豆子能蹦起来是因为里面寄居着一种幼虫，可这种解释太缺乏说服力了：这中间的奇妙之处不在于豆子会蹦是因为里面有虫子，而是豆子里面有虫子竟能让它会蹦。第一次看见一只美西螈（墨西哥钝口螈）也是我生命中一次奇异的体验。胡里奥·科塔萨尔在他的一篇故事里说，他是在巴黎植物园里看到这种蝾螈的，那天他本来是想去看狮子的。经过水族馆的时候，科塔萨尔这样描述道："我避开那些毫无特点的鱼类，不期然见到了美西螈。"最后他这样说道："我盯着它们看了一个钟头才离开，满脑子再也想不了其他事。"那天我在帕茨夸罗村也是一样，只不过我不是看了它一个钟头，而是整整一个下午，而且后来又去过好几次。然而，在那里还有个东西比这种动物本身更让我印象深刻，是钉在那所房子门上的一个牌子，上面写着："出售美西螈糖浆"。

这种不可思议的现实在加勒比地区最为浓厚，实际上向北它扩张到美国南部地区，向南一直延伸到巴西。请诸位不要把这想象成一种扩张主义的胡言乱语。不：这是因为加勒比并不像地理学家们以为的那样，仅仅是一个地理概念，它是一种颇具同一性的文化区域。

在加勒比地区，在新大陆发现之前就存在的原始信仰和魔法概念的元素加上大量各式各样的文化的融合，在其后的岁月里汇聚成一种奇异的混杂，它在艺术方面的追求和自身的艺术生命力是无穷无尽的。非洲文化的加入是被迫而不光彩的，但后来居上。在这个世界的十字路口，形成了一种没有边界的自由之感，一种既无上帝也无准则的现实，在这里，每个人都会觉得自己能为所欲为而不受任何限制：昨天还是强盗，今天一觉醒来就当上了国王，逃犯变成将军，妓女当上总督夫人。当然，反过来也是一样。

我生在加勒比，长在加勒比。我了解这里的每一个国家，每一座岛屿。我骨子里这种失落感也许正是来源于此：我从未想过也从未能做过比现实更令人惊讶的事。我走得最远的时候也不过就是把这种现实移植到一种诗的语境中去，但在我写的所有书里，没有任何一行文字不是以真实事件为根基的。这种移植的其中一例就是《百年孤独》中那条使布恩迪亚家族寝食难安的猪尾巴。本来我也可以使用别的什么形象，可我又一想，担心会生出一个长着猪尾巴的儿子恐怕是最不至与现实相符的小概率事件了。然而，这本小说刚一问世，美洲各地的不少男女便纷纷坦承说自己也长了一条类似猪尾巴的东西。在巴兰基亚，一个小伙子在报纸上露了面：他生来就有条尾巴一直伴随着他长大，他从未将它示人，直到他读了《百年孤独》。他的解释比他那条尾巴更加让人惊讶。"我从未想过告诉别人我长了条尾巴，我觉得很难为情，"他说，"不过现在，读了这本小说，又听了不少读过这本小说的人讲的话，我才知道这是一种自然现象。"又过了些日子，一位读者给我寄来一张从报纸上剪下来的照片，在韩国首都首尔有个小女孩，生下来就长了条猪尾巴。和我写小说的时候的想法完全相反的是，首尔那个小女孩的尾巴被割掉了，现在还活得好好的。

然而，我写作生涯中最艰难的一段经历要数创作《族长的秋天》的准备阶段。我花了差不多十年的时间，把能弄到手的拉丁美洲，特别是加勒比地区的独裁者的资料看了个遍，目的是让我要写的这本书尽可能地远离现实。可我每前进一步，心中便多出一分失望。胡安·比森特·戈麦斯的直觉远比正牌预言大师的敏锐得多。海地的杜瓦利埃医生把国内的黑狗消灭殆尽，只是因为他的一个对手为了逃避他这个独裁者的追杀，放弃了做人的资格而变成了一条黑狗。弗朗西亚博士，他作为哲学家的威信如此之高，以至于卡莱尔对他有专门研究，而也是他下令像关死一间房子似的关闭了乌拉圭共和国，只留下一个窗口让邮件通过。安东尼奥·洛佩斯·德·桑塔·安纳为埋葬自己的一条腿举行了盛大的葬礼。洛佩·德·阿吉雷的手被砍下以后，顺流而下漂流了好几天，看到它漂过的人一个个都不寒而栗，心想哪怕是到了这步田地，这杀人成性的手里会不会还攥着一把匕首。在尼加拉瓜，安纳斯塔西奥·索摩查·加西亚在他家院子里造了个动物园，一只大笼子被一分两半：一边装着野兽，只隔着一道铁栅栏的另一边关着他的政治对手。

萨尔瓦多信奉通神论的独裁者马丁内斯下令把全国的路灯都用红纸罩起来，认为这样就可以消除麻疹的瘟疫，他还发明了一种摆锤，每顿饭之前把它吊在饭菜上方可以检查是否被下了毒。至今还立在特古西加尔巴城里的莫拉桑雕像其实是内伊元帅的雕像，这是因为当年被派去伦敦订购莫拉赞雕像的小组在一个仓库里发现了它，觉得比定做一尊真的莫拉赞像要划得来一些。

总而言之，我们拉丁美洲和加勒比地区的作家，应该把手放在自己的心口承认：现实是比我们更好的作家。我们的命运，也许我们的光荣，就是怀着谦卑的心去模仿它，并尽可能模仿得好一些。

一九八一年七月一日

《国家报》，马德里

我个人心目中的海明威

我突然看见他的时候，他正和他的妻子玛丽·韦尔什沿着巴黎圣米歇尔林荫大道散步。那是一九五七年春天一个阴雨绵绵的日子。他在对面人行道上朝卢森堡花园的方向走着，穿了条旧牛仔裤，苏格兰大方格衬衣，头上戴了顶棒球帽。唯一不像他的风格的是一副金属框的眼镜，小小圆圆的，让他看上去像个未老先衰的老爷爷。他已经满五十九周岁了，个头很高，很显眼，但给人的印象却不是他梦寐以求的那种健壮的感觉，因为他的胯骨比较窄，腿也稍微有点儿细。他在一排排旧书摊和一群索邦大学的学生之间显得生气勃勃，很难想象此时的他离去世只有四年的时间了。

在几分之一秒的时间里——正如我经常经历的那样——我被自己身上两种互斥的身份一分为二。我不知道是应该对他进行一次新闻采访，还是穿过大街去向他表示我的无限景仰。然而无论出于哪一种目的，都存在一个巨大的不便：那时我讲一口蹩脚的英语，其实我后来一直都是如此，而我又对他那斗牛士式的西班牙语毫无把握。因此，这两件可能破坏那个瞬间的事情我一件都没做，而是像丛林里的人猿泰山那样，用双手做出喇叭的形状，从这边的人行道向另一边高喊："大师——"欧内斯特·海明威身处一群学生中间，当然明白这不会是在叫别的老师，他高举一只手，转过身来，带着儿童般的天真用西班牙语喊了一声："再——见——朋友。"那是我唯一一次亲眼见到海明威。

那时的我是一个二十八岁的新闻记者，出过一本小说，在哥伦比亚得过一次文学奖，可当时正搁浅在巴黎，不知道往哪个方向发展。我最重要的两个导师都是美国小说家，两人似乎没有任何共同之处。我拜读过他们到那时为止出版的所有作品，不是作为互相补充的阅读，而是恰恰相反：作为两种完全不同，甚至互相排斥的文学创作形式。他们一位是威廉·福克纳，我从未亲眼见过他，只能想象他是个单穿了件衬衣的农场主，挽着胳膊，身边有两条小小的白狗，就像卡蒂埃·布列松为他画的那幅著名肖像上的模样。另一位就是那个一闪而过、刚刚从对面人行道上对我说再见的人，他让我觉得在我的生命中已经发生了一件大事，而且已经永远地发生了。

不知是谁说过，我们这些写小说的人读别人的小说，只是为了看看这些小说是怎样写成的。我认为这话说得有道理。我们不会满足于书页正面揭示出来的秘密，我们会把它翻到背面，连装订线都要看个究竟。有时候出于无法解释的原因，我们还会把书页按它的基本单元拆开，在了解它的构造底细之后再重新装订起来。用这种办法去对付福克纳的书，结果一定是令人沮丧的，因为这一位好像并不按照某个有机的体系来写东西，而是蒙上双眼遨游在他自己的圣经世界里，好像闯进一家玻璃器皿店的自由自在的羊群。把他的一帧书页拆开，你会觉得多出了很多弹簧和螺丝钉，再想把它还原根本不可能。而海明威，少了一点儿灵感，少了一点儿激情和疯狂，但却带着一股明晰的严苛，把螺丝钉都安在外面能一眼看到的地方，好比火车车厢上的那样。也许正因为如此，福克纳是一位和我的灵魂多有交集的作家，而海明威则和我的职业更密切相关。

这倒不全然是因为我阅读了他写的书，更多的还是因为他对写作这门科学的技艺有着令人惊异的认识。在记者乔治·普林顿为《巴黎评论》对他进行的那次历史性采访中，他说——和那种罗曼蒂克的创作观唱起了反调——经济的宽裕加上良好的健康状况都是非常有利于写作的，最大的难处就是如何组织好文字，又说一时写不下去的时候回过头来重读一下自己写过的书会大有裨益，能帮你回想起写作从来都是如此艰辛，他还说只要没有客人和电话的打搅，他在任何一个地方都可以写作，至于不少人口中当记者会毁了一个作家的说法，他认为没有道理，前提是得知道及时收手。"一旦写作成了你难以割舍的主要恶习，成了你最大的乐趣，"他说，"那就只有死亡才能止住你的脚步。"总之，他的教诲使我发现，只有知道明天的工作应当怎样开始，你才能允许自己停下今天的工作。我以为，对于写作，世上再也没有比他这句话更有益的劝诫了。凭借这个终极法宝，作家们才能对抗最可怕的鬼魂：在清晨面对一张空白稿纸时心中的苦痛。

海明威的所有著作都表露出他天才的魄力，只不过持续时间不长。这不难理解。像他那样紧绷着的内心，却要服从严格的技术要求去写作一本内容广阔、灾难迭起的小说，确实是很难持久。本来这种特质也是因人而异，而他的错误就在于试图超越自己的光辉极限。因而在他的作品里能看到比任何别的作家作品更多的过剩之处。他的小说就像是一些不知道爱惜笔墨的故事，有太多画蛇添足的成分。反过来说，作品中最精彩的部分都给人一种意犹未尽的感觉，这正是其美妙与神秘之所在。我们这个时代的伟大作家之一豪尔赫·路易斯·博尔赫斯也同样给自己设定了某些界限，可他的智慧在于他从不去跨越它们。

弗朗西斯·麦康伯对狮子开的那一枪不但可以被当作狩猎的教科书，还可以作为对写作方法的一种总结。在一篇短篇小说里，他写道，一头斗牛在擦着斗牛士的胸膛冲过去之后掉转身来，"活像一只在墙角转弯的猫"。我满怀谦卑之心想道，这样堪称天才又傻里傻气的洞察力，只有在最厉害的作家身上才看得到。海明威的作品中到处都有这样简单又惊艳的发现，显示出他是何等忠于自己给文学创作所下的定义——就像冰山一样——只有水面以下有八分之七的体积支撑着的时候，它才是有效的。

毫无疑问，这种对写作技巧的重视完全可以解释为什么使海明威取得辉煌成就的并非他的长篇小说，反倒是严密精准的短篇小说。

说到《丧钟为谁而鸣》，他自己讲过写这本书时并没有一个事先想好的计划，而是每天现编现卖，写成什么样算什么样。这话他本不需要挑明的：这点显而易见。与之相反的是，他那些突发灵感写出的短篇小说每一篇都无懈可击。就比如某一年五月十六日下午，一场大雪使得原本要在圣伊西德罗举行的斗牛被取消，他在马德里的出租屋里一挥而就的那三篇。它们是——据他自己对乔治·普林顿所说——《杀人者》《十个印第安人》和《今天是星期五》，每一篇都是精品。

在这个范畴内，以我的品味，最能集中体现他优点的是他最短的那几篇之一：《雨中的猫》。不过，我觉得他最美也最有人情味的是他最不成功的那篇《过河入林》，尽管这话说起来有点儿像拿他的命运开玩笑。他自己透露过，一开始是想写成短篇的，写着写着就迷路误入了长篇小说的沼泽。很难理解，像他这样一个技艺精湛的人写出的作品怎么有那么多结构上的漏洞和文学技术上的失误，像他这样一个在文学史上光芒四射的能工巧匠又怎么可能写出那些生搬硬套的对话。一九五〇年这本书出版的时候，批评之声鹊起，因为其内容并不合乎情理。海明威觉得受到奇耻大辱，从哈瓦那发出一封怒气冲冲的电报为自己辩护，与他这种身份的作家并不相符。这不但是他最好的一部小说，也是最贴近他个人的一部，因为它是在一个个秋日的清晨，作者满怀着对过去日子无可挽回的伤感和对自己来日无多的预感完成的。在他别的著作里，没有一篇能像这样发自内心，也没有任何一篇能如此美妙温情地展现出他作品里和生命中一种本质的情感：成功带来的无力感。小说主人公看上去如此温和平静，淳朴率直，他的死暗示了作者本人的自杀。

和一个怀着真挚感情作家的作品相处时间一长，最后就会情不自禁地把他的作品和他的真实生活混在一起。我曾一连好多天、每天好多个小时地在圣米歇尔广场那家咖啡馆里读书，因为他觉得那里的环境友好、暖和、干净又亲切，是写作的好地方。我心中一直期待着能再遇见他在一个寒风凛冽的午后眼见走进来的一个姑娘，她美丽大方，头发斜搭着，像只乌鸦的翅膀。"你是我的，巴黎也是我的"，他用自己文字那不可抗拒的征服力为她这样写道。他描写过的一切，曾经属于他的每个时刻，都会永远属于他。每次路过巴黎奥德翁路112号，我总觉得还能看见他在那家已经不复当年模样的书店里同西尔维娅·毕奇聊着天，一直磨蹭到下午六点，因为说不定詹姆斯·乔伊斯会来。在肯尼亚辽阔的大草原上，只需看一眼草原，他就变成了水牛和狮子的主宰，熟练掌握了最复杂的捕猎技术。他成了不少斗牛士、拳击手，也有艺术家和枪手的主人，他们的存在相当短暂，但都是属于他的。意大利、西班牙还有古巴，在半个世界里他只是提到了一些地方，它们就成了他的专有领地。科希玛，离哈瓦那不远的一座小渔村，是《老人与海》里孤独的渔夫居住的地方，那里有一座纪念馆和镀金的海明威半身像。维西亚庄园，他在古巴一直住到去世前不久的藏身之所，那座房子在浓密的树荫掩映下被原样保存下来，同时被保存下来的还有他那些非同寻常的藏书、狩猎的战利品、写作桌、颜色暗淡的巨大皮鞋和无数他弃世之前从属于他的世界收集来的小摆设，现在物是人非，然而件件都浸透着他用魔法般的能力注入的灵魂。几年前，我坐上菲德尔·卡斯特罗的汽车——他也是个忠实的文学读者——看见座位上有一本包着红书皮的小小的书。"是海明威大师的。"他告诉我。在现实生活中，海明威仍然存在于最出乎意料的地方——要知道他已经去世二十年了——还是那样永世长存，那样一闪即逝，就像在那个也许是五月里的上午，他在圣米歇尔林荫大道对面的人行道上对我说：朋友，再见。

一九八一年七月二十九日

《国家报》，马德里

公路鬼魂

两个小伙子和两个姑娘开着一辆雷诺 5 型车在外旅行,在十字路口遇到一个身穿白衣的女人向他们打手势,他们让她上了车,此时刚过午夜时分。那时夜色明亮,四个年轻人——这在后来得到了充分的证明——精神正常。女人坐在后排中间的位置上,在好几公里的路程中都一言未发。直到到了四河桥,突然,她指向前方,惊恐万分地叫道:"小心,前面这个弯道危险!"紧接着人就消失不见了。

这件事发生在今年的五月二十日,从巴黎前往蒙彼利埃的公路上。四个年轻人把后者的警察局长从梦中叫醒,向他叙述了这件可怕事情的来龙去脉。局长最终认定这不是一场玩笑,也不是他们的幻觉,但因为不知道如何是好,便把这件事作归档处理。在接下来的几天里,几乎全法国的报刊都在谈论这件事情,不计其数的灵学家、神秘论者和玄学家纷至沓来，到鬼魂显灵的地方研究它周边的环境，用各种唯理主义的问题把被白衣女人选中的四个年轻人折磨得精疲力竭。然而几天之后，一切又都归于遗忘，无论各家报刊还是诸位科学家们都选择改去分析另一些更容易理解的现实。有几位最善解人意的承认那次显灵可能确有其事，但他们觉得这件无法理解的事还是忘了的好。

在我——一个坚定的唯物主义者——看来，这无疑是诗歌物质化历史上的又一插曲，也是最美的情节之一。我在当中看到的唯一不足就是它发生在夜里，更糟糕的是发生在午夜前后，那些下九流的恐怖片总是这样编排的。除此之外，故事没有任何一点不符合我们在旅途中常常觉得就发生在我们身边的那种公路玄学，只不过我们往往被它的真实性震撼，不愿在它面前屈服而已。那些在海上四处漂泊寻找自己失落身份的幽灵船，现在终于为人们所接受，可我们却拒绝赋予许多漂泊在公路两旁的不安灵魂同等的权利。仅以法国几年前的统计为例，在夏季最疯狂的几个月里，每周的死亡人数高达近两百，因此碰到像这种白衣女人事件根本不值得大惊小怪，因为它并不难懂，直到世界末日都会一直发生，只有那些没心肝的理性主义者才会觉得无法理解。

我经常会想起自己在世界各地公路上的长途旅行，觉得我们这些活在当代的人简直就是弯道的幸存者。每一处弯道都是一次对命运的挑战。只要我们前面的那辆车在弯道过后出了什么小事故，我们就连给别人讲述这事的机会都没有了。在汽车出现的最初年头里，英国人颁布了一条法令，《交通法规》，规定所有的司机在超越前方行人时必须手持红旗，摇响铃铛，使行人有时间避让。有好多次，在加速冲过神秘莫测的弯道之前，我都会为英国人那条聪明法规的取消从心底感到遗憾，特别是有一回，大约在十五年前，我和梅塞德斯带着孩子们以一百公里的时速从巴塞罗那开往佩皮尼昂，在开上弯道之前，我突然有一种莫名的预感，便减慢了车速。我们后面的几辆车，就像通常情况下那样，超过了我们。我们永远都不会忘记：那是一辆白色皮卡，一辆红色大众车和一辆蓝色的菲亚特。我甚至还记得开皮卡的那位荷兰女子满头的金色卷发。一切仿佛按部就班，三辆车超过我们之后便都开进弯道消失在我们的视野之外，可是片刻之后，当我们重新看见它们的时候，三辆车都成了一堆摞在一起的冒烟废铁，和一辆迎面驶来的失控大卡车撞作一团。唯一的幸存者是那对荷兰夫妇六个月大的儿子。

后来我有好多次经过那个地方，每次都会想起那个美丽女人在公路中间被挤压得血肉模糊的样子，因巨大的冲击赤身露体，那颗美丽的、罗马皇帝般的头颅因死亡而显得高贵。说不定某一天，在她遭遇不幸的地方，有人会看见她，活生生的完完整整的她，像蒙彼利埃那位白衣女子一样打着搭车手势，让人们把她从混沌中拯救出哪怕片刻，让她好有机会喊出当初没有人提醒她的那句："小心，前面这个弯道危险！"

公路上的这些神秘现象并不比海上的传播得更广，因为再没有比业余司机更心不在焉的人了。相反，那些职业司机——和早年间赶骡子的脚夫差不多——每个人都有讲不完的稀奇古怪的故事。在公路边的小旅馆里，就像过去在那些骡马客栈里一样，表面看上去什么都不信的闯荡江湖的卡车司机们会一个接一个地讲述他们职业生涯中的，特别是那些发生在光天化日之下、车水马龙地段的奇闻逸事。一九七四年夏天，我和诗人阿尔瓦罗·穆蒂斯还有他的太太正沿着后来白衣女子显灵的那条公路行驶，只见一辆微型汽车突然驶离对面拥挤的车流，发了疯似的直冲我们而来。我勉强躲过了它，可我们这辆车腾空而起，落在了一条沟底。好几位证人看清了那辆逃逸车的样子：一辆白色斯柯达，三个不同的人记住了它的车牌号。我们向普罗旺斯艾克斯市的警察局报了警，几个月后，法国警方证实确有一辆挂这个车牌的斯柯达车。只不过他们同时也证实了，在我们这起事故发生的时候，这辆车正停在法国另一端的车库里，车主，也是它唯一的驾驶员，正躺在附近的一家医院里奄奄一息。

从这些和其他许许多多的经历中，我学会了毕恭毕敬地对待每条公路。然而，我记忆中最令人不安的，是很多年以前发生在墨西哥城正中心的一个小插曲。那是下午两点钟，我已经等出租车等了差不多半个小时，就在几乎要放弃的时候，只见一辆出租车朝我驶来，第一眼看上去是辆空车，车上的牌子也立着显示空载，可开近了以后我却千真万确地看见司机旁边坐了个人。我没有做任何手势，车停下来时我才发现自己搞错了：司机旁边并没有什么乘客。在路上我对司机说了自己的错觉，他听了我的叙述一点儿不觉得奇怪。"这是常事，"他对我说道，"有时候我开着车转上一天也没人拦我

293

的车，因为几乎所有的人都看见我旁边坐着个幽灵乘客。"我把这件事讲给堂路易斯·布努埃尔听的时候，他和那司机一样面不改色。"这是个挺不错的电影开头。"他说。

一九八一年八月十九日

《国家报》，马德里

波哥大一九四七

　　那时的所有人都很年轻。但有件糟心的事：尽管我们都不可置否地年轻，可我们总能碰见另一群比我们更加年轻的人，这给我们带来某种危机感，某种让我们急于把在大好年华里没来得及安然享受的东西都享受一遍的紧迫感。一代又一代人，就像后浪推着前浪，这在诗人和罪犯中尤其如此，有时你刚把一件事情做完，就出现另一个人比你做得还要好。有时碰巧看到一张当年的照片，我会压抑不住自己痛苦的战栗，因为我总觉得那照片上的人不是我们，而是我们的儿女。

　　那时的波哥大是个遥远的、阴沉沉的城市，下着一场从十六世纪初就一直淅淅沥沥没停过的小雨。我第一次感受到这种伤心滋味是在一月里一个不祥的下午，我一生中最凄楚的一个下午，不满十三岁的我刚从沿海地区搬到这里，穿的黑粗布上衣是用我爸爸的衣服改的，外面套了件坎肩，头上戴了顶帽子，拎着个铁皮箱，箱子上有个耶稣圣墓之类亮闪闪的东西。我总是吉星高照，运气很好，幸运地没留下那天下午的照片。

这个阴森森的都市给我留下的第一印象就是街上有好多行色匆匆之人，而且所有人都和我一样穿着黑上衣、戴着帽子，奇怪的是一个女人都看不见。高大的马在雨中拉着装啤酒的车子，有轨电车在雨中的街角拐弯时擦出的火花，还有仍是在雨中设置的路障，好让长长的送葬队伍通过。那是世上最凄惨的送葬队伍，灵车上搭着大大的供桌，马都打扮得洋里洋气的，身上披着丝绒、头盔上插着黑色羽毛，有钱人家的遗体使人感觉这好像是世上第一次有人死去。雪花广场上飘着小雨，送葬队伍正走出来，我第一次在波哥大的大街上看见了一个女人，她的身影细高而隐秘，与众不同，仿佛一位身戴重孝的女王，不过我的这种幻觉永远停在了半空，因为她的脸上蒙着一层厚厚的面纱。

那个女人的样子直到现在还让我时时感到不安，这是那个罪之城给我留下的为数不多的念想之一，在那里，好像除了做爱，什么都有可能发生。所以有一回我才说自己这一辈子唯一的壮举，当然也是我们那一代人最了不起的地方，就是在当年的波哥大当过一回年轻人。我最不正经的消遣就是在星期天花上五分钱，钻进装有蓝玻璃的有轨电车，从玻利瓦尔广场一直转到智利大街，在车上消磨掉整个伤感的、好像连着多少个同样空虚无物的星期天的下午。在这样一圈又一圈的转悠中我只做一件事，那就是一首一首又一首地不停读诗，算起来差不多一条街一首诗吧，直到那无休无止的路灯在雨中一盏盏亮起，接下来我就一家接一家地逛遍老城里的咖啡馆，想找个好心人聊聊我刚读过的一首一首又一首的诗歌。有时还真能找到，每次总是男人，我们便一直聊到后半夜，一面喝咖啡，一面把自己抽过的烟头拾起来再抽上一遍，一句一句又一句地聊着诗歌，而此时世界上其余地方的所有人类都在做爱。

一天夜里，我坐电车从我那孤苦伶仃的诗歌盛会回家，破天荒地遇到了一件值得和大家分享的事情。在城北一个车站，上来了一只法翁①。我没说错：就是一只法翁。西班牙皇家学院的词典上是这样定义的："主管田野和丛林的半神。"我每次看到这个倒霉的定义就想，可惜这个词典的作者那天夜里没在那里，看到一个有血有肉的法翁上了有轨电车。它穿着时尚，像个刚出席完葬礼归来的达官贵人，可它头上的羊犄角和腮下的一撮山羊胡子，以及用亮闪闪的长裤精心遮掩的羊蹄子暴露了它的身份。空气里充满了它的气味，不过似乎谁也没有说过那是"拉万达"水的气味，也许是编词典的人不喜欢"拉万达"这个法语词，其实说白了它的意思就是薰衣草。

能让我对之倾诉此事的朋友只有阿尔瓦罗·穆蒂斯和贡萨洛·马利亚里诺，前者虽然并不相信，可觉得挺好玩；后者就算觉得是假的，也会把它当成真事来听。有一回，我们三个在圣弗朗西斯科教堂门

---

① 法翁（Fauno），罗马神话中半人半羊的农牧神。

口看见一个女人在卖小乌龟玩具，小乌龟的头还能摆来摆去的，惊人地逼真。贡萨洛·马利亚里诺问她这些小乌龟是塑料的还是活的，那女人答道：

"是塑料的，可都活着呢。"

我在有轨电车上看见法翁的那天夜里，那两个家伙谁也没接我的电话，而我又特别想找个人说说这件事。于是我写了个短篇小说——法翁坐电车的故事，通过邮局寄给了《时代报》的星期日增刊，报纸主编，堂海梅·波萨达，根本就没有把它登出来。唯一的一份底稿放在我租的房子里，一九四八年四月九日，也就是波哥大事件发生的那一天，它被烧掉了，也就是说祖国的历史做了件双重好事：为了我，也为了文学。

读着贡萨洛·马利亚里诺刚刚在波哥大出版的精彩新书，《卡利人和波哥大人的故事》，这些回忆不禁涌上我的心头。贡萨洛和我是国立大学法律系的同学，不过我们在教室里待的时间赶不上在学校小咖啡馆里待的时间长，在那里，我们躲开令人昏昏欲睡的法律条文，把我们能记得的全世界的诗歌一首一首地，你背给我听，我背给你听。下课后他会回到他家那栋又大又安静，四周环绕着桉树林的房子里去。我也会回到我在弗洛里安大街上那个阴森森的出租屋里去，和我的老乡们待在一起，读读借来的书，每个星期六跳舞跳得惊天动地。实际上我从来也没有想过去问问贡萨洛，我们不在学校的时候他都在干些什么，我在有轨电车上兜圈子读诗的时候他又在哪里。看了他写的这本书，读了他在书里如此简洁又如此富于人性地叙述的当年他的另一半生活，我花了整整三十年的时间才算知道了这一切。

一九八一年十月二十一日

《国家报》，马德里

"道听途说"

很多年前，我在墨西哥城一条中心大道路边等出租车，光天化日之下，我看见一辆出租车驶来却没去拦它，因为司机身边坐着一位乘客。然而，车开到我身边以后，我发现那只不过是自己的视错觉：那辆出租车并没有载客。

几分钟后我向司机讲了我看见的现象，他一脸镇静地告诉我这不仅仅是我一个人的幻觉。"这是常事，"他对我说道，"有时候我开着车转上一天也没人拦我的车，因为几乎所有的人都看见我旁边坐着个幽灵乘客。"这个座位既舒服又危险，在有些国家，它被叫作"死者之座"，因为一旦发生事故它是首当其冲，而在这个出租车故事里，这个名字更是再合适不过了。

我把这件事讲给路易斯·布努埃尔听的时候，他起了极大的兴致，对我说："这种事拍到电影里倒是个挺不错的开头。"我一直在想，他这话说得有道理。这个细节本身并不算一个完整的故事，但毫无疑问，它作为一篇小说或是一部电影的开头会相当精彩。当然，它也有一个严重的缺陷，那就是接下来发生的一切都必须比它更加精彩。可能就是因为这一点，我从来没有采用过它。

不过，好多年过去了，现在我对它又有了兴趣，有人竟对我讲了同样的故事，就好像是他在伦敦刚刚亲身经历一般。要说这种事会发生在伦敦，更是有点儿蹊跷，因为伦敦的出租车和世界上其他地方的都不大一样。它长得有点儿像出殡用的车，有着带花边的窗帘，深紫色的脚垫，软软和和的真皮座椅算上加座可以载七个人，还有种带有葬礼遗忘氛围的自内散发的寂静。而在那个所谓"死者之座"的地方——在司机的左手边而不是右边，没有载客的座位，只有一个装行李用的空间。可在伦敦给我讲这件事的朋友向我保证，他就是在这个位置看见那个并不存在的人的，不过那司机对他说——和墨西哥城那位司机正好相反——可能是他眼睛看花了。现在好了：昨天我把这些事情讲给巴黎的一位朋友听，他坚信我是在拿他寻开心，因为他说这明明是发生在他身上的事。此外他还说，在他身上发生的那回更是非同小可，因为他给出租车司机描述了他看见的那个坐在副驾驶座位上的人的样子，包括他礼帽的式样和领结的颜色，结果司机认为那是他在德国人占领法国期间被纳粹杀害的兄弟的鬼魂。

我不觉得我的这些朋友在撒谎，正如我也没有对路易斯·布努埃尔说谎一样，我只想指出一个事实：这类故事总是以同样的方式在世界各地一再上演，而没有人能够证实它是真还是假，也没有人猜得出其中的蹊跷。所有这一类的故事里最古老、也是重复率最高的版本，我第一次是在墨西哥听到的。

这个流传久远的故事是说，一家人在海边度假时，老奶奶不幸去世了。把一具尸体从一个州运到另一个州的各种批文和法律手续又昂贵又难办——有人曾在哥伦比亚告诉我，他不得不让死人坐在他的车后排座位上，夹在两个活人中间，经过公路检查站的时候还往死人嘴里塞了根点燃的雪茄烟，总算躲过了形形色色的运送尸体的法定手续——就这样，墨西哥那家人把死去的老太太卷进一块地毯，再用绳子捆得结结实实，绑在了车顶的行李架上。在一个休息区，一家人下车吃顿午饭的工夫，连车带绑在上面的老太太尸体一起被偷走了，而且从此再也没有任何消息。对于这起失踪事件的解释是小偷们没准找了片荒地把尸体埋了，然后把车拆个七零八落，这才卸去了尸体压在心头的重负。

有一段时间，在墨西哥到处都有人讲这个故事，只是故事中人的姓名各不相同罢了。但有一点却是相同的：讲故事的人总说自己是主人公的朋友。有的还有鼻子有眼地说出主人公的姓名和地址。好多年过去了，我在全世界的各个角落都听人讲过这一类故事，甚至在越南，当地一个翻译也给我讲过，说是他一个朋友在战争年代遇到的真事。每个人都说得活灵活现，如果你坚持一下，他们甚至还会告诉你主人公姓甚名谁家住何方。

另一个流传甚广的故事时间上离现在稍微近一点儿，诸位如果一直有耐心每周都看我的专栏的话，也一定会记得的。那个耸人听闻的故事讲的是去年夏天，四个法国年轻人在蒙彼利埃的公路边搭载了一个白衣女子。突然，那女子用手指向前方，大喊一声："小心，前面那个弯道危险！"随即就消失了。这段故事我在法国的许多家报纸上都看到过，它给我留下的印象太深刻了，后来我还就此事写了一篇小文章。令我感到吃惊的是，像这样一个如此具有文学美感的事件，居然没有引起法国官方的重视，而是把它束之高阁，仅仅是因为找不到一个合理的解释。不过，几天以前一位在巴黎的朋友告诉我，官方这种冷漠的态度自有它的原因：在法国，这一类的故事一而再、再而三地出现，很多年前就有了，甚至早于汽车的发明，只不过在那个年代，那些夜间游荡在公路边的鬼魂请求搭载的是载客的马车。这使我想起在美国征服西部的故事中，也有个被一再重复的传说：一位孤独的旅行者乘坐夜行的驿车，车上还有一个上了年纪的银行家、一个刚刚上任的新法官和一个漂亮的北方姑娘，还有陪伴姑娘的保姆，第二天天亮的时候唯独那姑娘的位子是空着的。不过最使我大吃一惊的是，我发现我在法国报刊上看到、又在我的专栏里写过的这个白衣女子的故事，早被我们当中最多产的一位作家，马诺洛·巴斯克斯·蒙塔尔万，写过了，名字叫《经理的孤独》，是他众多作品中我还没来得及拜读的几本之一。我的一个朋友给我寄来了复印件，我这才知道居然还有如此巧合，而那朋友也是早就通过各种不同的渠道听过这个故事。

我倒不太担心与巴斯克斯·蒙塔尔万发生什么版权纠葛：我们

俩有着我们这些"第二加泰罗尼亚人"共同的文学代理出版商，这个故事的版权怎么分配最为得当，她自有办法。我担心的是另一个巧合，那个流传很广的故事——我指的是第三个——说的也是公路上的事情。我曾从我书房里那么多没用处的词典上看到过这么一个词，叫作"道听途说"，现在已经找不到它的出处了，可一定和这些故事有什么关系。糟糕的是这个词的意思是指编出来的没有根据的瞎话，而这三个一直跟在我身后的故事可都是千真万确的，它们在不同的地点由不同的主人公一再重复，这样一来大家就不会忘记，文学创作领域也有不安的灵魂在四处漂泊。

一九八二年一月二十七日
《国家报》，马德里

另一个我

不久前，我在墨西哥城一觉醒来，在报纸上读到一则消息，说我前一天在大洋彼岸的大加那利岛拉斯帕尔马斯城做了个文学讲座，那位勤勉的记者不仅对活动做了详尽的报道，而且还对我的讲座做了颇为精妙的概括。可是这里面最让我高兴的是，文章的几个主题的聪明程度远非我能想象，而它表述方式的华丽程度也远超我的能力范围。只有一处出了错：那就是我那一天并不在拉斯帕尔马斯，我已经有二十二年没去过那里了，而且我从未在世界上任何地方做过有关任何主题的讲座。

经常会发生这样的事情，有人发出通知说我在某地，其实我根本不在那里。我借助各种媒体说过，我不参加公众活动，不在任何讲坛讲话，不出现在电视镜头里，不参加我的新书发布会，也不做任何会把我变成一场表演的东西。我这样做倒不是出于谦虚，而是出于更糟糕的原因：羞怯。这种做法对于我来说并非难事，因为四十岁以后，我学会的最重要的本领就是在该说不的时候坚决说不。可是，总有那么一两个兴风作浪的家伙在报纸或者私人聚会上宣布，我下周二下午六点会出席某个我一无所知的活动。到了真假揭晓的关键时刻，那家伙就会请与会的人们见谅，说是那作家未能履行承诺，答应好要来却不来，然后再就出了名就忘本的电报员的儿子们编上几句令人恼火的话，最后这家伙总能得以让公众大发善心，于是他也就可以为所欲为。刚开始有人做这种下作勾当的时候，他们的歹毒伎俩也曾让我大动肝火。可是后来我读到了格雷厄姆·格林的回忆录，心中稍许得到安慰，他在那相当有趣的最后一章里也发了一通和我一模一样的牢骚，让我恍然大悟：这是一件没办法的事情，谁都没有错，因为存在着另外一个我，他不受任何控制地满世界游走，做我应该做却不敢做的事情。

从这个意义上来说，我身上发生过的最奇怪的事还不是参加那场加那利岛上的虚构会议，而是几年前因为一封我从来没有写过的投诉信和法国航空公司有过的那一段不愉快经历。事情的经过是这样的，法航收到一封装腔作势、怒气冲天、署着我名字的抗议信，信中为我在乘坐该公司从马德里到巴黎的定期航班时受到的差劲待遇特此抗议云云，还附有具体的航班号和日期。一番严密调查之后，该公司给了空姐相应处分，公关部给我往巴塞罗那寄来一封语气恳切的道歉信，表示深感痛心。收到信的我目瞪口呆，因为我根本没在那个航班上。还有，每次坐飞机我都胆战心惊，根本对机组对我好还是不好没有感觉，我的全部精力都用在抓紧座椅的扶手上，觉得这样就能帮飞机在空中飞得平稳些，再不然就是看好孩子们，不让他们在机舱里乱跑，别一不小心把飞机踩出个窟窿来。我记忆中唯一一次出了点儿状况的是从纽约起飞的一次航班，那次一是因为超载，二是座位太挤，我连气都喘不上来。航行途中，空姐给每位乘客送了朵红玫瑰。我当时已经被吓得半死，说了句大实话。"你们发玫瑰花，"我对她说，"还不如给我们多留五厘米的空间，也好让我们把膝盖舒展舒展。"那个漂亮姑娘，一定是有当年征服者的勇猛血统，冷冷地回了句："您要是不喜欢，就下飞机。"这个航空公司的名字我现在不愿意再提了，即便这样，我也当然没想去写封投诉信什么的，我只是一个花瓣一个花瓣地把那朵玫瑰花吃了下去，慢慢地咀嚼，用品味它那带着药味的香气来平复自己的焦虑，直到心平气和。反正我收到法航的道歉信时，心里反倒为自己没做过的这件事相当羞愧，甚至决定亲自去一趟他们的办事处说明情况。在那里，他们给我看了那封投诉信。我对这封信也实在恨不起来，一来是因为它的写作风格，二来也是因为连我自己都很难看出来，那签名是假冒的。

毫无疑问，写这封信的人一定也就是那个在加那利岛做了讲座的人，就是那个做了许多事而我只是碰巧才知道了一星半点的人。我到朋友家去的时候，常常装作漫不经心的样子，到他们的书房里去找我写的书，趁他们不知道的时候在书页上写上我的题词。但有两三回，我发现书已经被写上了题词，字也像是我的字，墨水也是我常用的黑墨水，也是我那种一挥而就的风格，签出来的名字要说和我真正的签名还差点儿什么的话，那就是我本人了。

同样让我吃惊的是在报纸上读到我并没有参与过的采访的报道，还真没办法去谴责它，因为它的每一行文字都和我的思想不约而同。更有甚者，在目前为止出版过的对我的采访中，最能清楚表达我一生中内心的纠结与纷乱——而且不光是在文学上，还包括政治、个人爱好、我心底欢乐和犹豫的各个方面，写得最好的是差不多两年前登在加拉加斯一家不起眼的杂志上的一篇，而它从头到尾都是编出来的。这篇采访让我特别开心，不光是因为它内容的精准，更多的是因为署上了全名的作者是一位我素昧平生的女士，可她应该是非常爱我，要不然也不可能对我有如此了解，哪怕仅仅是对另一个我的了解。

我和在世界各地碰见过的热情亲切的人们间都发生过类似的小插曲。总有人说曾经在一个什么地方遇见过我，还说感到那次愉快的会面至今历历在目，而我其实从未到过那个地方。要不就说他是我家什么人的好朋友，实际上我家里谁也不认识此人，看来这另一个我和我一样，家里亲戚也很多，只不过他们也都并非真人，只不过是我家人的替身而已。

在墨西哥，我经常碰见一个爱对我说起他是如何和我一个叫翁贝托、住在阿卡普尔科的兄弟纵情狂欢的人。我最后一次碰见他的时候，他为我这个兄弟替他办了件什么事向我表示谢意，我想不出来应该怎么回答他，只好说了声没什么，伙计，小事一桩，因为我实在不忍心把实话告诉他：我根本没有这么一个叫翁贝托的兄弟，更别提住在阿卡普尔科了。

三年前，我刚在墨西哥城的家中吃完午饭，这时有人敲门，我的一个儿子笑得死去活来地对我说："爸爸，外面来找你的是你自己。"我从椅子上一跃而起，激动得不能自已，心想："他总算来了。"可来的并不是另一个我，而是一位年纪轻轻的墨西哥建筑师，也叫加夫列尔·加西亚·马尔克斯，他斯斯文文、举止优雅，用极强的克制力忍受着名字出现在电话号码簿上给他带来的痛苦，非常有礼貌地查到了我的住址，把在他办公室里积攒了一年的信件给我送了过来。

不久前，某人路过墨西哥城，在电话号码簿上找到我的电话，电话里有人告诉他我们都在医院里，说太太刚生了个女孩。我倒真想要个女儿啊！后来发生的事情应该是建筑师的太太收到了一束极美的玫瑰花，要说是为了庆祝女儿的诞生，她当之无愧，因为我这一辈子都想有个女儿，可惜就是没有这个福气。

不，这个年轻的建筑师并不是那另一个我，他只是一个值得尊敬的人，和我同名同姓而已。这另一个我可不一样，他是永远也不会找到我的，因为他根本就不知道我住在哪里，长什么样，也不会知道我们的境遇竟有如此大的区别。他将继续存在于人们的想象中，他的生活令人眼花缭乱，却和我没有半点儿关系，他有私家游艇、有私人飞机，他在帝王般的宫殿里用香槟酒给他美艳的情妇们沐浴，对那些与他作对的王子们则报以老拳。他会继续安享我的传奇，富贵至极、永远年轻英俊，就连流下的最后一滴眼泪都满载着幸福，而我，则一如既往安然地坐在我的打字机前，对他的胡言乱语、胡作非为不闻不问，每天晚上照常找几个终身老友小酌几杯，徒劳地慰藉一下自己对番石榴香气的思念之情。因为世上的不公无非是：另一个我在享受我的名声，而我本人却因此活得窝窝囊囊。

一九八二年二月十七日

《国家报》，马德里

可怜的优秀译者

有人说过，翻译是最好的阅读方式。我以为，它同时也是最艰难、最吃力不讨好、回报最低的方式。"翻译即背叛"，这个意大利成语尽人皆知，意思是：谁翻译了我们的作品，谁就成了背叛我们的人。莫里斯－埃德加·康德罗是法国最聪明、最勤勉的翻译家之一，他在口述回忆录里透露的一些东西使人们可以换一个角度去思考这个问题。"译者就是模仿小说家的人。"他模仿莫里亚克的口气这样说道，意在告诉人们，不管愿意还是不愿意，译者都应当模仿原作作者的每一个表情、每一个举止。他把当年还是无名小辈的几个年轻的美国小说家——威廉·福克纳、约翰·多斯·帕索斯、欧内斯特·海明威、约翰·斯坦贝克——翻译成法语，不仅成了教学之余的消遣，还把具有历史性意义的一代人介绍到了法国，他们对欧洲同一代人的影响——包括萨特，包括加缪——不言而喻。这样看来，康德罗不是个叛徒，恰恰相反，他是一个天才的共犯。和各个时代的伟大翻译家一样，他们个人对所翻译作品的贡献通常不为人知，而他们的失误之处却时常被放大。

当你用非母语阅读一个作家作品的时候，你会几乎自然而然地产生把它翻译过来的愿望。这很好理解，因为阅读——音乐也是如此——的快感之一就是把它与朋友们分享的可能。也许这可以解释为什么马塞尔·普鲁斯特至死都在遗憾没能实现把一个和自己如此不同的作家——如约翰·拉斯金——的作品从英文翻译过来的愿望。有两位作家的作品是我很想翻译的，他们是安德烈·马尔罗和安托万·德·圣－埃克苏佩里，而说老实话，这两位在当代法国人心目中并不占据什么顶尖地位。但我也仅仅是想想而已。不过很久以来，我一直在一点一滴地翻译贾科莫·莱奥帕尔迪的《颂歌集》，但我是利用自己为数不多的空闲时间悄悄地在做，而且我完全清楚，无论是我还是莱奥帕尔迪，要想靠这个出名，那是找错门了。我只是把这看作上厕所时消磨时间的玩意儿，就像那些耶稣会的神父们说的，叫独处时的娱乐。但是，仅仅这么一试，我便明白了要想从专业翻译家们的嘴里抢一口饭吃有多难，得做出多大的牺牲。

要想让一个作家对他作品的翻译感到满意也是件难事。在一部小说里，每个词、每句话、每个强调背后几乎都暗藏着只有作者自己知道的隐藏含义。因此，毋庸置疑，最理想的做法是让原作者尽可能地亲自参加到翻译工作中来。从这个意义上说，一个明显的例子就是詹姆斯·乔伊斯《尤利西斯》优秀的法语版本。初稿是由奥古斯特·莫雷尔独自译成，后来的最终定稿则是他与瓦莱里·拉伯德和詹姆斯·乔伊斯本人共同完成的。结果译作成了大师级的杰作，勉强能与它相媲美的只有——据某些学者证实——安东尼奥·霍瓦斯的巴西葡萄牙语译本。唯一的一个西班牙语译本几乎无人知晓。不过人们可以从它翻译的来历中找到解释。译者是一个名叫 J. 萨拉斯·苏比拉特的阿根廷人，在现实生活中是一位人寿保险方面的专家，他是为自己翻着玩的，纯粹为了消遣。布宜诺斯艾利斯时运不济的出版商圣地亚哥·卢埃达发现了这个译本，在四十年代末出版了这本书。几年后，我在加拉加斯一家保险公司见到了萨拉斯·苏比拉特，当时他正趴在不知是谁的办公桌上。那个下午简直太棒了，我们一直在聊英国小说家，他说起他们来如数家珍。我最后一次见到他的情景简直如在梦中：那是在巴兰基亚，他已经老了，比以往更显孤独，在狂欢节的疯狂游行中跳着舞。他出现的场合太不一般了，我决定还是不同他打招呼为好。

另外几部可以载入史册的译作是古斯塔夫·让－欧布立和菲利普·尼尔翻译的约瑟夫·康拉德几部小说的法译本。这位跨时代的伟大作家——他的全名是约瑟夫·特奥多·康拉德·科尔泽尼奥夫斯基——出生在波兰，他父亲就是一位英语翻译家，翻译过许多包括莎士比亚在内的作品。康拉德的母语是波兰语，但他从很小的时候就学习法语和英语，后来还成了用这两种语言写作的作家。说我们言之有理也好，说我们没有道理也罢，反正今天我们认为他是英语作家里的大师级人物。人们都说，因为他总是求全责备，搞得他著作的法语译者们生不如死，可他也从没有下决心亲自去翻译自己的作品。这事情挺奇怪，可确实没有几个双语作家肯这样去做的。离我们最近的例子是豪尔赫·森普伦，他既用西班牙语也用法语写作，却总是分开来各写各的，也从来不翻译自己的作品。比他更稀奇的是爱尔兰作家塞缪尔·贝克特，诺贝尔文学奖得主，他会把同一部著作用两种语言写上两遍，然后还坚持说，并非一个是另一个的译本，它们是他用两种不同的语言写出来的两部不同的著作。

几年前，在潘泰莱里亚岛炎热的夏季里，我曾有过一次谜一样的翻译经历。毕生都在把我的作品翻译成意大利语的恩里克·奇科尼亚伯爵，正利用那年的假期翻译古巴作家何塞·莱萨马·利马的小说《天堂》。我是他诗歌的忠实爱好者，虽然没有多少机会见到他，但也十分钦佩他那与众不同的人格，而那时我正好想增进对他深奥小说的了解。于是我给了奇科尼亚一点儿帮助，倒不是帮助他翻译，更多的还是帮助他解读作者那晦涩难懂的文字。也就是在那次，我明白了，翻译确实是最深刻的阅读方式。翻译中我们遇到这样一个句子，不到十行里，它主语的阴阳性和单复数变换了好几次，末了你根本没法搞懂说的是谁，也搞不懂事情发生的时间和地点。以我对莱萨马·利马的了解，这种混乱很可能是他故意为之，但他可以这样写，我们却不能问他。奇科尼亚时时在问自己的就是，作为译者到底是应该把这种胡言乱语原封不动地翻译过去呢，还是说应该用一种学院式的严谨态度把它改写一下。我的意见是应该保持原汁原味，原文是什么样子，翻过去就是什么样子，这不仅适用于原作的长处，也应当适用于它的短处。因为我们要为另一种语言的读者保证对原文的忠实。

对我来说，再没有比用我掌握的三种语言阅读我自己小说的译本更枯燥无味的事了。除了西班牙语，我简直不认识我自己了。可在看了几本格雷戈里·拉巴萨翻成的英译本之后，我必须承认，有几个段落，我甚至比西班牙语原文还要喜欢。拉巴萨的译作给人的感觉是，他先把西班牙语原作背了下来，然后再用英语重写一遍：他对原文的忠实程度远比简单的逐字逐句翻译要来得复杂。他从不做脚注，很不幸，这正是许多蹩脚译者最常用的有效手段。在这方面最突出的例子是我某本书的巴西译者的做法——他给"astromelia" ① 这个词加了个脚注："加西亚·马尔克斯臆造出来的一种花。"更糟糕的是，后来我不记得在哪本书上看到，这种花，正如大家都知道的，在加勒比地区不但存在，而且名字还是从葡萄牙语来的。

一九八二年七月二十一日

《国家报》，马德里

---

① 中文译作"六出花"。

睡美人的飞机

她容颜姣好，活力四射，娇嫩的麦色皮肤，一双碧绿的杏仁眼，一头黑发又直又长披在背上，自带一种东方古典气质，也许是来自玻利维亚或菲律宾。她的衣着品味高雅，体现在细节之处：上身穿了件猞猁皮夹克，里面是绣花真丝衬衣，生亚麻丝的长裤配一双暗红色的时装鞋。"这是我今生今世见过的最美的女人了。"在巴黎戴高乐机场飞往纽约航班的登机队伍里看见她的时候，我心里这样想道。我给她让了路，等她走到登机牌上指定的位子跟前，看见她正在邻座安顿坐好。我几乎没法呼吸，默默地问自己，是我们俩谁的运气不好，才会引发这样可怕的巧合。

她把自己安顿下来，好像打算要在这里过好多年似的，让每件东西都各归其位、井井有条，直到她的个人空间被布置得像一个理想的家，什么东西都伸手可得。她这么做的时候，空乘组的服务生给我们端上了香槟以示欢迎。她不想要，磕磕巴巴地说了句法语想解释解释。于是那服务生改说英语，她莞尔一笑表示谢意，要了一杯水，又对他说在飞行途中无论有什么事都不要叫醒她。然后她在膝盖上打开一只大大的方匣子，四角就像老奶奶们的行李箱那样包着铜皮，又从一个装着五颜六色药片的小盒子里取出两片金色的吃了下去。她做这一切的时候都有条不紊，不慌不忙，好像自从出生以来就没有什么事情不在她的意料之中似的。

最后，她把一只小靠枕倚在靠舷窗的角落里，没有脱鞋，只是把一条小毯子盖到腰间，侧着身子在座位上半躺下来，像是回归到了胎儿的状态，在飞往纽约七个小时零十二分钟的可怕飞行途中，她一次都没醒来，没有喘一口大气，甚至姿势也没有任何的变化。

我始终相信，世上万物之中，没有比一个美丽的女人更美的了。身边睡着一个童话般的女人，在她的魅力笼罩下，我一刻也无法逃离。她睡得那么安稳，有那么一刻我竟然有了一种不安，觉得她吃下药片不是为了睡觉，而是为了死亡。我一次又一次地，几乎是一厘米一厘米地观察着，她身上能看到的唯一生命体征是从她额头上一阵阵掠过的睡梦的阴影，就像是水中映出的云彩。她的脖子上戴了条项链，细细的，在她金色皮肤的映衬下几乎看不出来，她的两只耳朵长得端正完美，没有打耳环的孔，左手戴了枚光溜溜的戒指。因为她看上去不会超过二十二岁，我心里略感安慰，心想这不会是结婚戒指，多半是短暂热恋期的戒指。她没有喷香水，肌肤间散发出来的淡淡香气自然天成，只能是来自她的美貌。"你在你的梦中邀游，就像船儿漂流在海上"，在大西洋上两万英尺的高空，我努力一句一句地回想着赫拉尔多·迭戈那首令人难以忘怀的十四行诗。"我知道你睡了，睡得真真切切，妥帖安稳，遗弃忠诚的河床，纯净的线条，你如此之近，我却被缚住了双手。"我的境遇就有点儿像这首十四行诗，过了半个小时我终于把全诗记了起来，结尾是这样的："我因这孤岛的奴役心生恐惧，无法入眠，心急如焚，独立悬崖之上，船儿漂流在海上，你遨游在你的梦中。"我一直欣赏着身边的睡美人，心中涌上无名的焦灼，然而，五个小时的飞行之后我突然明白，我的状态并不太符合赫拉尔多·迭戈十四行诗的境界，而更近于另一部现代文学的大师之作，日本作家川端康成的《睡美人》。

我历经一段漫长而特别的过程才发现了这本美丽的小说，但不管先前如何，这过程现在终止于飞机上这个熟睡的美人。几年前在巴黎，作家阿兰·若弗鲁瓦给我打来电话，说想介绍我认识几位日本作家，他们现在正在他家中。那时候，我对日本文学的认识，除了上高中的时候知道的一些感伤的俳句之外，就是谷崎润一郎几篇翻译成西班牙语的短篇小说。实际上，我对日本作家能算得上深入的了解是，他们大家，或迟或早，总归是要自杀的。我第一次听到川端康成这个名字，是在一九六八年授予他诺贝尔文学奖的时候，当时我试着读一点儿他的东西，可很快就睡着了。过了没多久他就剖腹自杀了，和另一位著名作家太宰治一样——这位则是在几次失败的尝试之后，于一九四八年自杀身亡。比川端康成早两年，也是几次自杀未遂的小说家三岛由纪夫——也许算得上是在西方世界名气最大的一位了——在对自卫队士兵发表了一番慷慨激昂的演讲之后切腹自尽。所以，接到阿兰·若弗鲁瓦的电话，我脑海里首先出现的就是日本作家这种对死亡的崇拜。"我非常乐意去，"我对阿兰说，"只要他们别自杀。"实际上，那天没有人自杀，我们度过了一个愉快的晚上，那天我学到的最重要的一点是，他们全都是些疯子。难得的是他们也都同意我的观点。"正因为如此我们才想认识你。"他们对我这样说道。最后，他们在一点上说服了我：对于日本读者而言，毫无疑问，我就是个日本作家。

为了弄懂他们这话的意思，第二天我去了巴黎一家专门的书店，凡是他们那里有的日本作家的书我每样买了一本：远藤周作、大江健三郎、井上靖、芥川龙之介、井伏鳟二、太宰治，川端康成和三岛由纪夫就更不必说了。差不多一年的时间里，我就没看别的书，而现在我也相信了这一点：日本小说确实和我的小说有共同之处。那是某种无法言传的东西，我在唯一一次去日本的时候在这个国家的日常生活中并未察觉，现在看来却无比明显。

不过要是真让我来写的话，我唯一想写的还是川端康成的《睡美人》。它讲的是京都郊区的一所怪异的宅子里发生的故事，一群有钱的老头付上一大笔钱，只为了以最精致典雅的方式享受他们最后的爱：这个城市最美的女孩子，被麻醉后赤身裸体和他们躺在一张床上，任由他们彻夜观赏。他们不能弄醒那些女孩，甚至不能触碰她们，当然，他们也不会起这样的念头，因为这样一种暮年消遣最纯粹的满足就在于能在她们身边做上个好梦。

在飞往纽约的飞机上，有美人安卧在侧，我也算是有了一次这样的经历，但我却一点儿也高兴不起来。相反，在飞行的最后时刻，我特别希望刚才那个服务生能过来把她叫醒，这样我才能重新获得自由，也许还能重新恢复青春。可是事与愿违。她直到飞机落地才醒来，她收拾了一下站起身来，没看我一眼便第一个出了舱门，永远消失在人群中。我则继续坐这架飞机飞往墨西哥城，身边的座位上仍留有她睡梦的余温，我思念着她的美，脑子里挥之不去的却是在巴黎时那群疯子作家对我作品的评说。飞机着陆前，有人给我们发放了入境登记表，填写的时候我心头一阵酸楚。职业：日本作家。年龄：九十二岁。

一九八二年九月二十日

《前进》，墨西哥城

诚聘枪手

经常有人问我，在生活中我最需要的是什么，我的回答总是："一个枪手。"这个笑话倒也并不像听上去那么傻。倘若哪一天实在推脱不掉，我答应连夜写一篇十五页纸的短篇小说，我一定会到我那些旧纸堆里翻一翻，然后肯定就能按时完成稿子付印。写出来的也可能糟糕透顶，但答应的事情我算是做完了——无论如何，这就是我想通过这个噩梦般的例子表达的意思。反过来，如果让我去写一封祝贺电报或是一封吊唁信，要不绞尽脑汁，花上一个礼拜时间，我是肯定写不出来的。面对诸如此类实在提不起兴趣的任务，正如我们的社会生活中其他许许多多不得不做之事一样，在我认识的作家里，大多数人都希望自己能去找别的更在行的枪手帮忙。这个我每个星期都不得不写的专栏，就是我那近乎粗暴的职业荣誉感的好例子：到十月份它就要连刊满两年了。只有一次开了天窗，而且责任也不在我：是通信系统在最后一刻出了问题。每个星期五的早上九点到下午三点，都专门被我用来写专栏文章，我总是带着同样的意志、同样的自觉和同样快乐的心情，不少次甚至是带着写出一篇杰作的劲头去写。有时候定不下来合适的主题，星期四晚上我一定会睡不踏实，不过经验教会了我，问题一定会在睡梦中得到解决，早上起来我往打字机跟前一坐，便会文思泉涌。不过我总会提前想好几个话题，把各种来源的素材一点点搜集整理妥当，再严格审查一番，因为我感觉读者们对我犯的过错不会像对我需要的那个枪手那样宽容。我写这些专栏文章的首要任务就是每个星期能给普通读者灌输点儿知识，他们才是我最感兴趣的人，而这些知识对于那些无所不知、绝顶聪明的大人先生们来说当然就显得太过浅显，也许近乎幼稚了。我的另一个任务——也是难度最大的那个——是在不借助别人的情况下尽我所能把文章写得好一些，因为我始终认为把文章写好是唯一能够自洽且独有的快乐。

我给自己强加了这份负担，是因为自觉在一部小说和下一部小说之间有大把的时间不去写作，渐渐地——就像投球手一样——会感到手生。后来，这个技巧性的决定变成了对读者许下的承诺，现在它已经变成了一个我逃脱不掉的镜子迷宫，当然，除非我找到一个能代替我的天赐枪手。可我觉得这已经有点儿晚了，因为曾经有三回我下决心不再写这些专栏文章，每次都被我心中装着的那个小小阿根廷人毫不留情地阻止了。

我第一次下这样的决心是在时隔二十年后写第一篇专栏文章的

时候，花了整整一个星期，累得像个服划船苦役的犯人才写了出来。第二次是在一年多以前，当时我正和奥马尔·托里霍斯将军在法拉隆的军事基地小憩几天，天空是那样清澈透明，大洋是那样宁静，让人只想驾条船去航行一番，谁还有心思坐下来写作呢。"我给主编发个电报，就说今天没有专栏文章，不就得了。"我轻松地长舒了一口气，这样想道。可是我那倒霉的良心压迫着我，中午饭一点儿也吃不下去，到了下午六点，我把自己关进房间里，用一个半小时把脑子里冒出来的第一个念头写下来交给了托里霍斯将军的一个副官，让他用电传发到波哥大，再请那里的人把文章转发到马德里和墨西哥城去。直到第二天我才得知，托里霍斯将军动用了一架军用飞机把稿子送到巴拿马城机场，从机场再用直升机送到总统府，从那里通过官方渠道帮我把文章发送了出去。

最后一次是在六个月前，我一觉醒来发现自己多年来一直想写的那部爱情小说已经在我心里酝酿成熟，我面临的选择是，要么立即全情投入进去，要么就永远不去写它。然而，到了关键时刻，我却没有足够的胆量从我每周一天的囚徒生活中逃离，于是我生平第一次做了件自己都本以为永远不可能的事情：我每天都逐字逐句地写我的小说，并以同样的耐心，但愿还能以同样的运气，就像母鸡在院子里一粒一粒啄食似的，一边聆听着星期五那只巨大的怪兽不断靠近的可怕脚步声。现在我们又在这儿见了面，一如既往，而我希望能永远如此。

我是在一天下午，在我波哥大的家中开始给这个专栏写第一篇文章的，在墨西哥使馆的外交庇护下于第二天完稿，从那时起我就一直怀疑自己还能不能逃离这个牢笼；刚刚过去的七月里的一个星期五，在克里特岛上的电报局里，我仍然这样怀疑——当时我好不容易才和当值的电报员说明白，让他用西班牙语把稿子发出去。在蒙特利尔我继续怀疑，那次我因为打字机电压和酒店里的不同不得不紧急买了一台新的。两个月前在古巴，我依然如此，当时我换了两台打字机都不好使，最后他们给我搬来一台电子打字机，那玩意儿太先进了，最后我还是决定改用手写在一个打着方格的练习本上，这倒让我想起了过去在阿拉卡塔卡小学上学那遥远而幸福的时光。每次出现这样的意外情况时，我总会带着迫切的心情期望，要是能有一个人替我做这些事就好了：这个人就是一个枪手。

这么说吧，这样的需求在我身上表现得最为强烈的一次，应该是好多年前我到路易斯·阿尔科里萨在墨西哥城的家中去，商量一个电影脚本的那天。上午十点钟我见到他的时候，他情绪很低落，因为他家的厨娘请他帮忙写封信给社会保险局的主任。阿尔科里萨平日里的工作是一家银行的出纳，也是一个了不起的作家，是最早为路易斯·布努埃尔写电影脚本的几位最聪明的作家之一，后来转而为自己的电影当编剧。一开始他以为写这封信也就是半个小时的活。可是我见到他的时候，他却是一副快要疯掉的模样，身边是一大堆撕碎的纸，上面都只写了个差不多的正式开头：给您写这封信我深感荣幸……我想帮他一把，结果三个小时过去，我们还在不断地打着草稿又一张张地撕掉，酒倒是喝了不少，杜松子酒兑上苦艾酒，外加一肚子的西班牙香肠，我们俩都有点儿醉了，可除了开头那两句最常规的话以外，还是没有任何的进展。下午三点钟，厨娘回来取信，我们只好一点儿都不知道害臊地对她说信还没写出来。我至今都不能忘记那位善良的厨娘看着我们的那副怜悯面孔。"可这挺容易的呀——"她的声音里满含谦卑，"您瞧瞧。"于是她随即准确无误、从容不迫地口述了一封信，流畅得路易斯·阿尔科里萨勉强才能用打字机跟上她的速度。那一天——到今天也还是如此——我一直在想，也许这个不见经传、一天天在厨房里虚度韶华的女人正是我生命中急需的那个秘密枪手，这样我才能变成一个幸福的人。

一九八二年十月六日

《国家报》，马德里

奥夫雷贡 天赋异常

很多年前，一个朋友去找亚历杭德罗·奥夫雷贡帮忙，说他们去大沼泽钓那种二十磅重的鲱鱼，结果他那条小船的船主在临近黄昏时落水淹死了，想请他帮忙去找那人的尸体。他们两个人在那个宽阔的浑水天堂里忙了整整一夜，举着猎人常用的那种射灯，跟踪着常常能指示溺死者长眠深处的水上漂流物，把那些最想象不到的水湾都搜了个遍。突然，奥夫雷贡看见了他：尸体几乎是坐在水里，水一直淹到他的头顶，水面上只能看见他的一绺绺头发在漂来漂去。"活像一只水母。"奥夫雷贡后来这样对我说。他用双手抓住死者的头发，用他画惯了斗牛和暴风雨的非凡气力，把溺水者庞大的躯体整个拉出了水面，可怜那人双目圆睁，身上还流淌着沾满水草和小鱼的泥浆，像条死鱼一样被扔进船舱里。

后来每次我俩喝得酩酊大醉的时候，我都会要求奥夫雷贡把这件事重新再讲上一遍——这件事还给了我写个溺水者的故事的灵感——这可能是他一生中所做过最接近他作品的事。其实他画起画来就是这样，像是在黑暗中寻找被淹死的人。他画远方地平线上的电闪雷鸣，缠斗的牛头妖怪奔涌而出，还有爱国的神鹰、淫荡的山羊和叫声凄厉的鱼。而在他独有神话创造出来的躁动动物中间，游走着一个头戴佛罗伦萨式花冠的女人，一成不变而又瞬息万变地在他的每一幅画中徘徊，每次的含义却又各不相同，因为实际上她正是这个如钢筋水泥般坚强的浪漫主义画家情愿为之献出生命的可望而不可得的女子。他正是我们所有的浪漫主义者都是，也只应如此的模样，没有什么不好意思的。

我第一次看见这个女子是在三十二年前我认识奥夫雷贡的当天，在巴兰基亚市圣布拉斯大街上他的画室里。那里有两个宽敞的房间，陈设简单，城里巨大的嘈杂声自打开的窗子传来。在一个角落里，在毕加索最新的静物和他早年心中的雄鹰之间，她一袭绿衣，神情忧郁，身旁荷花低垂，手里托着自己的灵魂。奥夫雷贡那时刚从巴黎回国，仿佛被番石榴的气味熏得晕头转向，和他挂在墙上的一幅自画像长得一模一样——现在我写东西的时候，它就在墙上一直盯着我，他曾在一个疯狂的夜晚用大口径枪连发五弹，想把墙上的自己干掉。然而我刚认识他的时候，给我留下最深印象的还不是他那双令集市上的同性恋者惊叹的海盗般清澈的眼睛，而是那双粗糙的大手，我们曾亲眼看见他就凭着这双手在一次妓院里的打斗中把半打瑞典水手打倒在地。那是一双西班牙老手，可刚可柔，像堂罗德里戈·迪亚兹·德·维瓦尔一样，用心爱女人养的鸽子去喂肥自己的猎隼。

这双手是他无尽天赋的完美工具，从未给他一刻的安宁。奥夫雷贡作画很少凭借理性，他总是随时随地，随手抓起一件东西就开始画。就在那人被淹死那段日子里的一天晚上，我们来到一家只装修了一半的小酒馆打算痛饮一番。桌子都在墙角堆着，旁边是一袋一袋的水泥和石灰，还有几个木匠的工作台，是准备做房门用的。奥夫雷贡在一股松节油气味的熏蒸下久久立在那里，仿佛悬浮在半空中，最后他拎着一罐油漆爬到一张桌子上，大笔一挥，三下两下，就在干干净净的墙壁上画出了一只绿色的独角兽。我们费了好大力气说服小酒馆老板，那几笔画出来的东西比他家酒馆的门面可值钱多了，好在最后总算是成功了。打那天晚上起，那家无名小酒馆就一直叫独角兽酒馆，招来不少的美国游客和小白脸，直到后来随无情的时间之风飘扬到鬼知道什么地方去了。

又有一回，奥夫雷贡遭遇车祸，两条腿都断了，在住院的两周时间里，他找护士借了把手术刀，在固定双腿的石膏上雕刻出了他的动物图腾。不过这件杰作最后没有落在他自己手中，而是被给他拆掉石膏的外科大夫拿走了，现如今被美国一家私人机构收为藏品。曾有一个记者到他家里采访，有点儿恼火地问他家那只小水犬怎么了，一刻也不得安生，奥夫雷贡是这样回答他的："它有点儿紧张，因为它知道我要在它身上画画了。"当然，最后他还是把小狗给画了，不管什么东西，只要落在他手上他都要画上几笔，因为在他的观念里，世上万物的存在都是为了被画的。他住在原西印度群岛卡塔赫纳总督的府邸里，从那里的一扇窗口看出去，整个加勒比海尽收眼底，你在那里可以看到画家的日常生活，同时也可以看到另一种画上人生：灯上、抽水马桶上、镜子上、电冰箱的硬纸板包装盒上，无处不画。许多放在别的艺术家身上是缺点的东西，到了他身上却成了合理合法的优点，比如多愁善感呀，象征呀，热情奔放的冲动呀，还有爱国主义的激情呀。就连他的一些败笔也都充满了生机，就比如一个在熔炉里烧焦了的女人头像，奥夫雷贡把他家里最好的地方留给了它，半边已经被虫子吃得不像样子，额头上却还戴着女王的冠冕。这个从未到过这里的女人已经没了双眼，但还是能从她的脸上看出一种永远抚慰不平的忧郁，让人不禁觉得这个败笔也绝不可能是画家的无心之作，它一定是经过精心考虑的。

有时候家里来了朋友，奥夫雷贡就一头扎进厨房。看见他在桌上布置饭菜真叫人开心不已：鲷鱼身上泛着蓝蓝的光，猪鼻子里还插上了一朵石竹花，小牛肋排上带着心形的印迹，青香蕉是从阿尔霍纳来的，木薯来自圣哈辛托，山药一定是出自图尔瓦科。看他精心准备着这一切真叫人赏心悦目，他会把这些东西切开，按不同的形状和颜色放好，再用水煮熟，做这一切的劲头和画画时一模一样。"就像把各种风景都放进锅里的感觉。"他这样说。锅开了以后，他会用一把长柄的大勺子不断地尝汤的味道，接下来就是一瓶接一瓶地往锅里倒"三个街角"牌朗姆酒，直到最后汤都蒸发完了，锅里只剩下朗姆酒。那时候你才会明白，为什么做顿饭要花上教皇做一次祝圣大典那么长的时间和那么大的阵仗，原来这一锅石器时代的杂烩汤，被奥夫雷贡装在蕉叶里端上来的时候已经和烹饪无关了，你要吃进肚子里的是一幅画。他做一切事情都和画画一样，因为他对其他的方式一无所知。这倒也不是说他活着只为了画画。不是这样：而是只有画画的时候他才活着。他总是光着脚，身上穿的棉布汗衫过去应该是用来擦画笔的，裤子是他自己用切肉的刀裁短了的，他做起事来带着泥瓦匠一样的严谨态度，全然符合上帝对传福音者的要求。

一九八二年十月二十日

《国家报》，马德里

无痛文学

不久前，我对一个班级的学生说了句不太负责任的话，说世界文学一个下午就可以学懂。班上一个女生——一个狂热的文学爱好者，秘密诗行的作者——马上接了下去："那我们什么时候可以过来让您教教我们？"就这样，星期五下午三点学生们来了，我们一直聊到六点钟，最后不得不在德国浪漫主义停了下来，因为学生们也犯了不负责任的毛病，答应去参加一个婚礼。当然，我告诉他们，想在一个下午搞懂世界文学，条件之一就是不能同时接受参加婚礼的邀请，因为结婚过上幸福生活的时间充裕，学习诗歌却不然。这件事从头到尾都是一场玩笑，最后我的感觉和他们的完全相同：尽管我们没能在三个小时的时间里学完文学，至少我们都有了相当可观的基本知识，又无须去苦读让－保罗·萨特的书。

当你为一张唱片或是为一本书倾倒的时候，自然而然就会产生一种想找个人说说的冲动。这种事在我身上发生过，那次是我碰巧找见了一张当时很少见的贝洛·巴托克的《为弦乐四重奏和钢琴而作的五重奏》；后来又发生过一次：我在汽车的收音机里听到了美妙而罕见的奥托里诺·雷斯庇基的《小提琴与管弦乐队格里高利协奏曲》。这两张唱片都很不容易找到，我身边那些听音乐成瘾的朋友们也不知道哪里能买到，后来我跑遍了半个世界想把它们买到手，好找个人一起听听。类似的情况也适用于胡安·鲁尔福的《佩德罗·巴拉莫》，从多年前便是如此，我觉得自己恐怕把这本书的整整一版都买走了，为的只是让朋友们可以随时带一本走。我唯一的条件就是要我们尽快找时间再聚一聚，聊聊我们心中至亲至爱的这本书。

我对上我文学课的好学生们解释的第一件事就是我的教学理念——当然，也许会有些太主观，也太简单了。实际上，我一直以为一门好的文学课需要做的只是引导学生们去读他们该读的好书。有些老师以吓唬学生为乐，其实每个时代非读不可的书并没有他们口中的那么多，只要不是有推脱不掉的婚礼要去参加，一个下午确实可以讲完。带着愉快的心情、带着自己的审慎判断去读这些书，自然是需要花上一生中许多个下午的时间，不过如果有学生可以做到，最终他们的文学知识比起最聪明的老师也会毫不逊色。接下来的一步有些让人害怕：专业化。再往下，就是人活在世上所能走的最烦人的一步了：博学。不过如果学生们想要的只是在和人见面的时候露上一手，他们就完全没有必要经历这三重炼狱中的任何一步，而是只需买上一部神奇的两卷本《书籍大全》，作者是路易斯·努埃达和堂安东尼奥·埃斯皮纳，编写于一九四〇年前后，书中按照字母顺序撰有一千多部世界文学主要著作的概述，包括每本著作的主要情节介绍和解读，还有关于作者及其时代背景的简介。当然，相对于一个下午的课所需要的书目，它可以说是多出了很多，可也有一个方便之处，那就是你不必真的把这些书都读上一遍。这没有什么不好意思的：这两卷救命书已经在我的案头放了好些年了，好几回是它们把我从身处知识分子天堂时遇到的窘境中解救了出来，有了这两本书，而且根据对它们的了解，我可以确定无疑地告诉各位，很多社会娱乐和报纸专栏的权威人士一定也拥有这两本书，而且还经常使用它们。

幸运的是，人在一生中需要阅读的书并不是很多。不久前，波哥大的《笔墨》杂志向一群作家提了个问题：对他们来说最有意义的书籍是哪些。要求是只列出五本，那些人所共知的除外，比方说《圣经》《奥德赛》和《堂吉诃德》。我的最终书目是：《一千零一夜》、索福克勒斯的《俄狄浦斯王》、梅尔维尔的《白鲸》、《西班牙抒情诗集》——堂何塞·玛丽亚·布莱夸编纂的一本诗歌集，可以当作侦探小说来读，还有就是一本《西班牙语词典》，当然不是皇家语言学院的那一本。这份书单，和所有的单子一样，有可以讨论之处，由此衍生出来的话题可以说上好几个小时，可是我的理由简单而真诚：倘若我只读过这五本书的话——当然那些人所共知的要除外——也就足以写出我到现在为止所写过的东西了。换句话说，这是一份有专业特色的书单。不过，《白鲸》被列进来还有一番曲折。一开始我在这个位置上写的是大仲马的《基督山伯爵》，它在我心目中是一部完美的小说，只是在结构上稍逊一筹，而这方面已经有《俄狄浦斯王》珠玉在前了。后来我又想到了托尔斯泰的《战争与和平》，在我看来，在小说这个文学体裁中它算得上是写得最好的了，而正是因为如此，我觉得应该把它归入人所共知的那一类里面去。而《白鲸》，它的无序结构创造了文学中最美的乱象之一，它激发了我身上神话般的勇气，那无疑是我写作中必不可少的元素。

　　总之，无论是一个下午就可以上完的文学课，还是关于五本书的调查，都引导人们再一次去想一想，有多少不应被忘怀的著作已经被年轻一代忘却。其中有三本，在二十多年前还处在一线的位置：托马斯·曼的《魔山》、阿克塞尔·芒思的《圣米歇尔的历史》和阿兰－傅尼埃的《大个子莫林》。有时我会想，把那些最勤勉的学生都算上，在今天的文学课上还有多少人会用心思去问一问，这三部已经被边缘化的书里究竟都写了些什么。你会觉得它们都曾经辉煌一时，可又都昙花一现，就像艾萨·德·克罗兹和阿纳托尔·法朗士的若干小说，像阿道司·赫胥黎的《针锋相对》，那是我们在蓝色岁月里都患过的某种麻疹；或者像雅各布·瓦瑟曼的《小鹅人》，举出它与其说是因为诗歌还不如说是出于情结；或者像安德烈·纪德的《伪币制造者》，它也许比作者自身想象的还要假。在这退休书籍的养老院里，只有一例会让人们感到惊奇，那就是赫尔曼·黑塞的书，在一九四六年他被授予诺贝尔奖的时候曾引发一场轰动，但很快就被人忘记了。不过最近几年里，他的书又被重新发掘出来，其力度不减当年，也许这一代人在他的书里发现了与自己的疑惑产生共鸣的玄机。

当然，所有这一切都不足以引发忧虑，而更像是沙龙里供人消遣的猜谜游戏。其实，不应该有什么必读之书，也不该有什么惩罚之书，健康的阅读方式是读到哪一页觉得受不了便就此打住。当然，对于那些自甘受虐、不顾一切要继续读下去的人们来说，也有一个很好的解决办法：把那些太难读懂的书放在厕所里。也许经过几年的良好消化，就可以达到弥尔顿在《失乐园》里描写的化境。

一九八二年十二月八日

《国家报》，马德里

带着爱，从巴黎出发

我第一次到达巴黎是在一九五五年十二月一个寒冷的夜晚。我从罗马坐火车到达了一个装饰着圣诞节灯火的车站，而首先引起我注意的，是在任何地方都有一对对恋人相拥而吻。在火车上、地铁中、咖啡馆内、电梯里，战后的第一代人在各种公开场合纵情消费他们的爱情，这也是大灾大难之后唯一不用花多少钱就可以得到的享乐。人们在大街上互相亲吻，丝毫不顾忌会不会影响到街上的行人，而行人也只是目不斜视、若无其事地绕过他们，这倒使人想起我们村子的人对野狗的态度，公狗黏在母狗身上在广场中央干起好事，大家也视若无睹。大白天里公然接吻在罗马不大常见——那是我在欧洲住过的第一个城市——当然，更不必说在那个年代到处都是雾蒙蒙的波哥大了，人们都假模假式的，连在卧室里接个吻都觉得有点儿难为情。

那是阿尔及利亚战争的黑暗年代。透过街角的手风琴演奏出来的思乡之曲，透过大街小巷烤炉里烤栗子的香气，能感觉到一种压抑的气氛像贪得无厌的幽灵在飘荡。圣米歇尔林荫大道上，警察会突然封锁某一家咖啡馆或是酒吧的出口，拳打脚踢地把脸长得不像基督徒的人统统抓走。没办法，我也是其中之一。怎么解释都没有用处：不光是脸，就连我讲法语的口音也成了坐牢的理由。第一次被塞进圣日耳曼－德－普雷警察局装满阿尔及利亚人的牢房里的时候，我深感屈辱。这是一种拉丁美洲式的偏见：蹲监狱是件丢人的事情，因为从小我们就不知道坐牢竟然还有政治原因和刑事原因之分，而家里的长辈们通常思想保守，致力于把这种混乱的思维方式灌输给我们且不断加以维护。我的处境更糟糕一些，因为即使警察把我抓起来的理由是我长得像阿尔及利亚人，我也得不到那些同在一间囚笼里的阿尔及利亚人的信任——虽说我长了一张挨家挨户推销棉布的嘴脸，他们讲起阿拉伯语来我还是一个字都听不懂。不过，天长日久，因为经常要在警察局里过夜，最后我和他们居然能听得懂对方的话了。一天夜里，他们当中的一位对我说，与其当个无辜的犯人还不如真的干点儿什么，便介绍我为阿尔及利亚民族解放阵线做点儿事。他是个医生，名字叫阿默德·特巴尔，后来成了我在巴黎最好的朋友之一，可他在祖国获得独立之后去世了，死于另一种战争。二十五年后，当我受邀参加在阿尔及尔举行的独立纪念活动时，我对一位记者说了件让大家难以置信的事情：我唯一为之坐过牢的革命就是阿尔及利亚革命。

可那个年代的巴黎并非只有阿尔及利亚战争这一件事。它也是很长时间以来拉丁美洲流亡者中最盛行的目的地。那时候，在阿根廷掌权的是胡安·多明戈·庇隆——那时的他还不是后来的庇隆，秘鲁有奥德里亚将军，哥伦比亚有罗哈斯·皮尼利亚，委内瑞拉有佩雷斯·希门尼斯将军，尼加拉瓜有安纳斯塔西奥·索摩查将军，多米尼加有拉斐尔·莱昂尼达斯·特鲁希略，古巴有富尔亨西奥·巴蒂斯塔。盛行一时的集权统治使得我们这些避难者也人数众多，以至于诗人尼古拉斯·纪廉每天一大早都会站在库哈斯大街他所住的圣米歇尔酒店的房间阳台上，把他刚从报纸上看到的有关拉丁美洲的消息用西班牙语大声宣读一遍。一天清晨，他高声喊道："那家伙倒台了！"当然真正倒台的只有一个，可我们所有的人醒来时都充满希望，觉得倒台的是自己国家的那个家伙。

我到巴黎时只不过是个年轻气盛的加勒比人。我和这个城市之间有着太多的陈旧官司，也有着太多更陈旧的爱恋故事，可我最感谢它的一点是它给了我一个全新的观察拉丁美洲的稳定角度。我们此前各自站在自己国家的立场上从未有过的共同视角，现在在一张咖啡桌旁变得如此清晰，最终使得大家都明白了一个道理，那就是，虽然我们来自不同的国家，但我们其实都在同一条船上。只要在圣日耳曼-德-普雷大街上挤满了人的咖啡馆里兜上一圈，就相当于游遍了整个拉丁美洲，你可以遇到各个国家的作家和艺术家，遇到正在遭受迫害或者正在酝酿革命的政治家。也有从来不去那里的，比如我与胡里奥·科塔萨尔的缘分就是如此——自从读过他的《动物寓言集》，我就一直对他心怀敬意，我在"老海军"酒吧等了他差不多一年，只因为有人告诉我他常去那里。十五年以后，我们到底还是在巴黎见了面，他依然是多年前我想象的那个样子：他是世上最高的人，从没有打算过变老。他还是那个令人难以忘怀的拉丁美洲人的老样子，就像他在一篇故事里描绘的那样，喜欢在雾蒙蒙的清晨去看怎么用断头台执行死刑。

空气里飘荡着布拉桑①的歌声。美貌迷人的塔奇亚·金塔纳本是个无所畏惧的巴斯克女子，却早被各国的拉丁美洲人同化成我们这些避难者中间的一员，她硬是创造出奇迹，用一只酒精炉做出了一大锅足够十个人吃的鲜美的海鲜饭。保罗·库罗，又是一个被我们同化了的法国人，专门为我们当时的生活方式造出了一个词：黄金苦难②。我一直对自己的境遇没有一个非常清楚的认识，直到有一天夜里，我在卢森堡公园旁边瞎逛，突然发现自己整整一天连只毛栗子都没下肚，也找不到睡觉的地方。我沿着林荫大道逛了好久好久，心想能遇上一支专抓阿拉伯人的巡逻队就好了，这样他们就能把我抓去暖暖和和的牢房里睡上一觉，可我找了好长时间也没能遇上他们。天快亮了，浓浓的迷雾里，塞纳河畔已经模模糊糊现出了宫殿的轮廓，我迈开坚实的大步往西堤岛方向走去，脸上是一副刚刚起床要去工厂上班的本分工人的表情。穿过圣米歇尔桥的时候，

①乔治·布拉桑（Georges Brassens，1921—1981），法国歌唱家兼作曲家，唱片发行量曾高达两千万张，如诗歌般的作品使得他也有了诗人的称号。
②原文为法语。

我感觉到迷雾中我并不是孤单一人，因为我清楚地听见了有人从对面走来的脚步声。浓雾中，只见他从同侧的人行道上迈着和我相同的步伐走了过来，走近时我看见了他身上红黑相间的苏格兰式上衣，在桥中间擦身而过的时候，我看见了他乱糟糟的头发、土耳其人的小胡子、同样因饥饿和缺乏睡眠而愁苦的脸，也看见了他饱含着泪水的双眼。我的心一下子被冻得冰凉，因为待会儿我往回走的时候一定就是这副嘴脸。

这就是那个年代的巴黎留给我最深刻的记忆，在我从斯德哥尔摩返回巴黎的此刻，这段记忆更清晰地出现在我的脑海里。相比那时，这城市没有多大变化。一九六八年，我曾在好奇心的驱使下来过这里，就想看看经过神奇的五月风暴之后这座城市怎么样了，我发现恋人们已经不在公众场合接吻，街道上铺路的石头也都重新铺好了，墙壁上那些史无前例的美妙标语已经被擦去："想象至上""水泥地下是海滩""让我们相爱吧"，诸如此类。昨天，我旧地重游，只看见一件新鲜事：穿着绿色制服的市政人员骑着绿色摩托车穿行在大街小巷，每个人都带着仿佛星际探索才用得上的机械手一样的工具，在这个世界上最美丽的城市里，收拾着一百万条狗每二十四小时拉在街上的狗屎。

一九八二年十二月二十九日

《国家报》，马德里

再回墨西哥

有一次我在接受采访时说过这样的话："墨西哥城里有许多我深爱的朋友，但它留给我最深刻的记忆，要属我在查普尔特佩克公园的森林里度过的一个不可思议的下午，天上落着太阳雨，我被这奇妙的现象深深吸引，以致失去了方位感，开始在雨中一圈一圈地漫步，走不出那片树林。"

发表这通感想的十年后，我又一次来到这里寻找那片迷人的树林，找见的却是树林在污染的大气下逐渐朽去，仿佛从那天起凋零的树木间便再也没有雨水落下。这一体验突然让我体味到，我和我家人生命中的多少时间留在了这座路西法之城中——它现在已经变成了世界上占地最广、人口最多的城市之一——以及自从一九六一年七月二日，我们毫无名气、身无分文地到达尘土飞扬的中央火车站的那一刻至今天，这座城市，还有我们自己，都有了多么大的变化。

这一天，就算它的日期没有出现在我那个早已失效的护照上，我也永生难忘，因为就在第二天一大早，我的一个朋友打电话把我叫醒，告诉我海明威死了。他把枪筒塞进嘴里轰碎了自己的脑袋，这种残暴如同标记着一个新时代的开始，永远留在了我的记忆里。梅塞德斯和我当时已经结婚两年，罗德里戈还不满一周岁，此前的几个月我们一直住在曼哈顿区的一家小旅馆里。我当时的工作是古巴新闻社驻纽约记者——谁要是想被谋杀，没有比这个地方更合适的了。办公室设在洛克菲勒中心一座又脏又偏的老楼里，一间房子放电传机，另一间用作编辑部，总共只有一扇窗户，正对着一个地狱般的院子，不但凄凉难看还总有股冰冻的煤灰味，远处无时无刻不传来垃圾桶里老鼠争夺剩饭剩菜的撕咬声。当那个地方变得让人越来越难以忍受的时候，我们把罗德里戈往篮子里一装，坐上第一辆公共汽车直奔南方。我们在这世界上的全部资产就只有三百美元，外加普利尼奥·阿普莱约·门多萨从波哥大给我们寄到新奥尔良哥伦比亚领事馆的那一百。这也能算得上是一个美妙的疯狂之举吧：我们的计划是穿过一片接一片的棉花田和一座座黑人村庄回到哥伦比亚，而我们唯一的向导就是脑海里刚刚读过的几本威廉·福克纳的小说。

作为一种文学体验，这一切都令人着迷，然而到了现实生活中——而且我们那时又是那样年轻——简直就成了胡来。总共十四天的大巴车行程走的都是偏僻的公路，热浪蒸腾，风景悲凉，一路上在糟糕透顶的小饭馆打尖，住的也都是更可怕的小旅店。在南方城市的大百货公司里，我们第一次见识了种族歧视的可耻：有两台公共饮水机，一台是白人用的，另一台是黑人用的，上面都挂着一清二楚的标识。在亚拉巴马州，我们花了整整一夜找旅馆住宿，所有的地方都说没有房间，直到最后一家旅馆值夜班的守门人偶然发现我们不是墨西哥人。不过，和往常一样，最让人受不了的还不是六月份炎热的天气里漫长得看不见头的旅途，也不是一路上小旅馆里难熬的夜晚，而是那糟糕透顶的饭菜。汉堡包就像是用磨碎的板纸做出来的，牛奶里一股麦芽味让人难以下咽，最后受不了了的我们只好和孩子一起分食糖水罐头。那一段英雄史诗般的旅程结束时，我们又一次能够把现实和虚构对照起来观察了。棉花田里矗立着帕特农神庙般洁白无瑕的建筑，农场主们靠在路旁小客栈凉爽的屋檐下睡着午觉，穷苦的黑人在茅草屋里勉强度日，加文·史蒂文斯大叔的白种后人们和他们身着薄纱闷闷不乐的妻子去参加星期日的弥撒：车窗外，约克纳帕塔法县那种可怕的生活都一一映入我们的眼帘，活灵活现，和大师笔下小说里的毫无二致。

　　然而，一到墨西哥边界，到了脏乱不堪、灰尘满天的拉雷多城 [①]——无数关于走私犯的电影已经让我们对这里相当熟悉——我们一路上的这种感情便都见了鬼。我们做的第一件事就是走进一家小饭馆吃点儿热乎东西。头道菜是一种用金黄色的软糯米饭煮成的汤，和我们在加勒比地区做的大不一样。"上帝保佑，"梅塞德斯刚

---

① 拉雷多（Laredo）为美国得克萨斯州南部城市、河港，位于美国与墨西哥边境格兰德河北岸，对岸为墨西哥的新拉雷多城。此处疑指后者。

尝了一口就失声叫道，"哪怕就为了能天天吃上一口这样的米饭，我也情愿一辈子留在这里。"她根本想不到想留下来的愿望会在多大的程度上得到满足。但一切并不是源于那天的那盘炒米饭，因为命运和我们开了一个特别好玩的玩笑：我们在家里吃的大米，都是像走私一样装在来访朋友的行李箱里从哥伦比亚带过来的，因为即使我们早已学会了不吃从小吃惯的家常食物也能活得下去，可还是少不了这种满含爱国主义情结、一粒一粒雪白的大米。

我们抵达墨西哥城时晚霞灿烂，兜里只剩下最后的二十美金。我们前途渺茫，在这座城市里总共只有四个朋友。一个是诗人阿尔瓦罗·穆蒂斯，他的青春岁月都是在墨西哥度过的，可总像是一直没有长大。另一个是路易斯·维森斯，一个了不起的加泰罗尼亚人，为墨西哥文化生活深深吸引，不久前刚从哥伦比亚来到这里。还有雕塑家罗德里戈·阿雷纳斯·贝坦科尔，此时正在墨西哥广袤的国土上到处树立纪念头像。第四位是作家胡安·加西亚·庞塞，我是在他到哥伦比亚为一次绘画大赛做评委时认识他的，只是第一次见面时我们俩都喝得醉醺醺的，恐怕谁也记不得谁了。可就是他，刚得到我抵达的消息就打来电话，用他那华丽的说话方式向我喊道："海明威那家伙用他妈一杆猎枪把自己轰死了。"这一刻，我才能算是真的到达了墨西哥城，而不是头一天下午六点钟——我那时晕乎乎的，也不知道为什么要来，怎么来的，要在这里待多长时间。一晃二十年过去了，这些事我还是一无所知，可重要的是我们就身在此处。正如我最近在一次纪念活动中所说的：我在这里写书，在这里抚养孩子们长大，在这里扎下了我的树根。

回顾过去——思念之情使过去变得弥足珍贵，这话一点儿不假——我第一次发现这座城市变了。查普尔特佩克的树林里，从前恋人们相拥相吻的情景看不见了，仿佛再也没有人相信一月份也会有阳光灿烂的日子，因为这样的日子真的越来越少。从没有，我从来没有在朋友们的心底看到过如此的犹豫踌躇。真的是这样吗？

一九八三年一月二十六日

《国家报》，马德里

好吧，那我们就谈谈文学

豪尔赫·路易斯·博尔赫斯早年在接受一次采访时说过，那时的青年作家的问题在于写作的时候就开始考虑成败。而他在刚开始创作的时候，只是想着为自己写作。"我出版第一本书的时候——"他说道，"那是一九二三年的事情，我总共印了三百本，除了给《我们》杂志社带去的一百本，其余的都送给了朋友。"发行部的一位主任，阿尔弗雷多·比安基，被吓坏了，看了博尔赫斯一眼对他说道："可您不会是想让我把这么多书都卖出去吧？""当然不是，"博尔赫斯回答说，"虽说这本书是我写的，我还没有完全疯掉。"那次的采访者亚历克斯·J.西斯曼当时还是个在伦敦上学的秘鲁大学生，他又补充了点儿细节，在旁注里说博尔赫斯当时还建议比安基往挂在他们办公室衣帽柜里的大衣口袋里塞上几本，他们就是这样争取到几篇公开发表的书评的。

说到这个小故事，我想起了另一个知名度更高一些的，说的是当时已经颇有名气的美国作家舍伍德·安德森的太太有一天看见年轻的威廉·福克纳正把纸铺在一辆旧推车上，用铅笔写着什么。"您在写什么？"她问道。福克纳连头都没抬，答道："一本小说。"安德森太太只是发出一声惊呼："我的上帝啊！"然而，几天后，舍伍德·安德森托人给年轻的福克纳带话说，他打算把福克纳的小说送去给一家出版商看看，唯一的条件是自己不必读它。这本书应该就是《士兵的报酬》，出版于一九二六年——也就是说，比博尔赫斯的第一本书晚三年，而在之前福克纳已经出了四本书，只是那时他还没多大名气，不过出版商们对他的书都还能接受，退稿的现象并不太多。福克纳本人有一次也说过，在出版了这五本书之后他不得不去写一本耸人听闻的小说，因为前面几本挣到的钱根本不够维持家用。这本不得不写的书是《圣殿》，它很值得一提，因为它很好地表明了，在福克纳心目中，耸人听闻的小说是什么样的。

昨天，我同《时代》周刊的一位文学作者罗恩·谢泼德谈了将近四个小时，他正在准备一个拉丁美洲文学的研究项目，聊着聊着我就想起了这些伟大作家在他们起步阶段的一些故事。这次谈话里有两点使我很开心。第一是谢泼德只谈文学，也只让我谈文学，而且在没有丝毫卖弄的情况下表现出了他对其相当浓厚的了解。第二点是，他很认真地读过我所有的书，而且做过很认真的研究，不仅仅是对每本书的独立研究，而且还从它们的先后顺序和它们的整体关系上下了功夫，此外，他还花费了很大力气看了我不少的采访报道，以免总提些一成不变的老问题，落入窠臼。我对后一点颇感兴趣，倒不全是因为自己的虚荣心得到了满足——这一点，在和任何一个作家谈话、哪怕是在和那些看上去最谦虚的作家谈话的时候，绝不能、也绝不应该排除——它还让我能用自己的亲身经历，把我个人关于写作这个行业的观点解释得更清楚一些。在采访中，如果采访者没有读过他的某一本书，被采访的作家立刻就会发觉——哪怕只是通过小小的一点儿疏忽，而且从这一刻起，也许在采访者根本察觉不到的情况下，他就已经处于被动的地位了。然而，一个很年轻的西班牙记者给我留下了至今难忘的美好回忆，他认定我是那首当年风靡一时的关于黄蝴蝶的歌的创作者，对我的生平做了一次详尽的采访，可他一点儿都不知道，这首歌是来自一本书里，而那本书的作者正是在下。

谢波德没有问任何具体问题，也没有用录音机，只是每过一会儿在一个学生练习本上简单记上两笔，他并不关心我以前和现在都得过些什么奖，也不想知道作家的责任究竟是哪些，也不问我的书卖出去了多少、赚了多少钱。我不想为我们的这次谈话做什么简述，因为现在我们所有的谈话内容都属于他而不是我了。可我又不禁要指出，这次采访真的是激励我前行的一件大事，因为我现在的生活就好比一条浑浊的河流，每天要回答好几遍同样的问题，答案也是千篇一律。更糟糕的是，要回答的问题和我的写作生涯越来越没有关系。谢波德不一样，他从容不迫，文学创作中最神秘的那些东西在他那里都如呼吸一样进退自如，而在他走后，我陷入了对过去日子深深的怀念之中，那时候我们的生活更单纯，你可以一个小时接着一个小时地无所事事，纵情享受只谈论文学的乐趣。

然而，所有我们谈过的这些东西加在一起，也不及博尔赫斯的那句话对我有吸引力，没有它给我留下的印象那么深刻："现在，作家们只想着成败。"类似这样的话，我也曾用这样或那样的方式对我在各地遇到的青年作家们讲过。我曾见过有些年轻作家给小说匆匆收尾，为的是赶上某次大奖赛的截止时间，我也曾看见他们因为一句不合心意的批评，或者某个稿子被出版社退稿，就滑向痛苦沮丧的深渊。当然，并不是他们所有的人都是这般模样，这也是不幸中的万幸。还有一回，我听见马里奥·巴尔加斯·略萨说了这样一句话，让我大惑不解："任何一个作家，当他坐下来写作的时候都必须做出取舍，是要做个好作家呢，还是做个坏作家。"几年之后，我在墨西哥城的家中来了一个二十三岁的年轻人，他六个月前出版了他的第一部小说，而那天晚上他更是志得意满，因为他刚刚把第二部小说的稿子交给了出版商。我被他这刚起步事业进展的神速惊得目瞪口呆，也如实表达了出来，而他愤世嫉俗的回答至今还被我不由自主地牢记在脑海："那是因为你在下笔之前要左思右想，因为所有的人都在等着读你写的东西。而我呢，我可以写得很快很快，因为读我书的人很少。"我恍然大悟，一下子明白了巴尔加斯·略萨那句话的意思：那个年轻人是想做个坏作家，实际上他也做到了，直到后来他在一家二手汽车交易公司找了个不错的差事，再也不用耗费时间去搞什么写作了。后来我转念一想，倘若那年轻人在学习写作之前先学习了谈论文学，他的命运恐怕又会是另一副样子。这些天里有一句时髦话："少做多说。"当然，这句话更多说的是政治方面的背信弃义，不过要拿来说作家的事情也挺有意思。

几个月前，我对乔米·加西亚·阿斯科特说过，唯一比音乐更好的是谈论音乐，昨天晚上，我差点儿把这句话换成文学再对他说一遍。后来我又仔细想了想，这样说更好一些：唯一比谈论文学更好的是创作好的文学作品。

一九八三年二月九日

《国家报》，马德里

那块黑板报

从本世纪三十年代起，在差不多十年的时间里，在波哥大有这么一种相当于报纸的东西，在全世界恐怕都很难找到先例。那是一块黑板，就像那个时代学校里用的那种，上面用粉笔写着最新新闻，一天两次放在《观察家报》的阳台上。就位于希门尼斯·德·克萨达大街和第七大道的十字路口——在很多年里一直被认为是哥伦比亚最漂亮的路口——那是波哥大市最热闹的地段，特别是在那块新闻黑板被摆出来的时候：中午十二点，下午五点。人群汹汹，急不可待，从那里经过的有轨电车不说被阻断了吧，反正走起来挺困难。

此外，当年那帮街头读者比起现在的读者来还多了一样可以做的事情，那就是看见他们觉得好的新闻会鼓掌欢呼，看见不太满意的会吹口哨起哄，要是看见和自身利益相违背的还会朝黑板扔石子。这也可以算是一种积极的、即刻的参与，而通过它，出钱赞助这块新闻黑板的《观察家报》就有了一个比其他任何方法都要好的温度计，来测量舆论的温度。

　　那时候还没有电视，广播里倒是有很完整的新闻报道，但都是定时定点播出的，所以人们回家吃中午饭或是晚饭前会停下来等待这块黑板的出现，好带着对这个世界更全面的理解回到家里。一天下午——在一片惊愕的低语声中——人们得知卡洛斯·加德尔在麦德林因两架飞机相撞去世了。当有这样一类特大新闻的时候，为了用号外满足人们的焦虑心情，这块黑板会在预定时间之外多更换几次。每逢大选，这种情况就会出现，而且有时会做得相当漂亮，叫人久久难以忘怀，比如当年对孔查·贝内加斯在利马与波哥大之间那次轰动一时的飞行的报道，其中的一波三折就每小时一版地反映在那个新闻阳台上。一九四八年四月九日下午一点钟，人民领袖豪尔赫·埃列塞尔·盖坦身中三弹身亡。在那块黑板风云动荡的历史上，从未有过一条如此重大的新闻就发生在离它这么近的地方。然而这条新闻没能在黑板上刊出，因为此时《观察家报》已经迁到了新址，改用更加现代化的系统和传播信息的手段，只有我们几个怀旧的老古董还会记起那个年代，那时的人们都知道什么时候是十二点钟了，什么时候是五点钟了，因为我们能在阳台上看见那块新闻黑板。

　　今天，《观察家报》里不会有人记得，在当年的波哥大那样一个遥远而阴沉的城市里，这种直接而又震撼人心的现代新闻手段最初是谁的主意。不过人们知道，从广义上来说，当时的主任编辑是一个二十岁出头的小伙子，他只上过小学，但毫无疑问将成为哥伦比亚最出色的新闻记者之一。如今，在他职业生涯满五十周年之时，所有他的同胞都知道，他的名字过去叫、现在仍然叫何塞·萨尔加尔。

一天晚上，在报社内部的纪念活动上，何塞·萨尔加尔比起开玩笑更像是真心实意地说，他在这次纪念活动中以一个大活人的身份受到了许多通常只会说给死人的褒奖。也许他没听见有人说，其实在他的记者生涯中，最了不起的并不是他干满了五十年——很多老人家都会有这样的资历，而是刚好相反：厉害的是从十二岁起就一直在同一家报社工作，而且那时他已经花了将近两年时间想要找一份记者工作。实际上，早在一九三九年前后，何塞·萨尔加尔就总会在每天放学回家的路上停下脚步，透过窗户看上老半天，看着脚踏印刷机是怎样印出《今日世界》的。《今日世界》是当年一家品味多样化的报纸，很受欢迎，它拥有最多读者的是一个纯新闻栏目，叫作"我亲眼所见"，内容是读者自己口述的亲身经历。每篇文章一经采用，《今日世界》便会付五分钱稿费，这在那个年代可以办很多事情：买一份报纸，喝一杯咖啡，擦一次皮鞋，坐一次有轨电车，喝一瓶汽水，买一盒香烟，或是去看一场儿童电影，还有许许多多必需或非必需的东西都是五分钱。就这样，何塞·萨尔加尔刚满十周岁就开始把自己的生活体验写下来寄去，不一定是为了挣那五分钱，更多的还是想看见自己写的东西被登出来，可惜他一次都没成功。幸亏如此，要不然两年前他就可以庆祝工作五十周年纪念了，那就太过分了。

他是从头做起的：从最底层的工作做起。他家有个朋友在印刷《观察家报》的车间里上班，带他去了自己凌晨四点开始的早班干点儿零活。给何塞·萨尔加尔分配的是个重活，给排字车间铸铅字，他干活认真，引起了一位明星排字工的注意——这种人今天已经没有了。这位排字工也有两个特点使他在工友中颇为引人注目，一是他长得活像共和国总统堂马尔科·菲德尔·苏亚雷斯的双胞胎兄弟，再则是他也有着和总统一样非凡的语言天分，以至后来居然还成了语言研究院的候选人。在铸了六个月的铅字之后，何塞·萨尔加尔被当时的编辑部主任，阿尔维托·加林多，派到一家速成学校学习——尽管也就是学点儿正字法最基本的规则，后来又被提升为编辑部的通讯员。从此他在圈内一路向前，直到今天的位置：报社副社长，也是报社资格最老的工作人员。在开始写黑板新闻的那些日子里，有人在大街上给他照了张相，他穿了件交叉大翻领的黑外套，戴着一顶斜檐礼帽，完全一身卡洛斯·加德尔那个时代的时髦装束。而在他如今的照片上，他不再像别的任何人，只像他自己。

我进入《观察家报》编辑部工作时——那是一九五三年的事情——何塞·萨尔加尔是个不近人情的编辑部主任，他对我下达了一道在记者圈子里被称为黄金法则的命令："扭断那天鹅的脖子。"①对于一个准备为文学献身的外省新人来说，这道命令和骂人也差不了多少。可何塞·萨尔加尔最大的长处也许就在于他善于把命令下得不让人觉得难受，因为他做这事时脸上的表情不像是你的上司，倒像是你的下属。我已经不记得自己有没有理他了，总之我一点儿

---

① 出自墨西哥诗人冈萨雷斯·马丁内斯的同名十四行诗，此处暗含打破现代主义对"美"的定义、避免脱离现实和反对异国情调的指令。

也没觉得受到什么屈辱，反而很感谢他的忠告，而从那时起——一直到现在——我们就成了一伙。

　　也许我们俩最感激对方的一点就在于，当我们在一起干活的时候，连到了下班时间都停不下来。我记得有一回，教皇庇护十二世一直打嗝打个不停，怎么都止不住，在那历史性的三个礼拜时间里，我们俩连一分钟都没分开过，我和何塞·萨尔加尔不分昼夜地值守着，等待着两种极端的消息，不管哪种都行：要么是教皇停止打嗝，要么是教皇死于打嗝不止。星期天，我们一起开车沿着大草原上的公路兜风，收音机一直开着，心总是为教皇打嗝的事悬在半空，也不敢走得太远，为的是事情一旦有了个结果能迅速赶回编辑部去。我是在上星期参加他工作五十周年庆祝晚宴的那天晚上回忆起当初的岁月的，我觉得直到那时还没有人发现，何塞·萨尔加尔身上那股工作起来不眠不休的劲头，多半也是因为当年办新闻黑板报的积习难改。

一九八三年九月二十一日

《国家报》，马德里

回到种子里去

　　与从古至今所有或好或坏的作家的做法不同，我从来不会把自己出生并成长到八岁的村子理想化。我对那个时代的回忆——这话我已经说过很多次了——都是我脑子里保存下来最纯净最真实的事情，我不但能像就在昨天似的回想起村子里留存下来的每一座房子的样子，甚至还能发现儿时某一堵墙上并不存在的裂缝。村子里的树通常都会比人活得更久些，有时我会有一种印象，觉得它们也记得我们，就像我们记得它们一样。

　　我一面这样胡思乱想，一面行走在阿拉卡塔卡尘土飞扬、热气蒸腾的街道上，我在这个村子里出生，几天前又回到了这里，距离上一次回来已经有十六年了。一下子与这么多的儿时好友重逢，我心潮难平，又因为一大群孩子的出现有些茫然，仿佛在他们中间看到了马戏团来的日子里自己的身影，不过我仍然保持了足够的理智，在看到没有变化的种种时还是大吃一惊：何塞·罗萨里奥·杜兰将军家的房子——当然，这个尊贵的家庭已经没有后代了——几乎没有变样；虽然有了绿化带的装饰，小广场还是原来的样子，依然尘土飞扬，巴旦杏树像过去一样没精打采；近半个世纪以来教堂被粉刷了一次又一次，可塔楼上大钟的钟表盘还是老样子。"这算不了什么，"有人告诉我说，"就连修钟的人都还是原来的。"

　　写马孔多和阿拉卡塔卡之间是如何如何相似，这一类的东西有很多——要按我说是太多了。事实是，我每次回到现实中的村子都会发现，除了某些外部元素，比如它在下午两点钟的酷热难当，它炽热的白色尘土，还有就是街上东一处西一处残留下来的巴旦杏树，它已经越来越不像小说里的那个村子了。从地理上来说它们之间有许多明显的相像之处，但恐怕也就仅限于此了。对我来说，"anime"的故事之中的诗意，比我得以放到我作品里的全部还要多。"anime"这个词就像谜团，从那时起一直追逐在我的身后。皇家语言学院的词典上说，"anime"是指一种植物及其分泌的树脂。马里奥·阿拉里奥·迪菲利波编纂了一本非常不错的哥伦比亚方言词典，虽说更精准一些，也给出了相同的定义。佩德罗·玛丽亚·雷沃略神父在他编写的《哥伦比亚沿海地区方言》一书中甚至提都没有提到这个词。和他们不同的是桑登海姆，在他出版于一九二二年却好像已经被彻底遗忘的《沿海地区词语》一书中，给这个词加了一个含义宽泛的注释，我把其中最有意思的一段摘录如下："'anime'，对我们而言是一种专行善事的精灵，在危急或困难关头帮助受它庇护的人。

因此当人们说某人有'anime'时，意思是指有神秘人物或神秘力量暗中相助。"换句话说，桑登海姆给这个词下的定义是"精灵"，要想获得更准确的解释，请参阅米切莱特书中的描写。

阿拉卡塔卡的"anime"又有些不同：它们是一些极小的生物，身长不超过一英寸，长年住在大水缸的底部。有时候会被误认为是蛆虫，也有叫它"sarapico"的，意思是喜欢在人们喝水的缸底嬉戏的蚊子的幼虫。可了解它们的人绝不会搞错：它们能够从天然的隐身之处逃离出来，你把盖子盖得再严实都没用，然后它们就会在家里各种调皮捣蛋。它们心肠很好，搞的不过是些小恶作剧：会让牛奶凝结起来呀，把孩子们的眼睛改换成别的颜色呀，让锁头生锈呀，让人做些莫明其妙的梦什么的。但也有时候不知道为什么，它们换了性子，会心血来潮往自己住的房子里扔石头。村里有个从意大利移民过来的人，堂安东尼奥·达孔特，他给阿拉卡塔卡村带来了不少新鲜玩意儿：默片电影、台球厅、出租自行车、留声机，还有最早的那批收音机，无不拜他所赐。我就是在他家见过砸房子的事。那是在一天夜里，人们奔走相告，说精灵在砸堂安东尼奥·达孔特家的房子，全村的人都跑去看。其实和人们想象的相去甚远，这一点儿也不像是一幕恐怖剧，而更像是个欢乐的节日，只是没有一块玻璃不遭殃的。看不见是谁在扔，却只见石头从四面八方飞过来，还有不伤人、只准确砸向自己的目标——一切用玻璃制成的东西——的神奇特性。在那个令人着迷的夜晚过去很久以后，我们这帮孩子还时不时钻进堂安东尼奥·达孔特家里，把餐厅里的水缸盖揭开看看那些精灵，它们都一动不动、几乎透明，百无聊赖地待在水底。

我们村子里名气最大的房子要数街角的那座了，它和别的房子也没什么两样，就在我外祖父家的隔壁，大家都把它叫作"亡人之家"。有个教区神父曾经在那里住过几年，我们这一代的人都是由他施的洗。弗朗西斯科·C.安加里塔的鼎鼎大名主要来自他滔滔不绝的道德劝诫布道。坊间流传着许许多多他做过的好事和坏事，他暴怒时发的脾气真够吓人的；不过几年前我得知，在香蕉工人罢工和被屠杀的事情上，在那段时间里，他的立场明确而且始终如一。

我好多次听别人说过，"亡人之家"之所以被起了这么个名字，是因为到了夜里会有一个幽灵在里面飘来飘去，它曾在一次招魂会上自称名叫阿方索·莫拉。安加里塔神父讲起这个故事来活灵活现，叫人毛骨悚然。他把这个鬼魂描述成一个身材高大的男人，衬衣袖子一直卷到胳膊肘那里，头发又短又密，还有一口像黑人那样又白又亮的好牙。每天夜里它都要在屋里巡视一番，十二点钟声一响，就会消失在院子中央那棵加拉巴树下。可想而知，那棵树的周围已经被人挖过不知道多少次了，想要找到被埋藏起来的宝藏。有一回，大白天的，我追一只兔子追到了隔壁这座屋子里，一路跟着它到了厕所。推开厕所门，兔子不见了踪影，却只见一个男人正蹲在坑上，脸上一副我们每个人蹲在那里时都会有的表情，半是烦心，半是出神。我立刻就认出了它，不光是因为那卷到了胳膊肘的袖子，还因为看见了那一口黑人的白牙，在昏暗中闪着亮光。

几天前我在炽热难当的村子里回忆起这一件又一件的往事，而我那帮亲朋旧友和刚结交的朋友，似乎都真的为我们时隔多年的重逢感到开心。这是同一处诗意的源泉，它的韵律在半个世界里、在几乎所有的语种里回响，然而又似乎更多地存在于记忆中而非现实里。再也想象不出另一个比它承受了更深重的遗忘和抛弃、更远离神的道路的地方了。我们怎么会感觉不到，一种反抗的情绪正在升起，简直要使人的灵魂扭曲？

　　　　　　　　　　　　　一九八三年十二月二十一日

　　　　　　　　　　　　　《国家报》，马德里

如何写小说？

毫无疑问，这是人们向小说家问得最多的问题之一。针对不同的提问人，总会有一个让他满意的回答。甚至，尽量去回答这一类的问题还有相当的好处，因为在多种多样的答案中，不但可以得到人们常说的那种变幻带来的愉悦感，找到真相的可能也许也就在其中。因为有一件事情是确定无疑的，那就是最喜欢对自己提这个问题的正是作家本人。而我们自己每次得到的答案也各不相同。

当然，我这里指的是那些相信文学是一门让世界变得更美好的艺术手段的作家。其余的作家，那些把它看作是增加银行存款数字的手段的人，他们自己另有一套写作公式，而此类公式不但有效，而且能像数学上的方程式那样被精确解读。出版商对这一点最熟悉不过了。不久前有一位出版商得意扬扬地告诉我，他的出版社是如何轻而易举地拿到了国家文学大奖。首先要做的是对评奖委员会的成员做一番调查研究，他们的个人经历如何，有没有什么著作出版，他们的文学品味又是什么样的。那位出版商认为，把所有这些元素加到一起，最后你就得到整个评审委员会品味的平均数了。"计算机就是为了这些才存在的嘛。"他说。一旦确定了哪一类的书获奖的可能性更大，他们接下来的操作和我们在日常生活里的做法正好相反：不是去寻找哪里有这样的一本书，而是去查一查谁可以写这本书，好坏都不要紧，只要他有本事把它制造出来就行。剩下的事情就是和他签个合同，让他坐下来按照定好的要求把这本下一年要获国家文学大奖的书写出来。让人担忧的是，出版商早已把这种游戏塞进了计算机的磨盘里，计算机也早就给出了结论，获奖的概率为百分之八十六。

所以说，问题并不在于如何写出一部小说——或者一个短篇小说——而在于要严肃认真地写，哪怕之后一本也卖不出去，哪怕得不到任何奖，这就是那个没有给出的答案，而如果说到今天还有谁能找到它的话，那就是此刻正私下以找到自己对这个谜团的答案为目的写着这篇专栏文章的这个人。现在我已经回到了我在墨西哥城的书房，整整一年以前，我正是把几个没有完成的短篇和一个刚开了个头的长篇扔在了这里，此刻我仿佛完全找不到解开这个线团的线头了。那几个短篇已经不成问题：它们都进了垃圾桶。我在不多不少一年之后把它们重读了一遍，从这种有益的距离看去，我敢发誓——也许事实真是如此呢——它们根本就不是我写的东西。它们是过去一个写作计划的组成部分，我本来计划要写六十篇或者更多的短篇小说，来描写居住在欧洲的拉丁美洲人的生活，可它们的主要缺点是根本性的，所以还是撕了为好：连我自己都不相信那里面写的鬼话。

　　我不会狂妄到说自己把那些东西撕得粉碎又扔得到处都是，防止别人把它们重新拼凑起来，而且做的时候手连抖都没有抖一下。我确实是发抖了，而且发抖的不光是两只手，因为在我的记忆中确实有过像这样把稿子撕掉的事情，这听上去有点儿像个励志故事，可于我却颇有些压抑。那是一九五五年七月的一个晚上，在我作为《观察家报》特派记者被派往欧洲的前夜，诗人豪尔赫·盖坦·杜兰来到我在波哥大的房间，向我要篇稿子好拿去在《神话》杂志上发表。我正好刚把自己的稿子看了一遍，已经把我认为值得保存的收了起来，把那些没用的都一撕了之。盖坦·杜兰在文学上是个贪得无厌的人，特别是当他觉得有可能发现什么隐藏价值的时候更是如此，于是他开始在我的废纸篓里翻腾起来，忽然，有个东西引起了他的注意。"这篇东西太值得拿去发表了。"他对我说。我向他解释为什么要把这篇东西扔掉：那是我从我的第一部小说《枯枝败叶》——小说当时已经出版了——里删下来的一个完整章节，它最好的去处当然只能是废纸篓。盖坦·杜兰表示不能同意我的说法。他觉得这篇文字在小说里确实显得有点儿多余，但它独立成篇反而具有特别的价值。我与其说是被说服，还不如说是为了让他高兴高兴，同意他把撕碎的稿纸用透明胶粘贴起来，作为一个短篇小说单独发表。

"我们给它安个什么题目好呢？"他问我，他用了"我们"这个复数人称，能把它用得如此贴切的情形还真不多见。"不知道，"我对他说，"因为这只是一篇伊莎贝尔在马孔多观雨时的独白。"我一面说，盖坦·杜兰几乎同时在第一页最上面空白的地方写了下来："伊莎贝尔在马孔多观雨时的独白"。我最受评论界，特别是最受读者们赞誉的短篇小说，就是这样从废纸篓里被挽救出来的。不过，这一次的经历并没能阻止我继续把自己认为不值得出版的稿子撕掉，反而教会我要撕得彻底一点儿，让人永远不能再把它们重新粘贴起来。

撕掉短篇小说的后果是无法补救的，因为把它们写出来就像是在浇灌混凝土。写长篇小说则像砌砖。这句话的意思是，如果写一个短篇小说不能一击中的，最好就别再坚持了。写长篇小说来得容易些：重新开始就可以了。这正是眼下发生在我身上的事情。在我写了一半放下的那本小说里，无论是色调、风格，还是人物性格都不尽人意。可解释起来也只有一个原因，就是写得连我自己都不太相信。为了找到解决办法，我又一次读了两本我觉得会有帮助的书。一本是福楼拜的《情感教育》，我还是在很早以前上大学夜里睡不着觉的时候读过，后来再也没有碰过，现在再读一遍也只能让我避开一些可疑的类似状况而已。问题还是没有解决。另一本是川端康成的《睡美人》，三年前这本书曾使我的灵魂深受震撼，现在它仍然是一本美妙的书，可这一次它也没能帮上忙，因为我想寻找的是关于老年人性行为的线索，而我在这本书里看到的是日本老年人的性行为，看上去和日本的一切同样怪异，和加勒比地区老年人的性行为风马牛不相及。一次，我在餐桌上谈了自己的困惑，我的一个儿子——更讲求实用的那个——对我说："再等上几年吧，到时候你用亲身经历讲一讲就可以了。"而另一个，搞艺术的那个，说得更是直截了当："你再去读一读《少年维特之烦恼》吧。"从他的声音里听不出一丝一毫取笑的意思。实际上，我真的试着去做了，倒不仅因为我是一个很听话的父亲，还因为我确实觉得歌德的这本著名小说对我会有点儿用处。但结果是，这次我没有像第一回读这本书时那样，在读到他那可怜的葬礼时泪流满面，而是读到第八封信就再也读不下去了，饱受折磨的年轻人在信里告诉他的朋友吉列尔莫，他在那座孤零零的小茅屋里开始感觉到了幸福。我就是在读到这里时心生疑问的，所以各位也不必感到奇怪，我不得不咬紧牙关才没有向所有我遇见的人提出那个问题："请告诉我，兄弟，怎么他妈的才能写出一本小说来？"

求助

我也不知道是从哪本书上或者是在哪部电影里看到过，还是从哪个人那里听来的一件真事，情节是这样的：一个海军军官悄悄地把情人藏在军舰上自己的舱房里，他们在那个狭小的空间里享受着无忧无虑的爱情，好几年时间里谁都没有发现。如果哪位知道这段美极了的故事的作者是谁，恳请立即告知我，我已经问过许许多多的人，没有一个人知道。事到如今，我已经开始有点儿疑惑这是不是我自己脑海中闪过的一个故事，而我已经记不大清了。谨表谢意。

一九八四年一月二十五日

《国家报》，马德里

图书在版编目（CIP）数据

回到种子里去 /（哥伦）加西亚·马尔克斯著；陶
玉平译． —— 海口：南海出版公司，2022.1
　ISBN 978-7-5442-6916-2

　Ⅰ．①回… Ⅱ．①加… ②陶… Ⅲ．①杂文集－哥伦
比亚－现代 Ⅳ．① I775.65

中国版本图书馆 CIP 数据核字（2021）第 199378 号

著作权合同登记号　图字：30-2020-047

回到种子里去
〔哥伦比亚〕加西亚·马尔克斯 著
陶玉平 译

出　　版　南海出版公司　（0898)66568511
　　　　　海口市海秀中路51号星华大厦五楼　邮编 570206
发　　行　新经典发行有限公司
　　　　　电话(010)68423599　邮箱 editor@readinglife.com
经　　销　新华书店

责任编辑　黄宁群
特邀编辑　杨　初　吴　优
装帧设计　韩　笑
内文制作　杨兴艳

印　　刷　北京盛通印刷股份有限公司
开　　本　850毫米×1168毫米　1/32
印　　张　12
字　　数　237千
版　　次　2022年1月第1版
印　　次　2022年1月第1次印刷
书　　号　ISBN 978-7-5442-6916-2
定　　价　68.00元